FOLIO POLICIER

Patrick Pécherot

Soleil noir

Gallimard

Retrouvez Patrick Pécherot sur son site Internet :
www.pecherot.com

© *Éditions Gallimard, 2007.*

Né en 1953 à Coubevoie, Patrick Pécherot a exercé plusieurs métiers avant de devenir journaliste. Il est également l'auteur de *Tranchecaille*, de *Tiuraï*, première enquête du journaliste végétarien Thomas Mecker que l'on retrouve dans *Terminus nuit*, et de la trilogie dédiée, via le personnage de Nestor, au Paris de l'entre-deux-guerres. Entamé par *Les brouillards de la Butte* (Grand Prix de littérature policière 2002), cet ensemble se poursuit, toujours aux Éditions Gallimard, avec *Belleville-Barcelone* et *Boulevard des Branques*. Patrick Pécherot s'inscrit, comme Didier Daeninckx ou Jean Amila, dans la lignée de ces raconteurs engagés d'histoires nécessaires.

*À la mémoire de
Zofja Czerwiec*

Lord I feel like going home
I tried and I failed and I'm tired and weary
Everything I ever done was wrong
And I feel like going home

                         CHARLIE RICH

I

Le bruit d'une fleur ?
Son regard était compatissant. Un brave type. On le voyait à la façon qu'il avait de hocher la tête. Genre Oui-Oui, le lutin des petits bouquins. Le bruit d'une fleur, ça lui en bouchait un coin mais il s'en serait voulu de me contrarier. Dans un moment pareil.
— Bien sûr, il a dit en capuchonnant son stylo, je comprends.
Il ne pigeait rien et il s'en foutait, mais c'était gentil de faire comme si. Il avait du métier, on le sentait. Tout en tact et en retenue. Je me suis levé et on s'est serré la main. La sienne était ferme. Avec du « courage » dans la paume et la pression des doigts.
Quand il m'a ouvert la porte, son portable a sonné. Les objets, on devrait toujours s'en méfier. Un oubli, c'est vite la faute. Tatitata-tatitata. Dans son dos, la petite musique s'entêtait. Un crincrin obstiné qui détonnait dans l'ordonnancement des choses. Il a fait le seul truc possible : rien. À croire que j'étais seul à entendre. Un acouphène qui me serait venu aux oreilles. Tatitata-tatitata. Il l'avait

choisie avec soin, sa rengaine. *L'Exorciste*. De quoi amuser les copains. Décompresser, aussi. Dans son boulot, on a besoin de soupapes. Le portable insistait. Il a continué de l'ignorer et je suis sorti. À travers la vitrine ruisselante de pluie, il m'a fait un dernier signe de tête. Comme un *on se reverra*, plein de soupirs désolés. Je n'étais pas pressé. J'ai remonté mon col. Sous la flotte, l'enseigne dégoulinait. Pompes funèbres générales.

— J'ai rêvé ou sa musique…

Une main sur la portière de la voiture, c'est Léo. Il tire sa mine ahurie. Celle qu'il avait quand Mme Trouchain l'envoyait au tableau au temps des Car-en-Sac et des *Blek le Roc*. Avec le début de rides sur son visage et l'amorce de gras qui s'y est mis, il fait même fané. Comme ces types qui vieillissent sans grandir, qu'on voyait jadis dans les baraques foraines, entre l'homme-tronc et la femme-panthère.

— Léo l'ébaubi.

Au volant de la machine à remonter le temps, il s'est regardé dans le rétro. De Lebobicz à l'ébaubi, il n'y a qu'un pas. La mère Trouchain l'avait franchi sans idée de méchanceté. Son « l'ébaubi » était affectueux, même. Il était resté collé un moment à Léo, comme une étiquette sur un cahier. Les années passant, il avait fini par tomber. Depuis belle lurette, Mme Trouchain mangeait les pissenlits par la racine.

La route longeait le cimetière. En repassant devant, Léo m'a demandé :

— Tu as voulu dire quoi avec ton bruit des fleurs ?

— Aux obsèques, tout à l'heure, l'œillet dans la fosse. Quand il a touché le cercueil, il a fait un bruit sourd, comme un battement de cœur.

— Tu ne l'avais pas revu depuis quand, ton oncle ?

— Ouh, là !

— Tu n'as jamais été très famille, hein ?

La famille, il n'en restait plus lerche. Des parentèles qui se perdaient dans les lointains. Des arrière-petits-neveux, des issus de germains, cousins de la main gauche. Pour porter tonton en terre, j'avais fait seul le voyage. Du patelin, on ne s'était pas bousculé. Un vieux en pardessus Damart, l'aide ménagère qui passait trois fois la semaine, « je suis pas encore mort, Albertine, vous pouvez repartir », le patron du troquet, Léo et les croque-morts fringués Tarantino.

Le notaire l'avait confirmé :

— Vous êtes son légataire universel.

Universel, c'était une première. Je m'en serais senti de l'importance.

— Mon oncle avait rédigé un testament ?

— Cela vous surprend ?

La météo avant les promenades et le cache-col dès les frimas, tonton était du genre prévoyant. Alors pour ce qui est du grand voyage... On en avait tant vu, des descendants au vingt-cinquième degré, débarquer la gueule enfarinée au moindre macchabée. L'extrait de naissance comme une cocarde sur les bœufs de concours et du « cher maître » aux lèvres plus souvent qu'un refrain à la fin des banquets. Tonton avait coupé court. Il s'illusionnait bien sur la valeur du patrimoine. Mais me remonter de ses souvenirs, c'était comme s'il me donnait à nouveau la main.

— On va voir les abeilles, l'haricot ?

Elles bourdonnaient au fond du jardin, ses abeilles. Leurs trois ruches comme des chalets miniatures. Les gros gants, le voile, la démarche maladroite, un cosmonaute de dix piges remontait l'allée.

— Où elle est, la reine, tonton ?
— Là, mais tu ne peux pas la voir.
— Pourquoi ?
— C'est la reine.

Sous le masque protecteur qui faisait transpirer, la sueur avait un goût de miel.

— Félix.
— ...
— Félix, tu dors ?

Sur le pare-brise détrempé les essuie-glaces chassent les rêves.

— Excuse-moi. Tu disais ?
— Que comptes-tu faire de la maison ?
— Je ne sais pas encore. Tu peux m'y déposer ?
— Maintenant ?

Léo n'a pas changé. L'imprévu le désoriente. Changer ses plans, c'est brouiller ses repères.

— Ça t'embête ?
— Pas du tout, voyons.

Il a toujours été brave gars. Il m'a conduit à la baraque. J'ai souvent pensé qu'il n'aurait pas dû.

II

Le tour du propriétaire était rapide. Loupiot, la maison de tonton, je la voyais château. Quarante ans plus tard, elle avait rétréci. Trop petite pour les souvenirs qui remontaient en marée. Des bien enfouis qui revenaient d'on ne sait où. Le vaisselier, les murs et leurs photos, le dessus de cheminée avec ses napperons, le râtelier à pipes. Je n'ai pas eu le cœur d'ouvrir les armoires. Le tiroir de cuisine m'avait suffi. Le couteau, fermé à tout jamais. L'Opinel ventru, avec, gravée sur la lame, la main couronnée, et la virole à tourner pour ne pas se trancher l'index. Dans son trou, il devait être paumé, tonton, sans son surin. J'ai refermé le tiroir.

Dans l'escalier, la marche branlante ne m'a pas loupé. Son arête contre mon tibia. J'ai failli maudire tonton et son coup de rabot flemmard. Quarante ans qu'elle attendait, la marche. À virer sournoise, espérer chaque jour qu'il se ramasse. Mais au chat et à la souris entre son escalier et lui, il était le plus fort. De la finesse dans les charentaises, il auscultait le bois, ses œils-de-perdrix en éclaireurs. Un pas de côté, et la petite satisfaction d'avoir baisé la marche ensoleillait sa journée. Devant mes mollets esquintés, il avait juré mille fois de la réparer.

— Mon rabot ! Où qu'il est mon rabot ?

Le rabot, des générations d'araignées l'avaient squatté depuis qu'il s'en était servi. Face à ma danse de Sioux, il en ressentait de la culpabilité.

— Pleure pas, l'haricot, je vais te badigeonner à la gelée royale. C'est souverain, la gelée. Après, on ira en demander d'autre aux abeilles.

La gelée, j'en ai dégoté un pot dans sa table de nuit. Elle était toute racornie. Pareille aux cartes postales collées près du lit. Des images aux couleurs passées, des bords de mer avec les dunes, des maisons surmontées d'une croix au stylo « c'est là qu'on est pour les vacances ». Et les « joyeux anniversaire, tonton » avec leurs gros cœurs qui avaient été bien roses. Il les avait toutes gardées. Les « je m'amuse bien mais je t'oublie pas », les « bonne année bonne santé », l'écriture appliquée qui n'arrivait pas à tenir droit. Et puis plus rien. Les cartes postales, en grandissant, on en perd le goût. Monté en graine, ce n'est pas rare que l'haricot tourne au con.

Je n'ai pas eu le flan de pousser la porte d'à côté. La chambre qu'il m'avait agencée pour les Pâques et les juillet, j'ai eu trop peur de la trouver intacte.

En bas, la rue est déserte, avec la boulangerie murée, l'entrepôt désaffecté — « défense d'afficher », « ulla.com rencontres en direct » — et le feu rouge, planté devant la maison. La dernière de la ville. Après elle, la nationale reprend ses droits. Tout est parfait. Le tournant, à gauche, qui masque la perspective, le croisement, à droite, avec la friche pour horizon. Activité zéro. Circulation, néant. Vingt ans de sécheresse économique, depuis qu'elle s'est abattue sur le coin, l'ont transformé en désert. Même les camions, contraints à la déviation, ont foutu le camp. La lumière de leurs phares dans les volets à claire-voie s'est éteinte avec le ronflement des moteurs et le soupir des vitesses quand ils débrayaient. Elle est fantomatique, la rue à tonton. Et vraiment idéale pour ce que j'ai à y faire. Je me suis demandé, quand même, si ce n'était pas une petite trahison qu'on allait goupiller dans sa bicoque. Qu'il me l'ait laissée, avec mon nom sur le testament, écrit comme au montant de mon lit d'enfant, changeait ma façon de voir. Aussi bien, j'aurais tout stoppé, mais il était trop tard. J'ai refermé la fenêtre. Quand les dés sont jetés, il faut les boire.

III

L'idée du coup avait germé toute seule. Comme la graine de pissenlit dans le jardin. Sauf que c'était sur du zinc, bien astiqué par les coudes qu'on y posait avant de les lever. Les Sports. Un café ordinaire. Avec ses bouteilles en rang d'oignon et ses cacahuètes de comptoir. Le genre d'endroit qu'on ne verrait pas en passant devant. J'avais pourtant poussé sa porte un soir de novembre. Que faire d'autre quand on se retrouve sur le trottoir à cinquante balais ?

Licencié.

Longtemps, j'avais prononcé le mot devant ma glace, en détachant chaque syllabe.

Li-cen-cié.

En apparence, j'étais toujours le même. Mais en dedans, ce n'était plus moi. J'avais vu ça dans un vieux film de science-fiction. Des tas de types, pareils à ce qu'ils avaient toujours été, accomplissaient les gestes qu'ils avaient toujours faits. Ils n'étaient plus que des enveloppes de chair. À l'intérieur, des martiens avaient pris le contrôle. Ils étaient tombés de l'espace, enfermés dans des courges géantes. Malin. On ne fait jamais gaffe à une courge. Ils entraient en vous on ne sait trop comment et vous suçaient la moelle comme on aspire une patte de crabe sur un plateau de fruits de mer. Quand ils vous avaient bien vidé, ils s'installaient dans ce qui avait été vous. Personne ne s'apercevait de quoi que ce soit. Votre femme trouvait quand même que vous étiez devenu distant. Et cette langueur perpétuelle...

— Tu devrais passer voir le docteur Pitard, mon chéri, je te sens fatigué.

Vos bourdes la tracassaient :

— Félix, tu viens de m'appeler Poupette.

— Poupette...

— C'est le nom du chien, Félix.

— Chien Félix...

Votre « vous » extraterrestre en rodage, vos nouveaux circuits n'étaient pas tous raccord mais on finissait par s'habituer. Alentour, les courges s'étaient salement répandues.

Li-cen-cié.

Devant ma glace je me demandais encore comment le chômeur s'y était pris pour entrer en moi.

— Avec ton expérience, tu ne seras pas long à retrouver du boulot.

L'expérience j'en avais à revendre mais les acheteurs manquaient. Mes compétences n'avaient plus le goût du jour, elles faisaient costume fripé.

Habitué qu'on est à le porter, on ne pige pas tout de suite. Au début, on se croit encore dans la course. Les plus fringants en tête, c'est dans la logique. À eux le sprint, à nous le fond. Nos atouts adaptés à la distance, on s'échauffe sur le bord de la piste. Puis on croise son reflet dans le miroir. C'est un jour de plus à battre la semelle devant les portes closes. On s'est dit qu'on avait besoin d'un coup de peigne, d'un peu d'eau sur les mains. On est entré aux toilettes du premier troquet venu. Au-dessus du lavabo, la glace est fendue. Son tain piqué vous fait des taches de vieux. On se sent pas net, mal repassé. Alors, froissé pour froissé, les plis, on en prend des mauvais.

— Une bière.

Les autres suivent. Avec le vague qui monte au regard et la lourdeur de tout. La petite honte du collégien qui sèche les cours. Puis le billet dans la soucoupe, le regard du garçon évité quand on l'intéresse autant que son torchon à carreaux. La sortie hésitante. La porte refermée. Et dans la rue, les faux-fuyants. C'est la fatigue, on se dit en tentant de suivre la ligne droite du trottoir. Le temps, aussi, il faisait chaud. Ou froid, c'est selon. Et quoi, une fois n'est pas coutume. Les bistrots ne sont pas encore interdits à ce qu'il paraît.

Les jours d'après, on ne se dit plus rien. Une semaine s'est écoulée, deux peut-être, mais on est revenu. La même place au comptoir, la même bière renouvelée au-delà du plus soif. Les habitués vous ont reconnu. Ils savaient qu'ils vous reverraient. Il y a Marcel, cinquante ans, dix de plus en vitrine, les doigts jaunis par le tabac. Chaque matin, il épluche les pages hippiques du journal. Il a des tickets de PMU plein les poches et des rêves pas plus grands qu'un paddock. Il coche les tuyaux avec un crayon minuscule dont il humecte la mine de salive. Son cancer du poumon galope déjà vers la ligne d'arrivée mais il l'ignore, il n'a jamais su faire un pronostic. À côté, c'est Ahmed. Soixante-cinq ans, il va bientôt retourner au Maroc. Il le jure. Voilà dix ans qu'il le jure. Le travail ici, c'est pour nourrir la famille restée au pays. La famille, elle ne connaît plus de lui que les photos jaunies et ses vacances éclairs au bled, un an sur deux. Les jeunes sont mariés, les vieux sont morts et inch' Allah.

Au flipper, celui qui se déhanche, c'est Bruno. Il rééduque sa main cassée au Pinball Wizard. Quand il ira mieux, il reprendra son scooter et son boulot chez Livr'express, si on ne l'a pas remplacé. Il fera gaffe aux flaques d'huile, c'est traître l'huile, surtout quand on essore la poignée une ligne dans le nez pour tenir la cadence.

Un peu plus tôt, vous auriez croisé Mireille. Le matin, elle n'avale plus rien qu'un coup de blanc furtif. Quand son mari s'étonne de la voir partir le ventre vide, elle dit qu'avec tout ce travail en retard elle n'a plus le temps de déjeuner. Que le dîner lui reste sur l'estomac. Qu'elle est au régime dissocié. Ou n'importe quoi. Au bureau, elle tient jusqu'à dix heures puis elle refait le niveau avec la chopote planquée dans son tiroir.

Enfin, tout au fond, derrière ses Ray-Ban à la Starsky et Hutch, c'est Manu. Un taciturne. Il enquille les babies avec la régularité d'une pendule, mais il a passé le cap de l'ivresse depuis la nuit des temps. Trente ans plus tôt, vous auriez pu lire son nom à l'affiche d'un gala de boxe à Bezons. Maintenant, il grignote des tonnes de pipas et passe autant de coups de fil en baissant la voix pour ne pas qu'on l'entende.

Voilà. Au milieu des mégots écrasés et des marques de verres, il y a le monde refait au fond du bock, le sourire entendu et les propos assenés. Toujours du bien senti, du définitif. La vie, vous la connaissez, vous pourriez en raconter, si vous le vouliez. Mais ce serait s'abaisser, n'est-ce pas ? Et franchement, ce n'est pas votre genre. Sur le tabouret du bar, vous êtes trop haut pour ça. C'est justement ce qu'elle ne comprend pas. Elle. Toujours dans le train-train quand vous en êtes descendu en marche. Elle. Incapable de saisir vos lointains. Dans les brouillards du houblon, vous essayez de penser Kerouac, Istrati, Rimbaud. Les trucs qui foutaient le feu à vos seize ans, vous êtes incapable d'en citer un mot. Elle, elle dit fin de droits, fin de mois, fin de vous. Vous savez qu'elle a raison et vous lui en voulez méchamment. Chaque jour davantage. Tournée après tournée. Elles se suivent de plus en plus près. Puis vient le matin où vos mains prennent la tremblote. Alors, vous lui en collez une sur la figure pour ne plus les voir sucrer les fraises. Il ne vous reste rien d'autre que la honte. Et le tabouret au comptoir, pour l'oublier.

Quand je m'y suis installé, ce jour-là, le garçon s'est dirigé vers la pompe à bière, mais j'ai commandé un whisky. Il était infect, servi sur sa poignée de glaçons. Pourtant j'ai remis ça. Avec lui sont venues les relations. C'est Manu qui me les a présentées. Des gourmettes et des chaînes au cou. Gros maillons pour grosses pointures. Le visage qui en a encaissé de sévères. Et les trois points tatoués à la base du pouce. Dans le lot, il y a Simon. Il m'a tout de suite flairé sous la fumée de ses gitanes. Je n'avais pas fini de parler d'un truc sans importance, j'étais étiqueté « à ne pas lâcher ». Personne ne sait comment il vous repère. Au début, on est flatté. S'intéresser, c'est une faveur pas commune qu'il accorde. Il a offert sa tournée, il a ouvert l'arrière-salle. Le repaire des hommes, brèmes en main jusqu'à point d'heure. Personne n'y entre, que les initiés. Au fil des nuits et des brelans, on imagine faire son trou. Jusqu'à se croire de la complicité. C'est le moment qu'il choisit pour disparaître. On en ressent un manque. Il ira croissant, tant les autres vous ignorent. Simon revient quand vous êtes cuit. La gourmette flambeuse, la mise un peu plus grosse et dans le regard, l'éclair de « je te dis que ça », comme un code partagé.

Jamais vous ne vous êtes questionné sur le pourquoi. Les clins d'œil échangés au-dessus des cartes et les sourires en coin, vous n'en avez pas vu la queue d'un. Ébloui d'être affranchi. Éternelle pauvre pomme. Simon les cueille à l'odeur. Il n'a pas son pareil pour sentir les bien mûres. Celles que personne n'aurait l'idée de ramasser, il en fait ses confitures. Parmi vos inepties, il a repéré le détail qui lui servira. Demain, dans un an, quelle importance ! Quand il le voudra, il le ressortira. Quand bien même vous auriez tourné mille fois casaque depuis. C'est parfois des riens. Aussi légers qu'un souvenir d'enfance, revenu du fond d'un verre.

— Elle était où, tu dis, la maison de ton oncle ?

IV

Ils sont arrivés un lundi. À l'heure de l'embauche. La camionnette s'est rangée devant chez tonton. *Entreprise Zamponi — Ravalement, maçonnerie, peinture*. Léo venait de finir son jus.

— Tu as fait venir un entrepreneur de Paris ? il a demandé.

Je me suis penché à la fenêtre :

— J'arrive !

Ils ont fait le geste des gars qui ont quand même le temps d'en griller une.

— Tu m'excuseras, Léo.

— Faut que j'y aille, moi aussi. Tu viens dîner un de ces quatre ?

On a ouvert le portail.

— Messieurs, a salué Léo en reprenant sa voiture.

Ils l'ont regardé démarrer et ont introduit la camionnette dans la cour.

— Qui c'est, lui ?

— Un copain, aucun souci.

Simon a refermé :

— C'est moi qui juge.

Il a écrasé sa cigarette dans les graviers. Sur son dos, la salopette faisait comme une peau sur le cuir d'un crocodile. Mais si on n'y regardait pas de trop près, il était dans le ton. Ses mains évoquaient celles d'un maçon. Des pognes calleuses, aux gros doigts griffés par le travail. Les ateliers pénitentiaires avaient laissé leurs marques. Le boulot, Simon passait sa vie à l'éviter mais il n'était pas plutôt enchristé qu'il pensait établi, tournevis et ponceuse. De Fresnes aux Baumettes, l'ennui s'écrase au marteau.

— Ho ! T'es pas venu pour glander !

Dans la cour, les bras chargés de ferraille, Zamponi la joue chef de chantier. C'est sa raison sociale. Il l'affiche en lettres noires sur sa camionnette.

Simon n'a laissé aucune place à l'improvisation :

— Pour être nickel, il faut que tout soit vrai, les travaux et la boîte qui les fait. Le coup bouclé, les flics vont fureter partout. Ils se rencarderont sur l'entreprise. Qu'ils ne trouvent pas sa trace à la chambre des métiers et on est marrons. Une vraie société du bâtiment, cent pour cent réglo, c'est la couverture en béton.

Au départ, Zampo avait renâclé. C'est son nom à lui qui allait s'étaler sur la couverture. La conjoncture avait vaincu ses hésitations. Les emmerdements du petit patron, les paperasses, la difficulté à embaucher, les lourdeurs pour débaucher, les incertitudes de la TVA. Jusqu'à l'Europe et ses maçons polonais qui allaient débarquer par caisses de douze. Et les Arabes qui avaient foutu le marasme avec le 11 Septembre. Il ne pouvait plus suivre, Zampo. Il a craqué à l'heure du crème. Il prenait le sien avec trois sucres et *Le Parisien*. Le canard titrait sur l'arrestation d'un employeur accusé d'avoir flingué deux inspecteurs du travail.

— Même se défendre, on n'a plus le droit ! a soupiré Zampo.

Une heure plus tard, Simon avait sa couverture.

— T'es sourdingue ? Aide-moi à décharger !

Brandon a ôté les écouteurs qu'il avait dans les oreilles. Son iPod en sautoir qui crache des tch-tss-tch, il regarde Zamponi :

— Tu me causes ?

En maçon il aurait fait rigoler une truelle.

— Lève ton cul, faut monter l'échafaudage.

Son cul, il l'avait posé sur la niche à Muzo. J'ai été soulagé qu'il en bouge. Tonton l'avait bricolée tout exprès. « Qui va être comme un roi là-dedans ? C'est mon pépère. » Muzo, ça l'intriguait cette bicoque à son échelle. Les clous, la scie et l'activité du maître comme un jeu aux règles compliquées. Tonton n'avait pas fini de ripoliner la niche qu'il pissait dessus. Territoire marqué, il n'y était plus guère entré. Trop chaude l'été, pas assez en hiver. Il ne la fréquentait qu'aux jours de pluie. La musique des gouttes sur le toit de tôle enchantait ses rêveries d'os et de baballes.

— Ta mère, faut la monter aussi ?

J'ai chassé le souvenir de Muzo, Brandon l'aurait abîmé. Pour un mot, un geste, il met la pression. La rage à fleur de nerfs, les décibels dans les tympans. Toute la sainte journée, il écoute sa musique où des mecs vous engueulent quand ils chantent. Des types avec des bras gros comme des vérins hydrauliques et des mâchoires de molosse. « C'est le ghetto, man, pas de pause pour la posse, prends la pose, le calibre s'interpose. » Des trucs du genre et bien plus. De temps à autre, Brandon braille des bouts de phrases : « pose... libre... terpose », avec des roulements d'épaules et des gestes d'armes braquées. Il peut menacer à cause d'un regard, d'un sourire qu'il ne comprend pas. Ça en sort des proportions. La mesure lui est étrangère, il va direct à l'extrême. Après, il n'a plus tellement d'alternatives. À part le rentre-dedans.

Avec les autres, ça coinçait aux entournures. Mais une raison les poussait à supporter Brandon. Il était de son temps. Celui de la vitesse, des pixels et des octets. Quand on s'arrache les cheveux sur la zappette de la télé, c'est un atout. « Il faut utiliser les savoir-faire, avait expliqué Simon. Le savoir-vivre, on verra plus tard. »

Midi. Échafaudage en place, les savoir-faire tapent le break dans la cuisine. Ça sent la Kro et le casse-croûte aux rillettes. Zampo mâchouille une tranche de mortadelle avec un bruit de caoutchouc mouillé. À la radio, le « Jeu des mille euros » est à Romorantin. Au temps des francs anciens, il y était déjà.

— Il débuta sa carrière de champion cycliste en livrant des croissants à vélo. Tu sais ça toi, l'haricot ?

— Louison Bobet, tonton !

Sur la table jonchée de papiers gras, Zampo me lance une peau de mortadelle comme un serpentin :

— Finalement, t'es gagnant. Tu fous rien, t'empoches la thune et en prime t'as une façade neuve.

— Je te la paie, ma façade, tu m'as pas fait de rabais.

La couverture de Simon était sans défaut :

— Tous les matins, le fourgon passe devant la maison de ton oncle. Deux semaines avant le braquage, l'entreprise Zamponi attaque le ravalement. Dans le coin, faut que tout le monde s'habitue. Quand on fera plus gaffe à nous, c'est là qu'on agira. Le coup fait, on continue le chantier. Matin, midi et soir. Du normal. Mortier et pauses casse-croûte. Personne n'aura vu quoi que ce soit, nous non plus.

C'était pensé. Et me faire régler les travaux, c'était du grand art.

— Les flics ne mettront pas une plombe avant de radiner. À quelle heure étiez-vous sur le chantier ? Avez-vous vu passer le fourgon de la Scup ? Nous, on sera plus blancs que l'enduit. Quinze jours qu'on ravaude, on fait partie des meubles. La facture, c'est le top de la garantie. La preuve d'un boulot franc du collier. Jamais un poulet imaginera que t'as payé un ravalement pour couvrir un braquage.

Tout était prévu, même les bulletins de salaire.

— Du travail déclaré, Zampo ! Si les condés vérifient tes comptes, tout doit être en règle. Pas de pétouille dans le décor.

Le premier braquo à cotisations Urssaf.

V

Le braquage, on l'a étudié pendant des jours. Répété comme au ciné, quand l'équipe se réunit dans la planque. Avec la carte d'état-major, le paper-board et les détails millimétrés façon papier à musique. À un près. La planque, c'était la maison de tonton.

Ce soir, pour la vingt-huit millième fois, Simon règle le timing. Tout doit rentrer dans nos cervelles fatiguées. Le trajet, le minutage, les gestes à accomplir, ceux à ne pas faire, le camion, les convoyeurs et la couleur de leurs chaussures. Sur les feuilles scotchées au mur, Simon a tracé des tas de crobars. On voit une maison, un petit camion et des bonshommes autour. Celui-là, c'est peut-être moi.

Devant le dessin, sans trop savoir pourquoi, j'ai songé à Mme Trouchain. C'est ça, un braquage ?

— À huit heures quarante, le camion de la Scup quitte le dépôt, bourré de fric. Premier arrêt : le Champion de la ZAC, il recharge le dab et livre la monnaie des caisses du matin. Pour y arriver, il emprunte la nationale. Depuis des mois, les gars demandent à prendre l'autoroute mais l'embranchement est à cinq bornes en amont du péage. Les tauliers ont calculé que ça coûterait trop cher en tickets et en essence pour le peu de trajet à risques évité. C'est seulement après le Champion que le fourgon enquille la voie rapide.

J'ai pensé que les patrons sont fortiches en calculs à la noix. Le mien était navré. La conjoncture, n'est-ce pas, oblige aux adaptations rapides. À la guerre économique, les grosses divisions sont obsolètes. Trop lourdes, trop coûteuses. L'heure est aux petites unités. Mobiles. Essentielle, la mobilité. Depuis vingt piges qu'il ne changeait même pas un bouton de porte dans sa boîte, il était bien gonflé. Je l'écoutais jouer sa petite musique contemporaine, lui qui en était resté aux valses de Vienne. Puis j'avais décroché. Dehors, un piaf venait de heurter la vitre. Il était à demi assommé et ça me faisait comme un peu de peine.

Au paper, Simon n'a pas cessé de parler. J'en ai loupé un bout, j'ai toujours loupé un bout de tout. Je croise les doigts pour éviter l'interro et Mme Trouchain revient dans le décor.

— Encore, poursuit Simon qui se méprend sur mon sourire, rogner sur l'autoroute, c'est rien. Les cow-boys se farcissent souvent une balade à découvert parce que personne n'a voulu raquer pour aménager l'accès du fourgon.

Silencieux, Zampo pèse le pour et le contre, il comprend, lui, les éconocroques, les tours de vis et les bouts de chandelle. Il songe aux gars qu'il a fait grimper aux murs sans protection. Et avec quoi il l'aurait payée, la sécurité ? Déjà qu'il ne pouvait pas les déclarer, ses types. Le jour où Karim était tombé du toit, ça avait fait du schproum. Allongé sur le trottoir, il avait l'air désolé, Karim. Pour un peu il se serait excusé de causer tant d'emmerdements. « J'ai pas vu la gouttière, patron. » Tandis qu'on l'emportait, en miettes sur la civière, il ne cessait de répéter qu'il ne l'avait pas vue, sa gouttière.

Simon continue, sa voix est une musique de fond. À ce moment précis un toubib observant la scène noterait sur son bloc quelque chose du genre « phénomène à caractère hypnotique ». Je n'ai jamais su ce que griffonnait le mien en écoutant l'intérieur de ma tête. Il n'était pas causant, le docteur Pitard, ses « bien, bien » et la demi-heure de silence au prix du single malt. Pitard et son message au répondeur, listant les rendez-vous que j'avais plantés. Ce soir-là, elle m'avait interdit la chambre. Les autres soirs aussi.

— Les tauliers de la Scup ne pourront s'en prendre qu'à eux. Ils récoltent ce qu'ils ont semé.

Simon est un truand à idées. Il en sort une parfois, bien balèze. Le monde est une pelote d'entourloupes où les gros tirent les ficelles. Faire son trou c'est faire justice... En cellule, il a dû cogiter longtemps parce que tout le reste est à l'avenant. À présent, le poing fermé, il se caresse le menton du pouce. Dans les films, les boxeurs font ça, parfois, quand ils ont tombé les gants et qu'ils revoient leur combat, assis sur la chaise bancale du vestiaire.

Dans son coin, Brandon a ce déplacement du buste qui annonce le coup de boule :

— Bâtards ! Les patrons, zobi, faudrait tous les fumer.

Là, le toubib au bloc-notes écrirait un truc comme « le sujet B manifeste une réaction d'auto-justification sociale de ses actes ». Mais il ignore, le toubib, que le sujet B a pris plus de coups dans la gueule qu'il n'y a de gélules dans un tube de Valium. Il ne sait pas davantage combien de portes lui ont claqué au nez parce qu'il habite où il ne faut pas, qu'il est infichu d'aligner deux phrases correctes ou de respecter l'horaire d'un rendez-vous. Et pourquoi il le ferait ? Gagner moins en un mois que le plus minable dealer encaisse à la semaine ? Na'din'mok ! Le taf, je m'en bats les couilles. Les voisins, je m'en bats les couilles, la cage d'escalier et ses graffitis de chiottes, je m'en bats les couilles. Les glaviots à plus savoir où poser les pieds, je m'en bats les couilles. Et croise pas mon regard ou je te casse la tête ! C'est ça, Brandon.

Zampo lui jette un regard mauvais.

— À neuf heures dix, reprend Simon, le camion passe devant la maison. Feu vert, il file. Feu rouge, il est à nous. Brandon, c'est là que tu interviens.

— Fire, lâche Brandon en tripotant son ordi.

— Pour un feu de signalisation, on dit light.

J'ai corrigé pour éviter toute méprise quant au feu. J'aurais dû me rappeler qu'un pitbull ne démord pas :

— Fire !

Simon ne relève pas.

— Le feu devra rester rouge cinq minutes. Pareil pour les autres. Au croisement et celui de l'avenue, avant le tournant. Brandon, tu as une semaine pour entrer dans le système de commande.

Il lui faudra moins de temps. Quand il pense, Brandon, c'est en bits et en db. Il se repère dans les slash, les flashes et les connexions mieux que vous et moi pour aller au pain. Un sacré potentiel que personne n'a détecté. Il s'en fout. L'ANPE c'est des gros pink floyds.

— Rouge, rouge, rouge ! No one bouge !

— Pendant ces cinq minutes, plus personne ne pourra voir le camion. Sauf nous. À cinquante mètres derrière et trois devant, les tournants masquent toute visibilité. Si une bagnole empruntait la rue, elle serait hors champ. Coincée aux feux.

— Et s'il y en a quand même une derrière le camion ? je demande.

— Il y en aura une. Avec Manu au volant. Il fera le tampon. S'il repère une voiture dans son rétro, il la bloque au premier feu, avant le virage. Il cale, met les warnings... Quelques secondes suffisent. Après, Brandon aura fait passer le feu au rouge. On sera seuls avec le bahut. Pendant cinq minutes.

— Kfff ! Kfff ! fait Brandon, l'index pointé façon flingue.

Le toubib noterait la crispation des maxillaires chez Simon, le sujet dominant.

— Non. Pas kfff ! kfff ! il corrige, comme s'il parlait à un gibbon malentendant. Le chauffeur n'opposera pas de résistance. Il rentrera son bahut gentiment dans la cour. Il dira aux deux types à l'arrière qu'il y a un problème mécanique. Quand ils sortiront, on aura de nouveau cinq minutes pour les neutraliser et vider le fourgon.

— Kfff ! Kfff ! refait Brandon sous la capuche qu'il a rabattue sur son nez.

J'ai essayé de ne pas penser au bazooka dans la camionnette de Zampo. Je me suis accroché à l'idée que tout irait sur des roulettes. Le chauffeur dans son rôle d'otage. Les cow-boys, à l'arrière, qui ne joueront pas Fort Alamo. Et Brandon.

— Kfff !

— Neuf heures quinze, le camion repart, Manu a remplacé le chauffeur. Neuf heures quarante, le dab est approvisionné, la monnaie livrée. Dix heures, le camion est au fond du Pétochin.

Le Pétochin, j'en ai tout de suite senti l'odeur. L'humus, l'eau stagnante et les brouillards à la surface. C'est un dimanche de novembre. L'aube et moi, on s'est levés ensemble. La chambre est froide, du givre sur les carreaux quand il fait si bon sous l'édredon. Il a fallu repousser la brique, dans son linge, qu'on avait chauffée pour bassiner les draps avant le coucher. Il a fallu rejeter les couvertures. Se glisser dans les vêtements glacés et chercher du pied les chaussons sur la tomette. Il a fallu ouvrir la porte sur le couloir sombre et plus froid encore, quitter la chambre, éviter la marche branlante.

— Bien dormi, l'haricot ?

Dans la cuisine, le café passe sur la gazinière. Avec la chicorée ajoutée et le gros pain à grosses tartines sur la table encombrée. L'Opinel, la boîte à sucre, les bols dépareillés et le lait chaud dans son pot en faïence. Le long du buffet, l'attirail attend. Les cannes à pêche, la musette, le grand parapluie et les pliants. Muzo tournicote en éternuant de plaisir.

Le Pétochin...

— Un étang où personne peut aller. À cause des grenouilles, il est classé zone protégée. Il a même fallu dévier le tracé de la voie rapide pour le contourner. La commune l'a entouré d'arbres. Le pépiniériste les a plantés tellement serrés qu'ils forment un vrai rideau. Pour empêcher les crapauds de se barrer sur la route, ils l'ont doublé d'un grillage. Il n'y a qu'un chemin d'accès, grillagé, lui aussi.

— Et alors, a demandé Zampo, on entre comment ?

— Avec la clé, a dit Simon en sortant la sienne.

Aux yeux de tout le monde, le camion de la Scup aura effectué sa tournée sans anicroche jusqu'à la ZAC. Après, il se sera volatilisé.

On avait deux semaines pour se fondre dans le décor. Le temps que l'entreprise Zamponi en fasse partie aussi sûrement que les cailloux de la route. Simon avait tout calculé. Même les grenouilles et les moustiques.

VI

C'est le mardi qu'il a sonné. Malgré le soleil, il était emmitouflé dans son pardessus anthracite. Les vieux ont toujours froid à ce qu'il paraît. Peut-être un avant-goût de ce qui les attend. Celui-là, avec son Damart et son cache-col, tenait à la vie par ses fils de laine. Quand il vous serrait la main c'était comme une bestiole qui s'accroche pour vous sucer le sang.

— Je vous renouvelle toutes mes condoléances, il a dit tandis que je me dégageais.

Il a regardé l'échafaudage.

— Votre oncle aurait été content de voir que vous prenez soin de la maison. Il n'a jamais vécu ailleurs. Vous avez entrepris l'intérieur ? il a demandé en se décarcassant pour lorgner par-dessus mon épaule.

Dans le mouvement, les tendons de son cou ont sailli comme ceux de l'écorché au muséum.

— Non, pas encore.

— Vous avez raison, chaque chose en son temps.

Il est là, planté comme un poireau desséché. Il a quelque chose d'insistant, pourtant ce n'est qu'un pauvre vieux. Presque le seul à s'être déplacé aux obsèques.

— Vous avez bien connu mon oncle ?

Sur l'échafaudage, Simon s'est arrêté de siffler.

— Si on peut connaître quelqu'un en soixante-dix ans...

Il a mis les mains dans ses poches. Il ne bougera pas. Il attend. Allez savoir quoi ! On est chacun d'un côté du portillon de bois. Le poireau et moi, essayant de comprendre ce qu'il a voulu dire. Si on ne réussit pas à connaître un type en soixante-dix ans, on est un con, non ?

— Je vous remercie...

Je ne l'ai pas invité à entrer mais il a poussé le portillon.

— Je vous en prie.

Avec mes bonnes manières, me voilà avec un poireau dans la maison.

— Beau chantier !

Nez au ciel, il admire le travail :

— Entreprise Zamponi...

Il lit à haute voix comme un huissier ferait un inventaire. Il n'a ni carnet ni crayon, mais, vrai, tout est noté. La façade, le nom de la boîte sur le calicot, les plaques du bahut et le nombre de boulons de l'échafaudage. Ses vieux yeux sans vie fonctionnent terriblement bien. La cataracte, le glaucome et les dégénérescences maculaires, il les emmerde. Son ophtalmo avec, et sans doute un tas d'autres gens. Huissier ? Tout aussi bien, il pourrait avoir été comptable. Géomètre, même, à la façon qu'il a de marcher en mesurant ses pas. Six, sept, huit, il va vers la demeure. Neuf, dix, onze, il est à l'intérieur.

Il s'est posé au pied de l'escalier et, de nouveau, il attend. Il est ce Nosferatu aux ombres démesurées des vieux films expressionnistes allemands.

Acteur ?

— Votre oncle...

Je n'en saurai pas plus. À l'étage, la chasse d'eau signale que Brandon a terminé sa pause toilettes. Il en prend douze dans la journée. À chacune, Zamponi fait une poussée de tension :

— T'as la chiasse ou tu te fous vraiment du monde ?

Brandon n'entend rien. Dans ses écouteurs, le niveau sonore est celui d'un atelier de tôlerie au début de l'ère industrielle. À deux kilomètres, par vent portant, on perçoit très bien le marteau-pilon de la basse, les coups de masse sur la grosse caisse et le tempo absolument pré-binaire du mouvement.

« ...Pose... libre... terpose », Brandon gueule et file aux gogues. Quand il en sort, il est sur coussin d'air. Il retourne au chantier avec des mouvements de puncheur à l'entraînement, les sinus dégagés jusqu'à l'os.

Une main sur la rampe, Nosferatu le regarde traverser le palier. Avant de rejoindre l'échafaudage, il est gravé dans sa mémoire. Alzheimer, le vieux l'emmerde aussi.

— Vous n'aviez pas revu votre oncle depuis longtemps...

Il demande pour la forme. Il se fout de la réponse. Le pourquoi du comment l'intéresse autant que sa première prothèse dentaire :

— Certains de ses souvenirs vous seront étrangers. Vous êtes jeune, vous ignorez encore combien on peut accumuler d'objets sans importance au cours d'une vie. Avant de vous en débarrasser, puis-je vous demander de me faire signe ? Nous avons partagé tant de moments, votre oncle et moi. En conserver la trace me serait précieux.

Vendeur de canapés ? Camelot ?

Je l'ai assuré que je ne jetterais rien sans l'avertir et je me suis excusé de ne pouvoir lui offrir le moindre rafraîchissement :

— Les travaux...

— Bien sûr, les travaux, il approuve avec un air d'autre chose.

Il est aussi solitaire qu'au cimetière. Un pauvre fantôme frileux, venu se réchauffer à la vie d'une maison qui renaît. La compassion, vous savez ce que c'est :

— Une autre fois, dans un lieu plus hospitalier qu'un chantier...

Il s'est réjoui comme ces petits pères châteaux branlants à qui l'infirmière chef de l'établissement gériatrique annonce une visite dimanche en huit. Il a parlé d'un restaurant très familial aux prix tout à fait raisonnables. Il en salivait.

Pendant qu'il me serrait la main, je me suis demandé quand la goutte à son nez allait me tomber dessus.

VII

Un braquo ne se monte pas tous les jours. Moi, l'idée ne m'en était jamais venue. Ou alors, diffuse, en pensées brumeuses, dans l'entre-deux du sommeil. Quand on se rêve albatros planant au-dessus des mers. Ou monstre orgiaque absolument increvable et tout à fait capable de suppléer à onze mille verges. Ou encore, desperados de légende. Mais généralement, en bandit magnifique, je finis mal. Haché par les tirs automatiques d'un millier de tireurs d'élite des brigades spéciales. Mitraillé par un hélico sur le toit d'un immeuble en flammes, une foule terrifiée à mes pieds. Dans la chambre sordide où j'avais tout sacrifié pour un seul amour. Vendu par un vieux pote à qui je pardonne dans l'ambulance. Ou flingué à la régulière par un flic dont l'estime n'a d'égale que la mienne, mais le destin et la barricade à deux côtés seront toujours plus forts que l'amitié de ceux qui ne hurlent pas avec les loups. Après ça, on peut se rendormir.

Sur le terrain des opérations, pas question. Pourtant, l'envie est là. Passé l'excitation des premiers jours qui secoue comme un container de Maxiton, la routine a pris le pas. Le chantier, sur la façade, avance au rythme des journées ordinaires. Zamponi gratte et veille au grain.

— Pas comme ça, merde, tu vas tuer le plâtre ! Quand t'auras fini de pioncer dans l'auge, tu fais signe !

Et toutes ces choses qui font de lui un artisan consciencieux mais criblé de dettes. Brandon s'en fout, il est définitivement sourd à ce qui ne sort pas de ses écoutilles. En le voyant, on pense à tous les discours entendus dans les chambres patronales sur le travail et ces jeunes qui ne savent rien foutre, ignorent dans quel sens on tient un pinceau et, de toute façon, le trouvent trop lourd à porter. On s'en veut d'y avoir songé, mais rien de grave, Brandon s'en tape radicalement. Pas Simon. Il s'applique. En chef, il s'impose les consignes qu'il donne. Quand il dit se fondre dans le décor, il s'y fond plus vite qu'un sorbet sur une plaque chauffante. En zonzon, il est le premier à l'établi, sur l'échafaudage, il démarre au coup de sifflet. À peine s'il se décolle du mur pour regarder passer le fourgon.

Neuf heures dix : ponctuel comme une montre suisse, le bahut blindé longe la maison. Au feu rouge, on voit très distinctement le gus au volant. Ses moustaches à la gauloise, ses lunettes au mercure sur son gros nez et le képi qui lui donne l'air d'un Playmobil quand il voudrait ressembler à un terrible flic américain. Pour un peu, on sentirait son haleine aux relents de café, le tabac froid qui lui gâte la bouche et, par-dessus tout, la sueur de sa chemise de service pas lavée. Le jour J, ce n'est pas lui qui conduira. Il ignore même qu'il y aura un jour J.

Comme à chaque fois qu'on l'affecte à ce trajet, il râle contre les patrons qui préféreront toujours une économie d'essence à la sécurité des salariés. Tiens, les types du chantier entament le rez-de-chaussée. Un gars qui est moi lui fait un signe de la main. Il y répond en levant quatre doigts du volant. Les travailleurs saluent les travailleurs.

Vert. Tandis qu'il démarre, un petit malin en vacances à six cents kilomètres de là taquine le poisson près de Jouillat, Creuse, à un jet de bouchon de la vallée des Peintres, Crozant, Gargilesse, où George Sand brûlait ses derniers feux au corps tendre de son jeune amant. Le petit malin l'a lu sur un dépliant touristique. Mais en ce moment, la dame de Nohant, il s'en cogne autant que des poiscailles. S'il regarde flotter le bouchon, c'est pour se convaincre que tout ira bien. Qu'il a fini de ramer comme un galérien pour un transporteur de fonds dont l'estime se mesure au prix d'un plein. Et qu'il n'a pas fait la plus belle connerie de sa vie en plongeant dans ce coup tordu.

Il ne va pas tarder à être fixé.

Histoire d'être dans le ton, je fourgonne dans la maison. Le jour où les flics viendront, tout devra faire illusion. Comme ces décors de ciné qui me transportaient au Far West à l'époque où ce vieil Hopalong Cassidy, coincé par une douzaine d'outlaws dans la mine d'or de Tombstone, m'attendait pour se tirer d'affaire. C'était au Central Palace, j'avais ingurgité trois tonnes de Mintho et, sur le siège voisin, tonton essayait d'avertir Hopalong que le chef de la bande allait dynamiter la galerie.

— T'as vu ? il déroule la mèche !

En gros plan, sur l'écran, c'était difficile à louper. Mais partager l'action avec tonton faisait tellement plaisir...

— Mince ! je disais avec une grosse envie de l'embrasser.

Et je lui passais un Mintho.

Les flics, il leur faudra autre chose.

— Vous faites des travaux à l'extérieur sans toucher quoi que ce soit à l'intérieur ?

Ils auront l'air de le remarquer pour la forme, ils adorent Columbo. Mais ils m'auront déjà dans le nez. Alors, pour donner le change, j'empile des monceaux de vieilleries en essayant de ne pas trop penser aux souvenirs.

C'est en ravaudant que j'ai exhumé la valise. Elle sentait le carton bouilli. Toute gondolée à force de dormir dans son placard, derrière les pantalons taille haute achetés à la Grande Fabrique, spécialiste du vêtement de qualité pour la famille.

En ce temps-là, les journaux mesuraient deux mètres, leurs titres comme des oriflammes. Ceux qui jaunissaient dans la valoche n'avaient pas vu la lumière du jour depuis une éternité. Ou tout comme. 1934.

Aire-sur-la-Lys, Marcel Degroote, agriculteur, remporte le concours annuel des coulonneux. Entre ses grosses mains, Léon, pigeon ramier de trois ans, fixe l'objectif de son petit œil rond. À Saint-Omer, l'amicale laïque prépare le repas des anciens. La grève des mineurs a cessé. Une centaine de personnes ont quitté Leforest à 15 h 15 pour Lille. L'embarquement s'est fait sur l'embranchement particulier des mines, dans une rame de quatre wagons à laquelle on avait accroché un fourgon pour les bagages...

— C'est quoi ?

Pour une fois que Brandon s'intéresse, c'est pas de pot. Ses pattes dans les souvenirs de tonton m'indisposent.

— Rien.

J'ai voulu refermer la valise. Son pied a bloqué le couvercle.

— Pourquoi t'es pas cool ? il demande avec le sourire de Robert De Niro en Al Capone juste avant qu'il éclate la tête d'un de ses vieux potes à la batte de base-ball.

— C'est que des vieux journaux sans intérêt.

— Alors, tu le dis.

Son pied a fourragé dans la valise :

— Vas-y, tu le dis !

— Brandon, que veux-tu que je dise ?

— Tu répètes : Brandon, c'est des vieux journaux.

— Arrête ! Je te l'ai dit.

Quand il a refermé le couvercle sur ma main, je

n'ai pas vu bouger son pied. Il doit faire des passes mortelles au joga bonito.

— Ta race ! Tu vas le répèt' ? J'attends : Brandon, c'est des vieux journaux !

Le couvercle me cisaille les doigts. Combien pèse une Nike posée dessus avec un pied à l'intérieur ?

— Brandon, merde ! C'est des vieux journaux…

Sans la douleur, je croirais rêver. Il a sorti son mobile et me tire le portrait. À peine le temps de dire aïe, je suis pixellisé. Le résultat paraît lui plaire.

Malgré une formidable envie de meurtre, je ne croiserai pas son regard. Ce serait la dernière chose à faire. Je l'ai lu dans un magazine qui tartinait sur la question sécuritaire. Un sacré reportage pour lequel le journaliste avait pris tous les risques possibles et même au-delà. McDo halal et Meca-Cola compris.

— Faut pas te la péter, mec. Tes journaux, je les lis quand je veux. Et tu me sors pas que c'est sans intérêt.

Brandon a lâché ça tellement près que je pourrais compter les pores de sa peau, à condition d'accommoder à une si faible distance. Après quoi, il m'ébouriffe les cheveux comme il le ferait à son petit frère, esquisse un pas de deux façon Muhammad Ali et me laisse la main en capilotade.

VIII

Aujourd'hui, c'est sortie. Boulot plié, Simon goûte aux joies des promenades. Le tour du pâté de maisons et la halte chez Pinto, restaurant ouvrier, hors-d'œuvre, plat du jour, fromage, dessert et vin compris. Les ouvriers, Pinto n'en voit plus un seul franchir son seuil. Disparus avec les routiers aux pognes baladeuses qui chatouillaient Mauricette. Partie Mauricette. Éteint le coup de feu des midis. Éclusés la tambouille et le litre généreux. La crise a balayé le bled comme un ouragan. Pinto ne sait même plus pourquoi il est resté. Ni comment il tient. Les factures jaunissent avec les rappels et les menaces de saisie. Au début, il faisait durer. Ses trois biens vendus au plus pressé. Son assurance vie liquidée pour des queues de cerises. Et la cavalerie du quotidien. À présent, il s'en fout, le coin est tellement sinistré qu'il est rayé des cartes. Même les huissiers ont perdu le chemin. À celui qui le retrouverait, Pinto réserve la pétoire avec laquelle il avait songé se faire sauter le caisson.

Comme tous les soirs, c'était en hiver. En bas la télé marchait dans le vide. Dans la chambre au papier peint faux Jouy, les secondes tombaient comme la goutte d'eau du supplice chinois. Pour ne plus les entendre, Abel Pinto avait mis le canon dans sa bouche.

— À la fin des pubs, je tire.

À travers le plancher, il avait tenté de deviner laquelle guiderait son ultime pensée. Il espérait celle des saucisses, aux images d'enfance. Les genoux couronnés, le petit moulin de bois bricolé dans le cours d'eau. Mais la dernière annonce avait chanté les louanges d'un traitement contre les douleurs intimes. « Vous savez, cette réclame contre les hémorroïdes. Lui qui en souffrait tant. C'est juste après qu'il... » Penser au récit qui serait fait de ses derniers instants avait dissuadé Pinto d'appuyer sur la détente. Mourir est une affaire trop sérieuse pour s'y lancer en songeant qu'il se trouverait toujours un crétin pour ricaner de votre dépouille. À l'écoute du spot publicitaire, Pinto le pressentait, elle rimerait pour l'éternité avec ouille, ouille, ouille. Le fusil avait regagné son râtelier. Depuis, Pinto le graissait parfois avec de longs regards rêveurs que son épouse n'aimait pas. Mais il n'avait plus récidivé.

Le restaurant avait achevé son déclin, accompagnant celui du quartier. Les derniers apéros, comme des potions amères. Les places vides. Les représentants qui remballent leurs échantillons. La serviette du camionneur sortie par habitude alors qu'à cette heure il approche du Flunch sur l'autoroute. Et le fin du fin. La dernière tablée du dernier carré de l'usine liquidée. La grève aux airs de ne plus en finir, tournée en eau de boudin, enterrée au comptoir. Les « ce n'est qu'un au revoir », les vannes qui tombent à plat et le carillon de la porte comme un glas.

— Allez, adieu Abel...

Après, ce sera l'œil à la pendule toutes les cinq minutes et Mme Pinto qui regarde son homme accomplir des gestes dérisoires.

Tout ça pour en revenir à Simon.

Quand il a poussé la porte, c'est de l'air frais qui est entré. Un maçon sur la toile cirée, c'est comme une hirondelle qu'on n'attendait plus. Rond de serviette et pousse-café, il a tous les honneurs. Même celui de taquiner Mme Pinto dont la poitrine tremblote de plaisir.

Zampo fréquente le restau, lui aussi. Mais quand Simon allume les lampions, sa tronche de regrets éternels fait figure de cierge. Question politique en revanche, il marquerait des points. Au tout fout le camp, il est champion. Pinto s'étonne de trouver son maître. Il y voit le signe d'une renaissance et s'en ressent une vigueur nouvelle. Quand le bâtiment va, tout va.

— Madame Pinto, offre donc le pousse à ces messieurs.

Du plus loin qu'il s'en souvienne, Abel n'a jamais appelé sa femme autrement. Madame Pinto. Coutume de bistroquet gravée dans le bois des tables à l'époque pot-au-feu. Gabin dans *Gasoil* et l'addition en francs lourds. Dans le décor, Brandon fait tache. Il y a débarqué comme un cosmonaute égaré dans une faille spatio-temporelle qui reviendrait sur terre au siècle des huttes et des aurochs. En le voyant, Pinto a glissé la main sous le comptoir. Le nerf de bœuf est à sa place. De la belle ouvrage. Torsadé, verni à l'ancienne quand on savait encore le prix des choses. Mieux qu'un talisman, Pinto le caresse dans les moments de doute. À l'heure des infos télé qui le laissent songeur et tout aussi mélancolique qu'aux soirs de Toussaint.

Simon a repéré le geste :

— Monsieur Pinto, laissez-moi vous présenter Brandon. Un compagnon apprenti qui s'initie aux secrets du métier.

Un jeune au boulot à l'heure des raves et des voitures brûlées, Pinto a lâché le nerf de bœuf. Brandon est attifé spécial, mais quoi, tout le monde a eu vingt ans. Ceux de Pinto étaient yéyé, Scopitone et guerre d'Algérie. « Je suis un soldat comme d'autres là-bas, j'attends le jour de mon retou-ou-ou-our. » Il en nourrit son juke-box qu'il écoute parfois en rêvant à des souvenirs dont il ne parle pas.

Pour l'heure, il déjeune avec madame et le journal télé. Quand je suis entré, l'envoyé spécial de TF1 à Montfermeil commentait le caillassage d'une voiture de police. Un fond d'image rappelait l'embrasement du quartier, survenu trois mois plus tôt, après la visite du ministre de l'Intérieur dans le plus simple appareil d'un aréopage de conseillers, d'une tribu de gorilles, d'une petite centaine de journalistes bardés de micros, et d'une armée de flics en tenue antiémeute. Tandis que Pinto amenait la carafe, le journaliste rendait l'antenne sans avoir pu se débarrasser des mômes à capuche qui levaient des doigts d'honneur dans son dos avec des bonds de marsupilamis chargés à l'EPO.

Pinto a dit un truc sur l'époque, j'ai répondu par un sourire fataliste et TF1 a envoyé la séquence suivante.

— Valence, attaque sauvage d'un transport de fonds.

J'ai encaissé le choc sans broncher mais quand mon cœur se décroche, le bruit s'entend probablement jusqu'aux studios télé. Sur l'écran, le camion blindé de la Brink's ressemble à une boîte de thon ouverte au burin. Un capitaine de gendarmerie parle de lance-roquettes. Le temps de penser aux armes dans la camionnette de Zampo et la caméra s'attarde sur les taches sombres qui maculent la chaussée. Sachant qu'un corps humain contient environ quatre litres et demi de sang, qu'en reste-t-il quand il a teinté le macadam sur une surface grossièrement circulaire dont le diamètre est estimé à deux mètres ?

Dans mon cerveau, ça tourne à cent mille toursminute. Maintenant, un type cause de la sécurité des convoyeurs, il est délégué syndical, c'est écrit en bas de l'écran, et passablement en colère, ça on le voit très bien. Il dit que les fourgons sont devenus des coffres-forts roulants, que les risques sont transférés sur le transport et que les patrons s'en soucient autant que de leur premier conseil d'administration.

Quand le JT envoie la météo, Pinto a pris le relais. Je n'écoute plus. Je suis tout à fait d'accord, il nous faudrait un homme à poigne, et je vous dois combien, monsieur Pinto ?

Dehors, la rue aligne ses murs gris et ses boutiques à vendre. Elles le sont depuis tant d'années que la plus minable des agences immobilières ne perdrait pas son temps à chercher leur dossier. Si toutefois il lui restait un employé assez vieux pour se souvenir du bled. Quand la ville avait rattrapé la campagne à tonton, ses chemins creux recouverts de bitume, elle était devenue faubourg. Les lauriers coupés, nous n'irions plus au bois, l'usine l'avait remplacé. Les Mobylette en partaient comme des feux d'artifice. Des belles bleues, des grises et des orange qui pétaradaient dans les villages et les cités ouvrières. La grande égalité du deux-temps sous les blue-jeans des blousons noirs, les culs-terreux des maraîchers, les fesses postales du facteur. Et la soutane au curé, toutes voiles dehors, saint-sacrement sur le porte-bagages. Elle me faisait rêver, la pétrolette. Selle biplace et guidon-bracelet, garanti casse-gueule quand il fallait braquer bras collés au corps. Les épaules remontées aux oreilles et la conduite impossible qui donnaient l'air d'un têtard énervé.

Puis la roue avait continué de tourner, les mobs rangées au musée, le faubourg s'était changé en dortoir. Et la ville en faubourg.

À présent, le dortoir est vide et sent la mort.

Quelle image à la noix.

IX

Les soirées paper-board se succèdent, aussi imprévues que des téléfilms. Aujourd'hui, nouvelle séance. Simon décompose l'action avec l'application qu'il mettrait à expliquer un chapitre du *Capital* à une classe de transition. Il ponctue les séquences en soulignant des mots clés. Le truc est infaillible pour imprimer un message sur le cerveau. Simon tient ça des éducateurs pénitentiaires et des deux mille stages de réinsertion qu'il a suivis. À voir où il en est, on pige que le résultat est assuré.

Je suis passé au tableau. Maintenant, c'est à Zampo. Il explique comment embarquer les deux convoyeurs dans les vapes, attachés, cagoulés, narines pincées...

— Pourquoi les narines pincées ?

Simon a l'intonation de Mme Trouchain quand elle contrôlait que tout était pile-poil entre moi et ce foutu problème de robinets. J'avais passé la soirée à le résoudre avec tonton, et sa baignoire refusait de se remplir à la cadence des trente gouttes par minute de l'énoncé.

— Pour ne pas qu'ils repèrent l'odeur de maçonnerie s'ils se réveillent avant d'être arrivés, récite Zampo.

Je me suis demandé comment une combine aussi tarabiscotée pourrait éviter la présence d'un grain de sable dans l'un de ses trente-deux rouages. Mais au paper Simon a prévu l'imprévisible. Il s'est posé toutes les questions que se poseront les flics. Il y a répondu par tant de leurres et de fausses pistes qu'ils en seront encore à se taper la tête contre les murs quand il sablera le champagne de son centième anniversaire au soleil d'Acapulco.

Pendant qu'on planche, Manu étudie la route. Il a minuté le trajet dans sa vieille Opel Corsa au compteur bloqué sur la vitesse du fourgon. Il l'a fait tant de fois qu'il pourrait rouler les yeux fermés en indiquant l'emplacement des croisements, des nids-de-poule et des poteaux électriques. Manu ne vient jamais chez tonton. Le jour du coup, quand il aura livré la monnaie des caisses au Champion, les employés pourront en brosser un portrait-robot plus fidèle qu'une photocopie, personne ne l'aura vu avec nous. Il communique au mobile. Simon en a dégoté un lot si débloqué que même Robocop ne pigerait rien. Pour se parler, lui et Manu utilisent les noms de code. Simon nous en a donné un à chacun. Victor, Émile, Alexandre, Eugène... Que des grands écrivains, il précise, et du XIXe ! Zampo opine. Le XIXe, c'est du solide. Pierre meulière et poutres en chêne. Simon a eu le temps de lire en prison. Il dit que si, à cause d'un des grains de sable improbables, les flics tombaient sur une conversation, ils mettraient un moment avant de piger l'astuce. Un gag à effet retard.

Avec Brandon, il avait quand même dû s'y prendre à deux fois :

— Malko, c'est pas un écrivain.

— Zobi ! J'ai un bouquin.

— Brandon, Malko, c'est le personnage, pas l'auteur.

— L'auteur... bouffon... c'est SAS. SAS Malko Linge. C'est le même avec trois noms.

— L'auteur s'appelle Gérard de Villiers. Je crois pas qu'il irait avec les autres.

— Je m'en bats les couilles. Vous vous appelez comme vous voulez, je vous fais pas ièche avec ça. Moi c'est Malko. Point barre.

La négociation est un art subtil. Après trois plombes, Brandon s'était rendu au compromis, il s'appellerait Gérard. On lui avait montré le nom sur Google.

— Quand les flics auront pensé à Gérard de Nerval, j'avais chuchoté, l'effet sera encore plus retard.

— De Villiers, pas de Nerval, avait rectifié Brandon.

Voilà, la séance du jour touche à sa fin. Tout est calibré. Chacun connaît la moindre note de sa partition. Brandon n'a pas encore décodé la programmation des feux rouges, mais :

— Zen, dans deux jours, je suis pluggé dessus.

Peu à peu, l'ambiance a viré relax. Bande de potes, on pourrait dire. Et tout à fait cool. Rat

Pack et *Ocean's Thirteen*. George Clooney allait faire son terrible sourire à mâcher le monde entier comme un bubble-gum à la fraise quand j'ai posé la question :

— Après que Zampo aura emmené les deux cow-boys dans la planque, il se passe quoi pour eux ?

Le sourire de George Clooney s'est collé au chewing-gum. Simon passe la main sur son visage pour chasser la fatigue :

— Où est le problème ? On a expliqué ça cent fois. Dès qu'on est en sécurité, j'appelle les flics pour leur filer l'adresse de la cave.

La cave, ils ne risquaient pas de la trouver tout seuls. Murée qu'elle était au fond d'une cité où le dernier uniforme à s'être aventuré était donné en exemple d'erreur à ne pas commettre dans toutes les formations policières de base.

— Bien sûr, Simon, je sais. Mais qui va s'en occuper en attendant ?

— S'en occuper...

— Les garder, les nourrir...

— On les envoie pas au Club Med. Ils seront dans leur cave et basta. T'as vu les otages en Irak ? Ça tient longtemps, un otage, fixé à son mur. Et ça bouffe pas tous les quarts d'heure.

J'allais rétorquer qu'à ce stade le plan aux petits oignons semble manquer de rigueur, mais le regard de Simon m'a traversé comme si j'étais devenu transparent. Brandon et Zampo se sont figés.

Au rez-de-chaussée, quelqu'un marche.

— Félix ? T'es en bas ?

Pas besoin de se retourner pour savoir à qui appartient la voix :
— Léo !
L'ébaubi.

X

Avant que les autres aient moufté, j'avais grimpé l'escalier. La bonne tête de Léo s'encadrait dans la porte comme une lune débonnaire :
— Vous retapez la cave ?
— Hein ? Non, non, on y a entreposé du matériel.
Il avait fait : « Ah... » comme si ça méritait réflexion, et je l'avais poussé dans la cuisine. Pour m'en dépêtrer, j'avais accepté son invitation à dîner. Maintenant, nous y sommes et j'ignore toujours ce qu'ont à se dire deux types qui se sont perdus de vue à vingt ans et guère retrouvés depuis. Une correspondance épisodique, quelques week-ends à Paris et un mariage dans le secteur. Léo appartient à cette espèce courante pour laquelle une amitié de jeunesse se doit d'être éternelle. Fort de quoi, il m'avait bombardé témoin de ses noces. Une vague d'attentats venue du Proche-Orient déferlait sur la France, la victoire de la droite aux élections législatives, cinq ans après la vague rose de 1981, installait la première cohabitation et Christophe Lambert décrochait le César du meilleur acteur. Une année incroyable.

— Coluche venait de mourir...

Ça, c'est Léo... On en est au dessert, la conversation ronronne comme une musique d'ascenseur et, dans les assiettes, les restes du repas ressemblent aux souvenirs remâchés. Léo fouille dedans comme dans sa collection de vinyles.

Tonton est revenu sur le tapis. Pour Léo, c'est un lien qui nous réunit. Distendu, ça va sans dire. Aussi, Léo ne le dit pas. C'est pire. Le silence, ça vous flanque des remords plus lourds qu'une pierre au cou. L'oncle largué comme un vieil ours en peluche dans un coin de cave, on ne se dépatouillera plus de l'idée. Une remarque, une allusion, on se trouverait des excuses. De la justification. Peut-être un motif au coup de crocs. Question d'autodéfense. Mais la discrétion muette sur le sujet, ce n'est pas charitable...

— Il était comment ces dernières années ?

Je viens de tendre une perche. Léo n'a plus qu'à la serrer.

— Comme tous les vieux. Il avait baissé. Il ne sortait plus beaucoup. Un coup chez Pinto, le pain, la boîte à lettres...

S'il attendait les miennes...

La boîte à lettres... Léo a lâché ça sans arrière-pensée, le contraire aurait été vache et pas son genre. À tout hasard Sandrine rectifie le tir :

— Il correspondait avec des mordus d'histoire locale.

— L'histoire locale ?

Léo s'engouffre dans la brèche :

— C'était devenu son passe-temps. Plus on vieillit, plus on se rapproche du passé. Une manière d'y retourner. Et puis, la recherche des racines... Sans elle, des tas de trucs s'effaceraient... Nous, c'était la musique, tu te souviens ?

L'odeur fumeuse des années soixante-dix, je l'avais encore dans le nez. Léo et moi dans la 2 CV, les autocollants sur le pare-brise. La capote où la pluie s'infiltrait, et les hameaux perdus dénichés comme des oasis. Dans le grand foutoir des idées, l'utopie se piquait de retour à la terre. Nous l'arpentions au pas mal assuré de nos sabots suédois sur la piste des derniers musiciens de village. Les vrais détenteurs de la culture populaire. Des bien vieux qu'on ne laisserait pas rendre un dernier souffle sans le recueillir sur nos magnétos pouraves. Le rock et son pognon alimentaient le système, on forgeait l'alternative. Du nord au sud, on retrouvait la pureté. La bourrée, les bougies et les maisons bleues adossées à la colline. Dans le catalogue des combines d'enfer, deux masures c'était des plans sur la comète. Les bases de la société nouvelle, une fois stoppée la marche du monde. L'heure approchait de l'an 01. On allait tout arrêter et ce ne serait pas triste. Les chaussettes en laine vierge piquaient comme des orties, le suint de nos gilets afghans aurait refoulé un troupeau de moutons en rut, mais c'était mère Nature. Avec elle, on allait tout changer.

— On était les précurseurs de l'altermondialisme...

Léo savoure le passé comme un berlingot. Que le retour aux sources ait pu être avant-gardiste évoque le serpent qui se mord la queue, mais le suggérer serait la faute de goût. Alors, tandis que Léo s'alanguit sur le canapé, j'essaie d'imaginer tonton en alter. L'avenir de la planète l'intéressait le temps d'un sauvignon chez Pinto. Côté choses essentielles, il en tenait pour les fondamentaux. Le concours de tarot, la pétanque et le banquet du 14 Juillet.

La marche aux souvenirs lui va mieux. Remonter le temps est le dernier exercice que les vieux pratiquent. Quand un ciel de pluie vous rouille les genoux et que les heures s'alignent comme les mailles d'un tricot, partir dans l'hier, c'est retrouver les jours heureux. Les seuls qui ont existé puisqu'ils étaient nôtres et peuplés de vivants. Les pères, les mères, les amours... Ils déboulent aux soirs de vague à l'âme.

— Il s'intéressait à quelle époque, tonton ?

Léo planait sur son nuage baba, il reluque Sandrine comme un acteur en plan cherche le souffleur.

— Les années trente, elle dit.

— L'oncle devait avoir vingt ans à l'époque... Il a déniché des trucs sympas ?

— Je ne sais pas si c'est exactement ce qu'il cherchait. Demande au père Delcourt.

— Delcourt ?

— Il était aux obsèques.

— Ah, je vois. Il est passé à la maison. Le pauvre vieux, je l'ai reçu entre deux plâtres. On a convenu d'un déjeuner. Je vais devoir m'y coller.

— Tu parlais d'inattendu...

— C'est comme si j'y étais.
— Non, tu ne piges pas. Le boulot de Delcourt devrait te plaire.
— Pourquoi ?
— Il était détective.
— ...
— Flic privé, si tu préfères !
Je n'aurais pas été jusque-là.

XI

Le coup aura lieu après-demain. Brandon a percé le secret des feux de signalisation. Depuis deux jours, il ne pointait plus au chantier. Rivé à son ordinateur comme à un jeu vidéo coriace, il profilait sa silhouette de pitbull pensif dans le salon aux rideaux tirés. On l'entendait parfois scander ses trucs hip-hop avec des soubresauts de paraplégique en transe :

— Hacker, planté au cœur/du système en vainqueur/t'ignores la peur/cambrioleur de leurs valeurs...

En écho râleur, Zampo ressassait la complainte de l'entrepreneur victime du laisser-aller.

— Pendant que le petit con joue avec sa console, on se coltine la façade...

Couverture ou pas, quand la valeur travail se lézarde, le ciment de la société se fissure. Zamponi n'en débranchait pas.

— Et si on termine pas le boulot, les flics auront vite fait de piger la soudure.

Simon avait médité l'argument. Une heure plus

tard, Zampo et lui trimaient comme deux stakhanovistes défoncés au plan quinquennal.

Et les heures sup s'ajoutaient à la facture.

Pour le moment, j'ai d'autres soucis. Nosferatu ne quitte plus mes pensées. Que la visite d'un privé en retraite au QG d'un braquage soit le fruit du hasard, je ne miserais pas lourd là-dessus. L'âge n'y change rien : flic un jour, flic toujours. Pourtant, je tairai son pedigree. Sait-on ce que pèse la vie finissante d'un vieux détective dans la balance des malfrats ?

Ma belle âme et moi sommes seuls face au problème.

— Tu sors ?

Sur le pas de la porte, Simon me lance un regard aussi perçant qu'un chalumeau oxhydrique.

— Je déjeune avec un ami de mon oncle.

— Qui c'est ?

Je pourrais l'envoyer balader, mais il est le chef. Le succès de l'opération repose sur son autorité, sa capacité à prévoir les fautes les plus infimes. Analyser, corriger les trajectoires aussi vite qu'un pilote dans sa carlingue. Toutes ces conneries que le chargé des ressources humaines, frais émoulu d'une école qui en a produit des centaines à l'identique, m'avait servies en hors-d'œuvre de mon licenciement. Simon prend simplement moins de gants. Il est à l'ancienne mode, ses manières aussi enrobées qu'un crochet du droit. Si je venais à l'oublier, le paquet de muscles qui fait onduler les serpents tatoués sur ses bras me le rappellerait.

— Le vieux qui est passé l'autre jour. Je lui ai promis un restau. C'est la seule façon qu'il ne s'incruste pas.

Les serpents se détendent. Simon se fend d'un sourire bienveillant. Le même que le combattant d'une lointaine milice en guerre adresse à son otage en lui apportant un gobelet d'eau dans l'abri de fortune où il croupit par cinquante degrés à l'ombre. Plus tard, il l'égorgera devant une caméra vidéo, mais, à cette seconde, il est magnanime.

— Régale-toi.

C'est ce que Simon vient de me dire et j'en éprouve de la reconnaissance. S'il me voyait, le docteur Pitard pourrait inscrire dans son carnet une ou deux choses intéressantes sur le syndrome de Stockholm.

Le restaurant a planté son toit de chaume synthétique entre la ZAC et l'autoroute. Quand je suis entré, Nosferatu dévorait le menu des yeux. Il a levé le nez et son visage s'est illuminé comme celui d'un gamin qui va enfin pouvoir boulotter ses chocolats de Pâques.

Il m'a invité à prendre place, au cas où l'idée ne me serait pas venue, et il a expédié les salamalecs avec l'envie pressante de passer aux affaires sérieuses. La première avait le goût du kir royal.

— Compris dans la formule.

Il a descendu le sien à la vitesse d'un bobsleigh farté à mort. Ses joues ont rosi et j'ai pensé à ces vampires exsangues à qui une pinte d'hémoglobine donne le teint d'un joyeux Normand dans les films de la Hammer.

Quelques secondes plus tard, je découvrais un tout autre story-board. *Braquage sanglant de Valence, mort du deuxième convoyeur.* Sous le coude de Nosferatu, la nouvelle s'étale en une du journal.

— C'est une question de temps...
— Je vous demande pardon.
— Leur arrestation est une question de temps, il répète en croisant mon regard.
— Ah ?
— Attaquer un fourgon au lance-roquettes est à la portée du premier imbécile venu.
— Tout de même...
— Du muscle, rien de plus, donnez une arme à King Kong, il fera aussi bien. Pour la suite, en revanche...
— La suite...
— Cela vous intéresse ? il a demandé en me fixant de ses yeux morts.
— Oui, non, enfin, vous semblez connaître le sujet...

Son assiette à la main, il est reparti faire une razzia sur le buffet. Il a tout du vieillard ravi de s'en mettre plein la lampe, mais je sais qu'il porte un masque. Il en possède une collection. Il est fort. Son cache-col, ses gilets de laine et son teint ivoire ancien, c'est de la frime. Des accessoires pour vieil acteur. Il connaît toutes les ficelles. Ses quatre-vingt-dix piges aux fraises, il s'en tamponne. Il a flairé nos traces et ne les lâchera plus.

— Vous n'allez pas vous servir ? il demande en se rasseyant.

Je repose précipitamment le journal.

— Si, si.

Je n'ai plus qu'une idée en tête : je suis cuit.

Elle n'était pas pour moi cette histoire. Un hold-up doit s'en tenir aux standards. Les hommes ont la mine désabusée. Ils ont sacrément roulé leur bosse. Ils traînent la fatigue du monde et des kilos de poisse. Leur avenir est quelque part entre l'impasse humide où la police les guette et la salle d'attente déserte d'une gare routière au petit matin. Le dernier autocar est parti depuis longtemps. Ils n'ont aucune chance de choper le prochain. Pourtant ils restent là, transis, dans leur costard fripé, à écouter les sirènes des flics qui rappliquent inexorablement. C'est le lot des gangsters magnifiques. Ces perdants romantiques qui ressemblent tous un peu à Sterling Hayden.

Fondu au noir. Le ciné se rallume sur la réalité. Le buffet de hors-d'œuvre est pareil aux milliers de buffets dressés dans des milliers de restaurants au toit de faux chaume, près des bretelles d'autoroute. Le coup du siècle est réglé par un branquignol dont la plus belle réussite sera de figurer au livre des records des plans foireux. Et un privé en retraite depuis l'invention de la Sécu l'a éventé en une semaine.

Tandis que Nosferatu s'empiffre, j'imagine parfaitement la suite des opérations.

Option A, après quarante ans d'affaires miteuses, il tient sa victoire. Il va nous livrer aux flics avec tambours, trompettes, la une des canards du coin et deux minutes aux infos régionales.

B, il se contentera d'une moitié du butin. Il ne va pas tarder à me le faire comprendre.

C, signifier qu'il a tout pigé lui suffit. J'arrête les frais et, en mémoire de tonton, il ne fera pas plonger l'haricot. C'est un noble cœur. Il finira ses jours en se répétant qu'il est pareil à ces vieux héros de la Warner dont la chienne de vie n'a pas usé le sens de l'honneur.

J'aime assez la dernière option.

— J'avais beaucoup d'affection pour votre oncle.

Il a lâché ça au retour de sa troisième expédition buffet. L'enclume sur mon estomac se fait plus légère :

— Chaque jour on se promet de donner des nouvelles, d'aller voir ceux qu'on aime, et le tourbillon reprend. On se laisse emporter en croyant que les êtres chers sont immortels...

Nosferatu paraît à moitié convaincu. Pourtant, je donnerais gros pour revenir au temps des culottes courtes et des abeilles à tonton. Jouer aux voleurs ne valait pas quinze ans de placard. Ni une balle perdue. À part peut-être celle du jokari.

— Ne vous mortifiez pas. Moi aussi, j'avais fini par le croire immortel.

— Comment l'avez-vous connu ? je demande en finissant le poireau vinaigrette.

— C'est une longue histoire. Elle remonte aux années trente... Un autre siècle. Il avait dix-sept ans, moi deux de moins.

— Des amis de lycée...

— Jeune homme, à l'époque, on n'y moisissait pas. Votre oncle et moi, nous étions placés depuis le certificat. Lui à la ferme, moi aux houillères.

— Vous ?

— Qu'y a-t-il d'étonnant ?

— Je ne sais pas.

— Ici, le choix était simple : la terre, les houillères, les filatures. J'ai suivi mon père. Ça a été le charbon.

— Je vous imaginais plutôt dans la filature.

Je suis le roi des marioles. Pour se donner du temps Nosferatu attaque son entrecôte.

— La filature... Pourquoi ?

— Question de profil. Et puis, vos mains ne sont pas celles d'un mineur.

Il achève sa barbaque, reprend du rab de frites, essuie le gras sur son menton. Après quoi, il entame la seconde bouteille sans laisser le garçon revenir dans la course :

— Peut-être parce que je ne l'ai jamais été. Les houillères comportaient de nombreux corps de métier. Sans parler des activités périphériques.

On y est en plein. Le chat et la souris. Le jeu requiert de la finesse, j'en ai à revendre. De quoi venir à bout d'un champion d'échecs russe génétiquement programmé pour la gagne :

— Laquelle exerciez-vous ?

Le direct après l'esquive, je tiens la forme.

Pas lui.

Les yeux vitreux, le souffle court, il vient de s'affaisser. La tête dans son assiette.

XII

C'est pour aujourd'hui. J'ai passé la nuit à compter mes dernières heures de liberté. Depuis, l'estomac retourné, je campe aux toilettes. Quand je sautais comme un cabri insomniaque entre mes draps froissés, les pensées pullulaient. Les gestes checklistés, le timing décomposé, chaque seconde étirée à l'infini... À présent, ma tête est vide. Rien. Je ne sais plus rien. Mme Trouchain ne va pas me louper.

Ma bouche est plus sèche que le Ténéré, pourtant, je viens d'ingurgiter la moitié d'un magnum de flotte sans respirer.

— Si je tiens vingt gorgées, c'est gagné...

À douze, poumons en feu, j'ai calé. Mauvais signe. Pour le conjurer, j'ai compté les tomettes sur le sol. Un multiple de trois et le succès est assuré. J'en ai dénombré quarante-quatre... En désespoir de cause, j'ai tenté un truc infaillible. Brûler une allumette entre le pouce et l'index sans lâcher prise sous la douleur. J'en ai cramé soixante-trois sans y parvenir.

Dans une heure, le fourgon de la Scup s'arrêtera au feu rouge et la seule chose dont je suis capable, c'est de vomir. Entre deux spasmes, j'ai une pensée pour Nosferatu sur son lit d'hôpital. Que tout roule et je veillerai sur ses vieux jours ! Un vœu pareil met les atouts de votre côté. La providence protège les êtres généreux.

J'ouvre la fenêtre. La fraîcheur rappelle que les exécutions ont lieu au petit matin.

Nouvelle visite aux chiottes.

Sur l'échafaudage, trois automates dansent un ballet mécanique. Appliqués à jouer les ouvriers modèles, ils évoquent ces tableaux maoïstes qui me faisaient hurler de rire dans les années soixante-dix. Les trois maçons du Yunnan édifient la grande muraille du socialisme. Une daube du genre ! Le soleil se levait à l'est. Des penseurs qui en avaient pris un bon coup se pâmaient devant la révo cul et parlaient tout à fait sérieusement de la pensée Maozedong. Dans leurs habits neufs, ils ont pilonné leurs bouquins, brûlé leurs photos, mais leurs discours sur la marche du monde ont toujours cette belle assurance avec laquelle ils expliquaient les bienfaits du Grand Bond en avant, du socialisme albanais ou du Kampuchea démocratique.

Pendant quelques secondes, j'ai oublié le braquage. Simon m'y ramène rapide. Il a chopé son mobile. Connexion avec Manu derrière le fourgon. Je le vois comme si j'y étais. Manu décroche :
— Ici Eugène, la livraison arrive.
Ou un machin du même acabit.

Une rumeur lointaine sourd du silence. Sans la tension nerveuse, elle serait à peine perceptible. Le bahut blindé est en route.

— Chiotte !

Sur les planches, Simon secoue son bigo comme il le ferait d'une zappette fatiguée.

Inquiets, Brandon et Zampo le reluquent.

— Putain de merde !

Le ronflement va crescendo. À présent, on perçoit très bien le bruit d'un moteur. Changement de rythme, reprise en côte, le camion doit aborder l'entrée du bled. Juste en haut de ce foutu dos-d'âne où planquaient les gendarmes de la sécurité routière avant que la nationale se change en désert. Avec des figurines en plastique et des petites voitures Norev, j'avais reconstitué le tableau dans le jardin de tonton. Ils étaient chouettes, mes motards. Pas un bouton de vareuse ne leur manquait. Peints à la main, précisait la boîte. Jusqu'à cette minute, je n'avais jamais pensé à ces types dont le boulot consiste à peindre de tout petits flics. Ceux qui vont nous alpaguer seront beaucoup plus gros.

— Pas de réseau !

— Quoi, pas de réseau ?

Sur les planches, tous les portables sont sortis.

— Allô, Alexandre, ici Victor ! Allô…

— T'as de la réception ?

— …

— Putain, Brandon, je te cause !

— T'as pas dit Gérard ! Moi c'est Gérard. Zarma ! Tu balances pas mon nom au phone !

— On reçoit pas !

— C'est pas une raison !

Le bahut a franchi le dos-d'âne. Je ne pensais pas qu'un fourgon pouvait faire tant de bruit. Sachant le nombre de décibels produits par un sabot, combien de chevaux-vapeur galopent sous son capot ?

Simon a refermé son bigo :

— On fait comme prévu !

J'ai senti poindre le grain de sable.

— Sans joindre Manu ?

Zampo l'a flairé, lui aussi. Les flics n'auront qu'à le suivre. Avec les petits motards en avant-garde, leurs boutons de vareuse et tout le tremblement. À commencer par les flingues. Des mastards, vraiment très sensibles à la détente.

— On pilote en manuel. Dès que le fourgon se pointe, Brandon bloque le feu. Si tout roule, on fonce. En cas de lézard, on remet au vert et on laisse passer.

Simon a crié pour couvrir le rugissement du moteur. Je me suis souvenu des tigres qu'Esso mettait dedans, à l'époque de tonton. Tous ceux de la jungle n'auraient pas gueulé autant.

— Fourgon !

Brandon est au top, le feu vire au rouge à l'instant T. Sur l'échafaudage, personne ne bouge.

— Qu'est-ce que c'est que ce cirque ?

Le cirque, avec les chevaux et les tigres, on y est en plein. Au raffut qu'il fait, c'est la grande parade. Les clowns et leurs pouet-pouet, les roulements de tambour, la grosse caisse. Badaboum, dzim ! Et les pétards. Des chapelets entiers, à pleines rafales. La sarabande, le carnaval, le 14 Juillet, ses lampions et ses feux de Bengale. Puis le calme, d'un coup. Comme un couvercle jeté sur le bordel. À vous couper la chique.

Je me suis aventuré dans la cour. Le fourgon de la Scup est arrêté devant le portillon. Le chauffeur est plus blanc que la façade. Ses vacances à Jouillat sont loin. Les clés du bungalow rendues, il a fait la route du retour sans décrocher un mot. Devant sa mine fermée, sa femme lui a promis qu'ils reviendraient l'an prochain. Il s'est demandé où il serait, l'an prochain. Ses efforts pour penser positif ont tourné court. À la fin du voyage, l'image d'une cellule crasseuse et surpeuplée avait définitivement effacé la plage à cocotiers qu'il tentait de visualiser.

Le concert redémarre quand j'approche du portillon. Les trompettes de Jéricho, la charge de cavalerie et les sirènes de Pearl Harbor. Ça corne, beugle, meugle, mugit, ça brame à n'en plus finir. Le type de Jouillat a sorti un drapeau. À sa tronche, on pourrait croire qu'il va pleurer. Le ciel est tombé sur sa tête et ses yeux de cocker le jurent : il n'y est pour rien. Tandis qu'il agite son fanion avec l'envie de sangloter, je mate la rue.

Des fourgons, il y en a vingt. À la queue leu leu. Warnings clignotant comme une guirlande. Plus décorés que la caravane du Tour. Couverts d'affiches et de calicots. Il faudrait être tout à fait miro pour ne pas lire les grosses lettres rouges qui dégoulinent. *Convoyeurs en grève !*

En attendant le feu vert, ils se chauffent la voix :

— Pour du pognon, cow-boys chair à canon...
— Non ! Non ! Non !
— Sécurité, les patrons doivent payer...
— Faut négocier !

Les morts de Valence ont fait déborder le vase. Les gars ont croisé les bras et ne les bougeront pas avant d'avoir obtenu satisfaction. La table des négociations, ils vont y mettre le couvert fissa. Et y asseoir les tauliers par la peau du cul. Ohé, ohé, ohé, c'est la lutte on va gagner. Et qu'est-ce qu'il fout, le feu ?

Ouououhhh !

Les sirènes remontent en ligne, avec les klaxons et la sono. Hardi ! Au défouloir de la colère ! Depuis que la marmite bouillait, il fallait qu'elle explose. N'empêche, elle aurait pu péter ailleurs que devant chez tonton.

Et à un autre moment.

— C'est la lutte. C'est la lutte !

Le feu bloqué est devenu prétexte au ramdam. C'est le poteau de la danse du scalp. La lanterne à pendre les patrons.

— Ils nous envoient à l'abattoir !
— On vaut moins cher qu'un ticket d'autoroute !
— Aucu... aucu... aucune hésitation...

Aux fenêtres des fourgons, les gars font de grands gestes.

— Avec nous ! ils crient. Avec nous !

Dans le vide sidéral du coin, c'est à se demander pour qui ils s'excitent. Des yeux, j'ai suivi leurs têtes levées.

L'échafaudage !

— Avec nous, les maçons !

— Unité pour la sécurité.

Les convoyeurs ont ouvert les portières. Pied à terre, ils s'époumonent en cognant les carrosseries. Des grands ramponneaux sur les blindages, comme des coups de tonnerre. Et les klaxons ! Ah ! Ils sont contents de leur rengaine. Ils l'entonnent en chœur, rigolards.

— Les maçons, avec nous !

Simon, Brandon et Zampo sont trois naufragés sur un radeau.

— Les maçons, avec nous ! Les maçons, avec nous !

L'ambiance est au monôme. Tout de même, il faudrait se souvenir que les cow-boys enterrent deux collègues. Et que le prochain sur la liste des morts au travail est peut-être parmi eux. S'il se prolonge, le silence maçonnique va sembler suspect. Hostile, voire. Simon s'en rend compte. Dans un sourire plus jaune qu'une anisette, il rend les armes :

— Unité pour la sécurité...

Il n'a pas joué sa partition bien fort. C'est du service minimum. Mais ça suffit à déclencher les vivats. Devant la grande fraternité ouvrière, Brandon embraie au hip-hop :

— Le patron joue des coups pourris/Pas d'abattoir pour le profit.

C'est l'ovation.

— Yo ! il lance, le V de la victoire au bout des doigts.

Bravos ! Hourras pour les maçons !

Dos au mur, Zampo ne peut plus reculer. Mâchoires crispées, il avale la potion amère :

— Patrons pourris...

XIII

Le braquage va finir par me coûter bonbon. Depuis une semaine que la grève dure, ravalement terminé, Zamponi attaque la toiture.

— Faut donner le change…

— Je ne suis pas certain d'y gagner, au change.

— Les taxes, soupire Zampo en présentant le devis. C'est le mal français, les taxes…

La radio ne prévoit pas d'éclaircie.

Transport de fonds, toujours aucune issue en vue. Les dernières propositions des employeurs ont été rejetées par les convoyeurs lors des assemblées générales qui se sont tenues ce matin. Sept jours de conflit n'ont pas entamé la détermination des grévistes. Pas plus que l'arrestation, survenue hier, d'un des hommes soupçonnés d'avoir participé à la tuerie de Valence. « Nous irons jusqu'au bout », vient de déclarer le représentant de ceux qu'on a coutume d'appeler les cow-boys. La poursuite du mouvement, après avoir pénalisé les consommateurs privés d'argent liquide, risque désormais de se répercuter sur la vie économique…

— Les taxes et les grèves…

Si ça ne tenait qu'à Zampo, on aurait supprimé les unes et interdit les autres. Mais pensez, tout ça fait trop l'affaire des gros. Ne lui demandez pas qui sont les gros. Zampo répondrait magouilleurs, financiers, politicards. La droite, la gauche et l'extrême centre. Copains comme cochons quand il s'agit de tondre le populo plus ras qu'un troupeau de mérinos. Dans ses derniers retranchements, il en raconterait des meilleures. Les francs-macs, les confréries, les sociétés secrètes. Le *Da Vinci Code* et le *Protocole des sages de Sion*.

— Il n'y a pas de fumée sans feu. Et à propos, faudra penser à gainer la cheminée. Je l'ai chiffré dans le devis.

En l'écoutant déconner, j'ai raté la fin des infos. J'aurais aimé savoir comment on avait serré le braqueur de Valence. Lui et ses potes avaient un plan béton, eux aussi. Tout ça pour finir sur la chaise bancale d'un bureau de la BAC, une méchante lampe braquée dans les yeux. Il est quatre heures du matin. Un petit flic teigneux vient de lui allonger une dernière mandale avant la relève. Ceux qui lui succèdent ne sont pas de meilleure composition. Avec des gestes empruntés à une série télé, ils ont ôté leur blouson, l'air las d'avoir trop vu la saleté du monde. Menotté à la chaise qui lui scie le dos, les yeux brûlés par la lumière et le manque de sommeil, le braqueur va encore déguster. Pour l'heure, il se repasse le film en boucle. Il aura beau le revoir cent fois, il ne comprendra jamais comment il en est là. Il ne pige qu'une chose : il n'a plus aucun espoir de couper à l'interminable séquence de la prison centrale, la perpet et ses vingt piges incompressibles.

— Des primaires ! avait asséné Simon. Qu'ils se fassent poisser, c'était fatal.

— Ils n'en ont arrêté qu'un...

— Les autres suivront, crois-moi.

Je le crois sans peine, c'est ce qui me mine. Lui, il y voit la supériorité de sa méthode.

— Le chou ! il dit en se frappant le front. Le chou !

Après l'épisode des mobiles, le sien m'inspire moins. Simon accuse la technique, la fatalité, il parle de répétition in vivo... N'empêche. S'il avait testé les bigos sur l'échafaudage, il aurait compris qu'ils ne passaient pas.

Midi. Le concert des klaxons commence. Ponctuel. Dans quelques secondes, les fourgons vont défiler devant la maison. Les types feront coucou aux portières :

— Salut, les maçons !

Et ils fonceront chez Pinto.

Le restaurant est devenu leur point de ralliement. Ils y refont le monde à coups de fourchette. Pour eux, Pinto met les petits plats dans les grands. Serviettes vichy et vin à volonté. La chaleur humaine mêlée à celle des fourneaux, la vie revient dans le bistrot comme la sève après l'hiver. Dans la cuisine, briquée mieux qu'un sou neuf, les Pinto mitonnent des grosses tortores. Des ragoûts à l'ancienne, des mirontons et des colliers d'agneau, le laurier dans les casseroles en cuivre, les sauces au vin, l'échalote et le revenez-y avec un filet de beurre noir. Ils s'en font des risettes par-dessus la lèchefrite, des agaceries d'amoureux et des cœurs en mayonnaise sur les œufs mimosa. Quand ils sentent le plat bien mijoté, ils filent en salle avec la satisfaction du devoir accompli.

— Un civet, un côtes-du-rhône !

C'est la franche portion, la java des mandibules et les trognes luisantes. Le pain tranché large et le plat liquidé. On parle la bouche pleine, les phrases mastiquées avec la tambouille. La grève est dure, il lui faut du solide, un bon rata et des manières assorties. Pour mieux se serrer les coudes, on les met sur la table.

Mme Pinto couve ses cow-boys comme une mère poule sa nichée. Elle leur dit de prendre des forces, qu'ils en ont besoin, qu'il faut être costaud devant le patron. Ça leur amène du chaud au cœur et l'envie d'en reprendre une portion.

— C'est vraiment par gourmandise !

Elle fait le tour des assiettes avec des façons de vivandière. Ils ont le mot pour rire et l'œil malicieux. Tout soudés, ils sont braves gars et bonne franquette. Quand ils ont récuré les plats, Mme Pinto repart en cuisine, les joues rouges et le cœur léger. Bientôt viendra le café. Les tasses alignées sur le comptoir, le perco crachant sa chique à toute vapeur. Voilà si longtemps qu'il n'avait pas chanté. Vraiment chanté. À pleins tuyaux.

Pinto l'avait senti, les maçons, c'était l'avant-garde du printemps.

Pour l'heure, ils se font discrets. Frayer avec les convoyeurs sèmerait de l'indice derrière soi.

« Les maçons ? Ils étaient toujours là. Ils payaient leur coup, on causait. Maintenant que vous m'en parlez, lieutenant, c'est vrai, ils posaient des questions. Ils discutaient souvent avec Maurice. »

Maurice, il donnerait sa chemise pour être encore à Jouillat. Assis sur son pliant, à taquiner le goujon pendant que Suzie se fait les ongles. Il raffole des ongles peints. Ceux des pieds, surtout. Quand ils gigotent entre les brides et les lanières. Avec le clic-clac des talons et le muscle du mollet qui bande gentiment à la marche. Ça lui donne des idées de rosé frais et de sieste coquine. La sieste attendra. Attablé près du mur, Simon lui lance des regards noirs. Depuis une semaine, Maurice se défile. Collé aux collègues comme un Rubafix, il s'assoit en milieu de table et sort accompagné. Un teint de terre, les yeux caves, le front luisant d'une mauvaise sueur... Le visage de la peur. Simon l'a croisé tant de fois derrière les hauts murs. Des types en restent prostrés quand ils ne vous laissaient pas en placer une, la veille encore. D'autres grelottent en plein été, rechignent à la promenade, ignorent leur plateau. Ils vous offrent leur bière, leurs colis, l'adresse de leur sœur... Inutile de les regarder pour savoir qu'ils ont balancé. Ils puent la trouille.

Depuis la grève, Maurice en a l'odeur. Il a coupé son téléphone. Il voudrait tout effacer, s'envoler, reculer les aiguilles... Jour et nuit, la frousse tord ses entrailles, le laissant vide et brûlant de fièvre. Il ne touche plus Suzie. Elle s'inquiète. Il s'emporte. Quand il essaie d'oublier sur sa peau, rien ne vient. C'est à cause de la grève, il dit lorsqu'elle se fait tendre. Mais sa tendresse l'étouffe. Il a des désirs de fuite comme des projets d'enfant. Il partira loin, seul, dans un de ces pays où l'on refait des vies. Il sera grand routier en Australie, son camion long comme une péniche, chauffé à blanc sous le soleil du bush. À travers la baie vitrée du pare-brise, il regardera la route dévider son ruban de bitume. Dans la stéréo, il y aura Dolly Parton ou Tammy Wynette. Écoutez ça des miles durant et vous saurez ce qu'est la liberté. Le paysage défile en cinémascope, la glacière regorge de bière, le café attend à la station-service et, pour sûr, le monde vous appartient. À d'autres instants de ses nuits blanches, il est trappeur au Canada. Des hivers comme des siècles et des solitudes de saint. Le traîneau à chiens, la cabane en rondins, et cette satanée froidure qui vous lave de vos péchés.

Au matin, il sombre dans un sommeil précaire. Il en émerge trop tôt, une migraine pire qu'une gueule de bois.

Pour le moment, il contemple la faïence d'un urinoir. Dans le miroir des toilettes où il se lave les mains Simon ne le quitte pas des yeux. La grève, il l'a en travers et ne veut surtout pas entendre qu'elle a cueilli Maurice au débotté.

— Je te jure, je l'ai appris en rembauchant. Tu voulais que je fasse quoi ?

— Mais putain ! Que t'appelles. Imagine qu'on ait braqué le fourgon. Il y en avait dix-neuf autres derrière. Sans un radis à l'intérieur mais plus chargés de cow-boys qu'un convoi de diligences.

— Je me suis dit qu'Eugène vous préviendrait.

— Tu t'es dit, tu t'es dit... Tu t'es dit des conneries, voilà. Maintenant, vous en avez jusqu'à quand à vous croiser les bras ?

— Les gars sont remontés. Après l'affaire de Valence, faut se mettre à leur place. On n'est pas de la chair à canon...

— Merde, alors, tu manques pas d'air ! Nous livrer tes copains sur un plateau ne te gênait pas...

Jour après jour, il y a pensé, Maurice. Ça lui vient en bouffées qui le prennent sans prévenir et le laissent rongé de remords. Les infos télé, le fourgon pulvérisé, le sang sur la chaussée, il les a reçus comme des uppercuts. Un braquage, ça pèse des tonnes, porté en dedans. Personne ne peut vous en soulager.

Au bruit du sèche-mains, Maurice a sursauté. En le voyant se pisser sur les pieds, Simon a cette résignation des colères inutiles.

— OK. Tous les jours, tu me mets au parfum. Et démerde-toi pour que votre grève à la con ne s'éternise pas.

— Ça va pas être facile, les patrons ne lâchent rien...

— Tu veux pas qu'on vous aide, non ?

Dans le miroir, Maurice ressemble à tous ces pauvres gars qui ne seront jamais ailleurs qu'à côté de la plaque.

— Tire-toi, soupire Simon. Remonte. Tes potes vont bouffer ton dessert.

XIV

Nosferatu est toujours dans le potage. Légume blanchâtre sur lit d'hôpital, il fixe au plafond un regard absent. Parfois, il cligne des yeux. De temps en temps, le bracelet pneumatique, à son bras gauche, se gonfle et soupire. Tension artérielle normale. Sur l'écran noir à son chevet, l'électrocardiogramme dessine de petites montagnes russes fluorescentes. Il ne parle pas, ne pense plus, ne bouge rien et les toubibs refusent de se prononcer.

De la grève ou de lui, qui lâchera le premier ? Dans sa chambre, je me suis surpris à regarder l'oreiller. Ce serait si simple. Et, pour ainsi dire, humanitaire. S'il pouvait, il me le demanderait. L'acharnement thérapeutique, il l'aurait repoussé. Les vieux en ont une peur bleue, on sait ça. Les tuyaux, l'oxygène et le goutte-à-goutte... les évoquer leur flanque des sueurs froides.

Machinalement, j'ai tourné la tête. La porte est close. Personne ne saurait. Son souffle est si fragile. Son visage blafard dessine déjà les contours de la mort. Le nez pincé, le creux des orbites avec leurs ombres démesurées, et les os, saillant aux pommettes. Un jour de plus ou de moins, qu'est-ce que c'est ?

J'ai posé la main sur le traversin. Pour voir, juste pour voir. Sa peau est froide quand je la frôle. Mais les odeurs d'hosto ou celles, fétides, qui s'alourdissent, ou l'urine dans la sonde… je ne me sens pas dans mon assiette. Les picotements aux tempes, les oreilles bourdonnantes, cette chaleur moite et la transpiration glacée qui me trempe le dos.

— Ça va, monsieur ?

Je ne l'ai pas entendue entrer. Dans sa blouse d'infirmière, elle m'observe :

— Vous voulez vous asseoir ?

Je fais oui de la tête et je dis :

— Non, ça va passer…

Mais ça ne passe pas. Le sol tangue, le cœur tourne. La tête aussi. C'est comme le manège à la fête lorsqu'elle se posait chez tonton. La chenille qui démarre et le méli-mélo des flonflons désaccordés. J'ai ingurgité trop de sucreries, la barbe à papa, la guimauve, les gaufres et les beignets.

— Monsieur ?

Elle est loin, la gentille infirmière. Sa voix fluette dans le vacarme. Les limonaires, le hurlement des sirènes, les carabines du casse-pipe, le chamboule-tout. Les montagnes russes au rouge fluo… Et le noir du train fantôme…

Quand je reviens à moi, la fête a plié ses barnums.

— Une petite chute de tension. Cela vous arrive quelquefois ?

— Je ne sais pas.
— L'hôpital vous a impressionné ? C'est fréquent, vous savez…
— Je crois que c'est passé.
— Vous êtes son petit-fils ?
— Qui ?
— L'hémorragie cérébrale est stoppée. C'est encourageant. Maintenant, il faut voir comment évolue le caillot…

Je remercie la gentille infirmière. Elle a raison, c'est le choc… Je vais rentrer, l'air me fera du bien. Oui, je ferai contrôler ma tension.

Pour dissiper les relents de phénol, j'ai poussé la porte du premier café venu. Son whisky est aussi mauvais qu'ailleurs. En l'avalant sur un coin de table poisseuse, j'ai compté les serments reniés. Promesses d'ivrognes dans la sciure à crachats. J'avais juré, moi aussi. Plus un verre. Jamais. Voilà, ma belle parole vient de se dissoudre dans les vapeurs d'alcool. Au café de la gare, sur un coin de table poisseuse. Et le pire est à venir. Même après des litres entiers, je ne pourrai oublier l'assassin aperçu dans le miroir d'une chambre d'hôpital. Au chevet d'un pauvre vieux au souffle fragile.

À peine descendu, le whisky remonte comme un ascenseur atomique à l'assaut d'un gratte-ciel. Dans les toilettes, tordu de spasmes, je n'ai plus qu'à tirer la chasse sur mes dernières illusions.

De retour chez tonton, le calme m'a saisi. Donner le change impliquant de respecter le repos dominical, le trio était reparti le temps d'un week-end.

Je me suis pris à traînailler comme on le fait lorsque la soirée s'annonce interminable. La vieille télé ronde du salon diffusait un talk-show ronronnant aux couleurs saturées. Le ministre de l'Intérieur, fraîchement sorti d'une série Kärcher dans les cités, enchaînait sur une séquence vie de famille, au plus grand plaisir de l'animateur et de son chien ronflant sur le canapé. J'ai zappé sur un public d'appariteurs, conseillers en com et vedettes pour prime time. Surprise, le téléviseur de tonton ne comptait que deux chaînes. Vestige de l'ORTF, du petit train Interlude et de *Thierry la Fronde*. Je me suis souvenu du noir et blanc, du cavalier surgi hors de la nuit, des *Cinq Dernières Minutes* et d'une France frissonnant à l'heure de *Belphégor*. Les illustrés du marché, le *Spirou* du jeudi au tabac-presse — vous me le mettez de côté, hein, monsieur Bernache ? —, les agates et les calots dans la cour de récré, les petits coureurs du Tour, sur la carte de France.

— Ils en sont où, l'haricot ?

— Au Galibier, tonton. Jimenez a le maillot, mais Anquetil revient.

— Attends que Poupou le remonte.

— C'est pas demain la vieille !

— La veille, l'haricot, la veille. La vieille, elle peut plus pédaler.

— Justement…

De vieille, je ne lui en avais jamais connu. Ni de jeune ni d'entre-deux. Loupiot, un tonton, c'est comme les schtroumpfs et les soldats de plomb. No sex. La braguette immense des gros falzars n'abrite qu'un tuyau pour pisser dans la rivière.

En grandissant on découvre que les petits soldats font de vilains cadavres et les zigouigouis des trucs pas toujours marrants. Tonton était bâti planplan. Quand même, il avait bien eu son coin de ciel bleu. Son ciel-de-lit, aussi. N'y avoir jamais songé m'a donné envie de savoir. Les dimanches sont faits pour ouvrir les armoires à naphtaline. Sous les draps pliés, les pulls et les caleçons, celle de sa chambre ne cachait pas de secret. La table de nuit était du même bois dont on fait les vies de peu. Elles s'effacent en laissant derrière elles des tubes d'Aspro, des bonbons à l'anis et des pastilles Valda fondues dans leur boîte en métal. Sur le cosy, pas de lettre tendre entre les pages des bouquins. Auguste Le Breton, période *Hauts murs* et *Loi des rues*, des Simenon aux couvertures d'époque — *Pietr le Letton*, *L'Outlaw* —, un Saint-Ex — *Terre des hommes* — et quelques romans de guerre à dix sous comme on en trouvait dans les gares à l'époque des derniers trains à vapeur. Entre deux volumes aux noms évocateurs de front russe, un dictionnaire français-polonais faisait pâle figure. Comment avait-il échoué chez tonton ? Sa prononciation du moindre mot étranger ressemblait à un doublage ciné des années cinquante. Quand les gangsters à la voix franchouillarde évoquaient Nou-York et les shérifs grasseyants la diligence de Boston.

J'ai sondé le buffet de la salle à manger, exploré les tiroirs. Pour seuls trésors, ils renfermaient un service de Limoges incomplet et une pauvre argenterie piquée de vert-de-gris. Assiettes du dimanche poussiéreuses, couverts dormants, tire-bouchon cep de vigne, manche à gigot terni. Odeur de renfermé et de biscuits rassis. Quelques bouquins, encore, dans le salon — Tonton disait livigroum —, une collection reliée de *Système D* et de *Rustica*, des Maigret, à nouveau, et des romans policiers dans leur édition de la Guilde du livre. Claude Néron, Sébastien Japrisot, Pierre Véry. Je n'ai pas pu résister aux *Disparus de Saint-Agil*. Baume, Sorgues et Macroy dont l'accent traînant d'Erich von Stroheim rendait les noms mystérieux au cinéma. C'est près de l'âtre, un soir de novembre, qu'une diffusion télé du film de Christian-Jaque avait ébloui mes dix ans. Bien plus tard, j'avais découvert le roman de Véry. Lu et relu, il avait toujours gardé l'odeur du feu de bois, le bruit de la pluie sur les volets et le timbre des voix magiques : Simon, Le Vigan, Mouloudji... Salut Martin !

La photo jaunissait entre deux pages. Le visage aurait pu appartenir à un élève de la pension Saint-Agil. À une différence près, le jeune garçon aux traits fins qui ne souriait pas à l'objectif était une fille. Les cheveux courts, l'air boudeur, elle avait ce je ne sais quoi d'une Jean Seberg mélancolique. Les pommettes saillantes et le regard transparent évoquaient les plaines slaves. J'ai repensé au dictionnaire français-polonais trouvé dans la chambre. Le *Slownik popularny* avait été imprimé à Warszawa en 1934. 1934...

Les vingt ans du tonton.

XV

La photo et moi, nous avons dîné en tête à tête. Pour la circonstance, j'avais briqué les assiettes et les couverts d'argent. Casserole de spaghettis dans leur coulis de ketchup.

Dans le réduit qui servait en vrac de bureau et de foutoir, les étagères avaient livré un peu de leurs secrets. Entre les classeurs à quittances et les relevés bancaires, j'avais déniché les chemises « histoire locale ». Des correspondances avec une poignée de mordus, associations et cercles d'anciens en tout genre, des brochures à compte d'auteur… Les courriers à l'ambassade polonaise dormaient dans une enveloppe kraft délavée par les ans. À un ambassadeur, il faut du tralala. Des formules à rond de jambe. Le Bic bleu sur papier quadrillé c'est la file d'attente assurée des bafouilles miteuses. En signe de respect, tonton avait usé de sa machine à écrire. Las, son ruban capricieux emplissait les o d'encre noire. En termes empreints de politesse administrative, le légat regrettait de ne pouvoir répondre à la requête. L'absence d'un lien de parenté privait tonton du bien-fondé de sa demande. Le sort de Mlle Anna Marzec ne lui serait pas divulgué. Le rideau de fer des années cinquante ne laissait passer qu'une mince lumière filtrée.

L'amicale des Polonais n'avait pas été d'un grand secours. La famille d'Anna, repartie vers la terre natale, n'avait gardé aucun contact avec ceux dont elle avait un temps partagé la destinée. Mineurs de fond, manœuvres, travailleurs agricoles. Les Marzec avait perdu tout lien avec la petite Pologne comme on baptisait alors la communauté émigrée.

Face à la frimousse de papier, je me suis essayé aux phrases usuelles du dictionnaire.

— *Dzien dobry. Jak sie pani naziwa ? Anna*[1] *?*

Elle n'était pas bavarde.

— *Ile masz lat*[2] *?*

Elle possédait un appétit d'oiseau. J'ai fini la casserole.

— *Zi napije sie pani czegos*[3] *?*

Elle ne buvait pas davantage.

— *Zy jest Pan Polka*[4] *?*

Elle avait un très joli rire. J'ai bu pour deux. Puis pour bien plus.

— *Na zdrowie*[5] *!*

Elle ne riait plus.

La bouteille était vide. Je m'en suis voulu. À elle davantage. Après tout, c'était de sa faute. D'un

---

1. Bonjour. Comment vous appelez-vous ? Anna ?
2. Quel âge as-tu ?
3. Puis-je vous offrir quelque chose à boire ?
4. Êtes-vous vraiment polonaise ?
5. À votre santé !

doigt méchant, j'ai tourné les pages du dictionnaire :

— *Prosze o paszport*[1] *!*

Les colères d'ivrogne sont des boomerangs mal bigornés. Une fois lancées, elles vous reviennent toutes pleines du mal dont on les a chargées. Tant de hargne, jamais on ne s'en serait cru capable. Alors on remet ça, comme on vide un verre parce que le salut est peut-être au fond.

— *Ten dokument... stracil... waznosc ! Czy... ma pan... pozwolenie... na pobyt*[2] *?*

Le polonais était décidément imprononçable. J'ai fermé le dico. Et mes paupières avec.

— Félix... Tu dors ?

Dans les brumes de la cuite, Léo balance comme un navire :

— Je venais t'inviter à dîner, mais je crois que tu as devancé l'horaire.

J'ai refermé les yeux.

Pas besoin de les ouvrir pour savoir qu'il tripote la photo. Léo est sans surprise. Du ciment dans la bouche, j'ai articulé :

— Une copine à tonton.
— Elle est jolie.

Il va poser deux mille questions. Ce n'est pas qu'il soit curieux, mais il a besoin de meubler. Ça le rassure.

— Elle s'appelle Anna, j'ai dit avant qu'il le demande.

---

1. Votre passeport, s'il vous plaît !
2. Ce document n'est plus valide ! Avez-vous un permis de séjour ?

Il lorgne le dictionnaire :

— Polonaise ?

C'est un sacré fin limier. Je lui indique qu'elle se nomme Marzec, qu'elle a probablement regagné la Pologne en 1934 et que tonton avait tenté de retrouver sa trace. Fin du rapport.

Il a une foule d'autres choses à demander mais la douche couvrira ses questions. Quand j'en sors, Léo a emporté la vaisselle sale dans la cuisine. Il est revenu à la photo. J'ai à peine un pied dans la pièce qu'il embraie :

— Les Polonais font partie de l'histoire de la région.

Le voilà parti.

— Dans les années vingt, il en est arrivé des flopées...

Il va se lancer dans un cours sur les flux migratoires. Généralement, le dimanche soir, je préfère un programme distrayant.

Pendant qu'il discourt, je revois nos plateaux-repas devant la télé. Elle et moi. Il y a cent ans. Calés dans le canapé comme jadis, dans le fauteuil rouge du Central Palace. Sur ses genoux, Elle a posé un plateau pareil au mien. Notre plaisir ne sera pas gâté par ce méchant sentiment de culpabilité à l'idée de regarder la téloche au lieu de nous livrer à ces occupations essentielles qui ouvrent à la marche du monde et au cœur des hommes. Et le plus délicieux, c'est qu'on aura choisi le film affligeant qui va faire grimper le prix faramineux d'une seconde de pub. Quand le jingle permettra enfin d'aller pisser, Elle aura été plus rapide à la manœuvre. J'en profiterai pour entamer son dessert en m'arrangeant pour que ça ne se remarque pas trop. Avec un peu de chance, avant la reprise du film, Elle m'accordera quelques préliminaires. Je saurai que la seconde partie de soirée ne sera pas décevante.

— ... Beaucoup ont fait souche, mais, avec la crise des années trente, pas mal sont repartis.

Léo a terminé sa leçon. Je ne l'ai pas écoutée. Est-ce qu'Elle me méprise toujours ? Une gifle, c'est sacrément long à cicatriser. Je n'ai pas cessé d'en sentir la brûlure sur ma main. Quand on aura braqué le convoi, Elle comprendra. Le pognon n'a jamais eu sa place, là-dedans. Ce n'est rien d'autre qu'une expiation.

XVI

Ils sont revenus, la mine renfrognée des enquilleurs de semaine. Des restes de week-end au coin de l'œil. Le turbin, quand on rêvait aux matins alanguis sous les palétuviers, on n'y plonge pas comme dans les mers du Sud.

Un bonjour, un café et ils ont grimpé sur l'échafaudage.

Vers onze heures, le premier fourgon passait devant la maison. Sans klaxon ni salut. Un bahut solitaire. Et pour tout dire, fantasmatique dans le gris du jour. Sans se concerter, on a regardé nos montres. Depuis le début du conflit, les convoyeurs n'avaient jamais varié leur cérémonial. À midi pétant, le hurlement des sirènes, un slogan vite fait, un tagada appelant le tsoin-tsoin. Et la halte chez Pinto. Après quoi, revigorés au bœuf gros sel, ils faisaient cortège sur l'autoroute. Ils avaient pris l'habitude d'y assortir leurs actions aux menus du restau. Opération escargot les jours de persillade, bouchon à celui du vin nouveau, levée des péages pour tailler une bavette... Jusqu'à la file indienne improvisée en hommage au curry d'agneau de Mme Pinto. L'écho avait porté aux oreilles de la presse locale, intriguée par un tract inhabituel accompagnant l'explication du mouvement. Avec le « Convoyeurs en grève pour la sécurité », les automobilistes se voyaient remettre un « Chez Pinto, restaurant ouvrier, cuisine soignée, vin à volonté ». Le correspondant de *La Voix du Nord* avait tenté l'aventure. Vingt-quatre heures plus tard, l'édition du week-end élisait Pinto bonne adresse de la semaine.

Pour dire qu'un fourgon isolé :

— C'est pas normal. Va voir.

Le vent balaie la rue déserte. Sur l'entrepôt désaffecté, les affiches syndicales rendent aux murs un peu de dignité. La grève recouvre les avis d'adjudication et les promesses d'orgasmes Internet.

En voyant le bahut arrêté, j'ai cru au retour du marché. Il ressemblait à ces camions forains où les déballeurs entassent leur bazar. Des assiettes à la pile, des coupons de tissus, toute la quincaille des seaux, égouttoirs, paniers à salade, toiles cirées. Marcel, l'outilleur auvergnat, son camion à merveilles. Quinze tonnes d'articles pour bricolo. Rangés au cordeau dans la remorque. Les jours précédant son passage, tonton n'y était pour personne. Absorbé dans l'étude minutieuse du catalogue. Ses pages cornées, marquées, les articles soulignés avec leur référence. Tuyau d'arrosage, échelle savoyarde, tronçonneuses, et toute la panoplie des clés. Anglaises, à pipe, à tube, des six, des huit, des douze. En acier suédois, chromé, la finition soignée.

Aussi bien, le semi-remorque devant le restau aurait pu contenir tout ça. Chargé qu'il était de câbles, projos et tables de mixage. D'oreillettes, aussi, avec des oreilles autour et des gens entre les oreilles.

— Restaurant ouvrier... Tu cadres la façade.

— Vintage !

— Travelling avant vers la porte. OK ? J'entre, tu shootes le patron au comptoir. Oui, il y sera. On plie la séquence ouverture avant l'arrivée des cow-boys. Quand ils sont là, on met le déj en boîte. Salle et cuisine. Rappel du conflit, plan sur... Merde, comment il s'appelle le délégué ?

— Sais pas.

— Prune, c'est quoi son nom au mec ? Hein ? Le délégué qu'on a eu au phone, hier.

— Lakdar.

— Lakdar, c'est pas le braqueur de Valence ? T'es sûre ? Bon, alors, gros plan sur Lakdar. Tu laisses tourner, on verra ce qu'on garde au montage. On termine sur la séquence kaoua, avec un zoom sur le perco et la main du patron. De la chaleur, hein ? Faut que ça sente la bouffe, la vie. Théo, tu me fais Sautet. Non, pas *Garçon !* Le troquet de *Vincent, François, Paul et les autres*. Mais n'oublie pas : restau ouvrier. Sautet et Doisneau. Tu chopes les cow-boys, les tronches, les verres, les carafes, les assiettes. Qu'elles fument, les assiettes. Y a quoi au menu ? Hein ?

— Hachis Parmentier.

— On n'avait pas commandé des rognons ? C'est mieux, le rognon, la sauce pète à l'image. Pourquoi ils ont pas fait les rognons ? Le hachis accroche pas la lumière. En plus, ça fait cantoche. Hein ? Le hachis c'est ? De la daube ? Merci de ton aide, Prune, merci...

J'ai enjambé cent douze mètres de câbles, dis autant de « pardon » à des types très affairés...

— Monsieur !

La fille au micro ressemble à Julie Christie dans *Le Docteur Jivago*, mais elle est bien trop jeune pour l'avoir vu autrement qu'en rediffusion télé l'année d'avant.

— Vous êtes client de l'établissement ?

Je pourrais lui dire que je viens acheter une de ces fabuleuses échelles savoyardes avec lesquelles on décroche la lune. Mais elle est bien trop dans le coup pour gober ces histoires.

De toute façon, elle a déjà embrayé :

— Nous sommes dans le lieu qui est devenu le QG des convoyeurs. À votre avis, pourquoi l'ont-il choisi ?

Derrière la vitre, Mme Pinto dispose des jonquilles dans des verres à moutarde. En jugeant de l'effet, elle vérifie sa permanente d'un geste de la main. Samedi, elle est allée chez Josiane, le salon de coiffure du centre commercial. Près de l'autoroute. Elle y est retournée ce matin, à l'ouverture, pour un coup de peigne. Elle n'a aucune envie de se voir hirsute, ce soir, en regardant les infos régionales. Sur les toiles cirées, les jonquilles font des taches de couleur qui lui rappellent un tableau du calendrier des postes. Elle ne se souvient plus lequel. Il y a longtemps que le facteur ne passe plus les vendre.

La fille aux airs de Julie Christie attend une réponse. Alors :

— Pinto, c'est une institution. Au XVIIIe siècle, la maison servait d'auberge aux compagnons. Cent ans plus tard, le syndicat des mineurs y tenait des banquets républicains. La dernière grande grève, chez Mobylette, s'est jouée ici. On y a tourné des films. Les Pinto appartiennent à l'histoire de la région, et, croyez-moi, leur cuisine vaut le détour.

J'ignore pourquoi j'ai inventé ça. À cause des jonquilles dans les verres à moutarde. Ou des échelles savoyardes.

Ce soir, il faudra penser à regarder la télé.

— Qu'est-ce que je vous sers, Monsieur Félix ?

Au comptoir, Pinto sourit. J'allais commander un baby, mais devant les serviettes pliées comme des origamis j'ai demandé un Vittel fraise.

XVII

— Quand même, on voit vachement bien le nom de l'entreprise. *Zamponi — Ravalement, maçonnerie, peinture.* Ça en jette.
— Et nos tronches, elles en jettent aussi ?

Simon éteint la télé d'un doigt rageur, l'écran noir succède aux infos régionales. Cigarette aux lèvres, Zampo referme la boîte d'allumettes estampillée Bière du Ch'ti :

— Arrête, on les aperçoit à peine.
— Vous n'avez vraiment rien dans le citron ! Des têtes de nœud pareilles, pas besoin de gros plan pour les identifier… Et l'autre branque qui fait le singe sur l'échafaudage.

Pouces et index pointés, Brandon agite les bras en ces fichus mouvements de sémaphore que je ne parviendrai jamais à décrypter :

— Pourquoi tu me traites ? Le bâtard avec sa caméra, il m'a même pas shooté proprement.
— C'est les flics qui vont te shooter s'ils décortiquent les images.

L'équipe de FR3 a fait du bon boulot. Le restau sent la tambouille, les convoyeurs sont plus vrais que nature et les Pinto parfaits. Bretelles, torchon à l'épaule, permanente et tablier blanc. Casseroles en cuivre et tradition.

Julie Christie a inséré son Sautet-Doisneau dans un survol du coin et de son passé.

Ville sinistrée par la crise de l'industrie qui a frappé la région, Deûles n'oublie pas son histoire. Les cow-boys ont remplacé les ouvriers, mais la mémoire perdure. Si les convoyeurs ont choisi la maison Pinto pour s'y réunir, c'est aussi pour signifier qu'à l'heure de la mondialisation l'identité sociale demeure. L'établissement, tenu aujourd'hui par M. et Mme Pinto, fut tour à tour l'auberge des compagnons qui effectuaient leur tour de France, l'estaminet où les mineurs mêlaient leurs revendications à la chaleur humaine et le témoin des derniers conflits d'une classe ouvrière qu'on prétend disparue. Les convoyeurs de fonds montrent qu'il n'en est rien. Comme leur grève, le restaurant ouvrier de M. et Mme Pinto fait figure de symbole.

Le survol du bled n'a loupé ni la maison de Tonton ni Brandon rappant à vue au passage de la caméra. Du vrai live. « Le patron joue des coups pourris/ Pas d'abattoir pour le profit. »

Affalé sur le canapé, il pense que zarma, Simon, comment il se la donne !

— On est là depuis trois semaines. Nos tronches, elles sont cramées. C'est toi qui nous as demandé de les montrer dans le patelin.

Zampo approuve :

— Pour une fois, il a raison. Dans un sens, passer à la télé, ça renforce la couverture. Jamais les flics s'imagineront qu'on se serait laissé filmer si on était là pour le fourgon. Ni que Brandon aurait fait son numéro de claquettes...

— Hip-hop ! Pas claquettes !

— Vous le faites exprès ou vous pigez vraiment rien ?

— Non, on pige pas. S'afficher à visage découvert, c'était ton idée. Se mêler aux gens, c'était ton idée. La camionnette, le calicot, le registre du commerce, c'était ton idée. « Une vraie entreprise. Quand les flics viendront fouiner, il faudra que tout soit nickel. » Pour avoir nos portraits, ils ont pas besoin d'images.

— Tas de nazes, la couverture était béton tant que c'est nous qui la tricotions. C'était ça le plan. On aiguillait l'enquête avant qu'elle commence. Il était mathématiquement impossible aux poulets de piger qu'on les pilotait. Tout tirait dans le même sens. Le nom de la boîte, les fiches de paie, les témoignages des ploucs. Nos tronches, ils s'en tapaient, on était blindés.

— Qu'est-ce qui a changé ?

— Maintenant, ils ont un truc qu'on maîtrise pas.

— Lequel ?

— L'émission télé. Tu vois, un flic, c'est con. Formaté à mort. Une boîte de maçonnerie bosse dans le périmètre d'un braquo, il enquêtera sur la boîte. Là, on joue sur du velours. Mais file-lui une photo des maçons, il aura beau avoir taillé le bout de gras avec eux, trinqué en causant des impôts ou de la police qu'est pas assez considérée, il ne pourra pas s'empêcher de faire un tour au sommier. Alors, avec un bon arrêt sur les images de ce reportage de bœufs, tu sais ce qu'il dégotera, le flic très con ?

— ...

— Ma pomme. À ce moment-là, il aura tout pigé.

Le silence est tombé dans la pièce comme une évidence qui déboule à l'improviste. Et Simon ne sait pas tout. Dans la chambre 302, unité de soins intensifs d'un centre hospitalier universitaire, un privé cacochyme navigue entre la vie et la mort. Avant de se fermer brutalement sur une omelette norvégienne, ses vieux yeux ont repéré un des minuscules grains de sable venus se coller dans les rouages de la machine. J'ignore toujours lequel, mais à la cadence où ils s'amoncellent, on devrait bientôt les entendre crisser.

XVIII

En me voyant sortir, Simon a cet infime plissement des paupières qui ressemble à un signe de connivence. Comme on s'en échange derrière les barreaux des maisons d'arrêt. Dans des cellules de neuf mètres carrés où on a logé très exactement huit types, avec leurs huit vies fêlées, qui attendent depuis des mois la date d'un jugement. Pour tuer le temps, ils ont leurs huit transistors réglés sur huit FM différentes, une télé avec ses chaînes qui sont autant d'occasions de se foutre sur la gueule, huit couchettes dont deux matelas au sol qu'il faut glisser sous les châlits dans la journée, et alors, où s'asseoir, bordel de merde, où s'asseoir ? Histoire de faire bonne mesure, ils ont aussi un chiotte, unique, culotté jusqu'à la lunette. Tout ça dans leurs neuf mètres carrés où huit montres-bracelets égrènent quatre-vingt-six mille quatre cents secondes quotidiennes. Ce qui doit bien faire vingt-quatre heures sur vingt-quatre pour être à cran.

Simon n'en est jamais sorti. Trop d'années passées dedans. Son visage devenu si dur, les points bleus tatoués sur ses doigts et, surtout, cette façon de rentrer ses colères. C'est un champ de mines qu'il porte en lui. Des rages entassées, des explosions différées, des mots jamais sortis. Et par là-dessus, l'incroyable envie qu'on lui foute une bonne fois la paix. Mais ça ne risque pas, il y a eu le casier, le contrôle judiciaire, les flics, si sûrs de la rechute qu'ils ont sûrement raison, alors autant ne pas les décevoir, n'est-ce pas ? Puis les bars où on s'était juré de ne plus revenir, les amis qui vous attendent et la machine qui redémarre avec ses engrenages si bien huilés.

Il ne se souvient même plus comment tout a commencé. La bagnole piquée pour faire le malin ? Le tiroir-caisse, comme une invite, dans ce bar-tabac ouvert si tard ? La recette du ciné, après un de ces fameux films de gangsters qui vous gonflent à bloc ? Une connerie du genre. Un vol de sucettes, autant dire. On plonge la main dans le bocal pour goûter au fruit défendu. Et le plus beau c'est qu'il possède vraiment une saveur incomparable.

Depuis, Simon en a bouffé de très amers. Avec les pâtes collantes, le riz trop cuit et le pain plus humide qu'un baba de pissotière. Les murs crades, les parloirs, les colis éventrés, les portes qu'on lourde vingt mille fois par jour, les œilletons, les grilles, les herses, les chemins de ronde et les miradors. Les ateliers, aussi, où l'on collera des pieds de chaises par centaines pour des clopinettes, mais surtout pour oublier pendant une poignée d'heures cette foutue cage à rats qui tient lieu de cellule.

Simon a tout encaissé. On pourrait croire qu'il est un dur. Et ce serait vrai. Pourtant, à son tableau de chasse, il n'a jamais accroché que des affaires merdiques. Des pactoles qui se comptent en années de placard. Il a chuté sur des fourgues marrons, des associés aux nerfs fragiles, des filles à la langue pendue et un tas de ces foutus grains de sable, hauts comme la dune du Pilat. Il a fini par ressembler à ces joueurs qui portent la poisse autour des tapis verts. Il s'accroche, on s'écarte, un peu gêné de le lâcher. Simon est réglo, c'en est pitié. Mais avec lui, monter sur un coup, c'est le ticket pour la taule. À chacun des séjours qu'il y fait, il descend d'une marche. Autour, le vide s'agrandit. Pour le combler, il va chercher de plus en plus bas. Bras cassés, décavés, traîne-lattes. Sa petite cour est celle des petits miracles. Les eldorados dans le fond des verres et les rêves poinçonnés au PMU. Il jette ses derniers feux dans l'arrière-salle du Bar des Sports. Mais quoi, plutôt premier au village que second à Rome. Voilà très exactement pourquoi son dernier coup ne peut pas rater. Et surtout pas à cause d'une télé à la mords-moi-le-nœud.

Cette nuit, sur le plafond de sa chambre, il reverra la séquence. La façade, la fille au micro qui les appelle et eux qui se retournent comme trois cons. C'est plié. Simon est dans la boîte. Il suffira qu'un flic regarde les infos et s'en souvienne le moment venu. Par routine, il décrochera son téléphone. Quand il aura obtenu la rédaction de la chaîne, un coursier lui livrera l'enregistrement du reportage sans qu'il bouge de son bureau. Il y jettera un œil, un café en main. Et il sera presque surpris de voir, parmi les maçons de l'entreprise Zamponi, un visage vaguement familier. Il appuiera sur le replay de la télécommande, puis sur pause. Il pensera aux ouvriers venus, cet automne, refaire l'étanchéité de son pavillon préfabriqué. Quand le café aura refroidi, il sera certain que le gus en gros plan n'en était pas. Alors, pour la forme, il se demandera dans quelles circonstances il a pu le croiser. Et quand on est flic, n'est-ce pas, les circonstances…

Maintenant, dans son cerveau très procédurier, une petite lampe s'est allumée. Il fixe l'écran avec une attention si soutenue que ses collègues s'approchent.

— Le mec, là, il ne vous dit rien ?

Autour de la télé il n'y a plus que des yeux collés à Simon comme des ventouses. Dans quelques minutes, à travers les tuyaux du Net et la mémoire des disques durs son visage sera profilé, comparé à celui d'un bon millier de braqueurs récidivistes. L'ordinateur est si performant qu'après un nouveau café à la tireuse il aura sorti la bonne fiche anthropométrique.

Tout ce toutim, je l'ai pigé aussi. Simon le sait. C'est pour ça qu'il me fait son imperceptible signe de connivence. Je suis le dernier qu'il peut bluffer. Après, il n'a vraiment plus rien.

XIX

À ses moments perdus, Nosferatu élève des nains de jardin. Dans l'herbe folle qui mange la pelouse, leurs bonnets font de jolies taches rouges. Il ramasse aussi des pneus dont il bricole des puits. Et des enjoliveurs qu'il suspend aux branches d'un cerisier pour éloigner les merles. Couverts de fiente ils ressemblent à d'énormes fruits merdeux. Nosferatu aime les très vieilles choses. Il les entasse chez lui. Leur offre un dernier abri. Sans lui, elles finiraient à la décharge. Quel gâchis ! Nosferatu écoute leurs histoires. Les vieilles choses lui parlent. Ce sont parfois de toutes petites histoires chuchotées. L'origine d'un héritage dans le pied de lampe d'un notaire. Des soupirs d'alcôve sur un ressort de sommier. Le secret d'une mort dans une casserole percée. Une maladie au fond d'une armoire à pharmacie. Un adultère dans une cuvette.

Nosferatu n'a pas son pareil pour mettre les vieilles choses en confiance. Il prend tout. Il triera plus tard. En attendant, il amoncelle. Les fragments et les morceaux. Les débris et les sacs-poubelle. Sa maison n'est plus qu'un terrier. Entre les objets, les épaves et les ordures, une galerie relie la porte à ce qui fut la salle à manger. Suivez-la. Pénétrez plus avant si vous l'osez, vous atteindrez le lit. Si l'odeur ne vous fait pas décamper, tout au bout du boyau, vous trouverez le trône. Un goguenot calaminé, enserré dans les détritus comme un marron dans sa bogue.

Nosferatu, si propre sur lui. Son Damart, ses petits pas. Et en dedans, le champ de ruines. Ça fait comme un pincement au cœur. Nul n'a rien remarqué. Derrière les rideaux à poussière, les voisins sont des yeux morts. Bonjour, bonsoir. La surface, la mousse sur la bière. Mais ce qu'il y a d'essentiel ? Un très vieux type accroché aux restes d'un naufrage.

Nosferatu ferait le bonheur d'une ribambelle de psys. Le docteur Pitard en tête. Et, bien sûr, aucun d'eux ne prêterait l'oreille à ce que disent les choses.

Est-ce qu'elles ont des yeux ? Elles n'ont pas dû aimer me voir forcer la serrure. Les choses se taisent mais n'en pensent pas moins. À croire qu'elles me narguent. Le grain de sable que je cherche est quelque part dans une montagne d'immondices et il n'y a pas de pelleteuse dans le décor. Aïe ! Si elles lisent dans mes pensées, les choses ne vont pas être jouasses. Elles pourraient se foutre en rogne. Que dirait Pitard en m'observant ? Rien. Il n'évoquerait même pas le delirium. Il n'est pas payé pour me mâcher le travail.

J'ai chassé Pitard. J'ai essayé de ne pas avaler un des vingt mille miasmes qui grouillent comme des vers dans une poubelle. Et je me suis enfoncé dans la baraque avec les précautions d'un spéléo explorant une grotte emplie de gaz mortel. Pour rien au monde je ne toucherais quoi que ce soit. Surtout pas le lit... Pour éviter de regarder les draps, je me suis concentré sur la boîte à biscuits ouverte dessus. Une boîte en fer comme il y en avait chez tonton. Sur le couvercle, deux Bretons à chapeaux ronds s'époumonent dans leur bombarde. Au temps de la traction animale, elle devait contenir des crêpes dentelles. À présent, elle renferme des vieux papiers. Leur histoire est peut-être la dernière que Nosferatu a écoutée avant de tourner de l'œil ?

Il me semble entendre monter le chuchotis des choses. Comme un bourdonnement d'enfants quand ils font la mouche à l'école. Mon corps n'est plus que picotements. Deux milliards de fourmis rouges vont me bouffer tout cru. Déjà, les araignées sortent des murs d'ordures. L'odeur est devenue suffocante. La nausée monte comme une marée noire. De l'air. J'ai besoin d'air. Je cavale vers la sortie. Sans même prendre garde aux papiers que j'emporte.

XX

Loin de chez Nosferatu, au quatorzième étage de la tour C, allée des Graviers, cité Gagarine — banlieue parisienne —, la lampe d'un frigo vient de s'allumer. Ce qu'elle éclaire justifierait les scellés des services d'hygiène. Mais ils ne s'aventureraient pas dans le coin. Plus un seul service public ne s'y risque. Les pompiers ont été les derniers à tenter le coup. Quand ils sont repartis coudes au corps, leur camion en flammes illuminait la nuit. Ce soir-là, le quatorzième étage de la tour C passait en première division du lancer de parpaings. Depuis, le territoire est zone interdite. Dans la grande loi des causes et des effets, le bizness local en a tiré un essor à peine inférieur à la croissance chinoise. Mais en bout de course, au pied des tours comme à l'intérieur, on s'emmerde ferme. Ceci expliquant cela, le frigo est vide.

— Nooon ! Je le crois pas, là, y a plus une 'za, là ! Ho, les morfalous, z'avez tout bectave !

Les morfalous sont quatre, encapuchonnés à mort et tout aussi cois. Leur silence ne doit rien à la Siciliana. Ni à Ice Cube dont ils s'apprêtaient à déguster un quatrième DVD. FR3 les a scotchés à l'écran plat.

— Man, t'as vu, là ? Je l'ai pas rêvé, c'est Brandon ou quoi, là ?

— La star de sa mère !

— Qu'est-ce qu'il a sorti, là ? Patrons pourris, pas d'quoi ?

— Ho ! Les rapaces ! Z'êtes sourds ? Comment je gamelle ? Vous avez tout pillé.

— Qu'est-ce tu nous prends la tête, là ? Brandon passe en prime time...

Dans un reportage télé, la scène serait sous-titrée afin qu'on pige combien le journaliste en a bavé pour ramener ses quinze minutes de vérité. En la regardant, on penserait à ces vieux documentaires où des explorateurs à barbiche racontaient leur expédition en terre inconnue. « Nous approchons de la tribu des Bombaras, leurs guetteurs nous ont aperçus. » Et on serait vraiment heureux de ne pas vivre dans une de ces jungles modernes.

Eux, ils y sont nés. Ils l'aiment tellement qu'ils n'en sortent pas. Et surtout, n'allez pas imaginer qu'ils en ont envie. Votre boulot de bouffon, qu'est-ce qu'ils en ont à battre ? Votre baraque, pareil. Ils adorent fixer le chômage dans les yeux, voir un recruteur se fermer comme une grille en entendant leur nom, tenir les murs épais comme une feuille de tarpé, se faire contrôler au faciès et compter les boîtes de nuit qui baissent le rideau à leur approche. Votre bagnole, ils la crameraient comme on cracherait dessus si vous leur faisiez l'affront de la parquer ici. Pas de danger. Et si vous êtes du genre féminin, dites-vous qu'une virée dans les caves vaut toutes les séances de raffermissement musculaire. Vraiment, partir, ils n'y ont jamais pensé. Et ne croyez pas ceux qui prétendront le contraire. Le dernier trotskiste venu renifler le lumpenproletariat ne sait toujours plus qui il est.

Pour le moment, Brandon, à la télé, leur en bouche un coin. Dans une poignée de secondes, ils vont se monter le chou. Plus tard, quand la séquence sera rediffusée aux infos de minuit, ils la mettront en boîte. Avec une double platine et ces invraisemblables connexions qui renverraient Bill Gates au jardin d'enfants, ils y ajouteront un fond de gangsta rap et de très belles images d'émeutes.

C'est parti. À trois heures du matin, sur son Nokia, Brandon recevra un clip à faire baver Snoop Dog.

— Yo !

La guerre des images viendra de commencer.

XXI

La facture de Zampo s'allonge. Il me l'a servie au petit déjeuner avec l'air d'un croque-mort qui présente son catalogue de cercueils. Il a calculé au plus juste, ce n'est pas sa faute si le pays n'est plus gouverné. Les syndicats l'ont mis en coupe réglée, on en paie le prix.

— J'aurais autant aimé que ce ne soit pas moi qui le paie.

— Le matériel n'est pas donné. Les tuiles, ça douille.

— Même d'occasion ?

— Tu veux dire quoi ?

— Qu'elles ne paraissent pas de la première jeunesse.

— Tu m'avais pas spécifié que tu voulais du tout-venant. Je croyais que tu aimais l'ancien, moi. Je t'ai pris de la tradition. Je la fais venir spécialement...

Spécialement pour les pigeons, j'ai pensé. Zampo vomit la concurrence internationale, la mondialisation et tout le bastringue. Ça ne l'empêche pas de s'approvisionner dans une tuilerie moyenâgeuse du fin fond des Carpates. Pour gagner sur les marges, il avait songé à un plan bengali. Une zone franche où les enfants peuvent travailler sans craindre une législation tout juste bonne à entraver la libre entreprise. Ces putains de tarifs portuaires l'ont dissuadé.

— La tuile fait la culbute rien qu'en voyant les côtes.

Culbutée dix fois par une garnison de commissaires en douane, sa tuile arriverait encore au prix d'un sandwich TGV la tonne. Mais il en fait une affaire d'honneur. Et pour tout dire, d'éthique.

— Les taxes, c'est le racket organisé. Tu voudrais que j'engraisse des racketteurs quand des mômes s'esquintent au boulot pour trois roupies de sansonnet ?

Pour le coup, Zampo achète moldave. Un poil plus cher au départ, mais plus franc à l'arrivée.

— Trop de règlements tue le règlement. Là, t'es tranquille, trois fois moins d'intermédiaires et des transporteurs qui savent rester compétitifs. Sans compter qu'en Moldavie les mômes qui bossent ont quand même plus de protection sociale.

— Évidemment, le social...

— Sans les entrepreneurs, ils pourraient se le mettre sur l'oreille. Le travail, la croissance, c'est nous. Alors, qu'on nous desserre un peu la bride...

— Tout de même, les Moldaves, t'as pas l'impression qu'ils fabriquent de la tuile d'occase ?

— Quoi, t'as constaté quelque chose ? Une malfaçon ? Attention, faut me le dire. J'ai beau être vigilant, un détail peut m'échapper... Le Moldave, c'est rusé. Un chouia voleur de poules, même. Tu relâches ton attention, il en profite.

Tout le contraire de Zampo.

— Mes vieilles tuiles, tu en fais quoi ?

— À la décharge, qu'est-ce que tu veux que j'en foute ?

— Je ne sais pas. Que tu me les laisses...

Pincé, ulcéré, il est le visage de l'offensé. Son intégrité mise en cause par un ami. Parce que je suis son ami. Du moins, il le croyait. Immense est sa désillusion.

Tout ça il le dit dans son port de tête, la raideur de ses traits. Il joue sa grande scène comme un acteur du muet. Ça l'aide à ne pas penser qu'il est lessivé. Même plus capable d'acheter ses tuiles aux voleurs de poules. Réduit à revendre celles qu'il récupère sur ses chantiers.

Alors, avant de monter à l'assaut d'un fourgon bourré de fric, il continuera de gratter tout ce qu'il peut. Pour ne pas disparaître. Les combines à trois ronds, les carambouilles mitées, il n'a qu'elles pour tenir debout.

Zamponi, le petit patron rétamé.

— J'aime qu'on me prenne pour une conne.

Je sortais quand elle m'est tombée dessus. Sans son micro, on l'aurait crue au saut du lit. Elle avait quelque chose d'un dimanche à rhume au chaud d'un vieux pull. Sa main balançait comme si elle hésitait sur le choix d'une infusion. Mais elle pouvait aussi avoir envie de me la mettre sur la figure.

— Vous avez bien rigolé ? Vous payer une journaliste, ça n'arrive pas tous les jours dans votre trou à rats. Vous avez arrosé le coup, j'espère ?
— Je ne comprends pas...
— Vous étiez plus disert avant-hier. Les compagnons, les mineurs, la mémoire sociale...
— Pardon, l'expression est de vous.
— Je vois... Le bizutage, c'est la distraction du coin. La bonne grosse farce qui servira dix ans au concours de tarot et au goûter des anciens.
— Je suis désolé que vous le preniez ainsi. Ce n'est tout de même pas une affaire d'État.
— Bien sûr, ici, on est loin de l'agitation du monde. On touche aux vraies valeurs, hein ? Le coup de blanc du matin, du midi, du soir et de l'entre-deux. Le temps qui passe, les histoires de clocher. Ça, l'histoire locale, vous aimez. Vous avez des spécialistes. Des spécialistes de la correspondance, aussi. La chaîne a reçu un paquet de lettres qui protestent contre la diffusion d'informations fantaisistes sur la région et les origines de la maison Pinto.
— C'est grave ?
— Rien n'est grave, surtout pas qu'on se marre quand je passe dans le couloir.
— Je suis navré. Et je vous présente mes excuses.
— Vous savez parfaitement où vous pouvez vous les mettre.
— Dites, il ne vous vient jamais à l'idée de vérifier les infos qu'on vous donne ? Je m'en veux, je vous l'ai dit, mais n'en faites pas trop, votre carrière s'en remettra.

— Vous croyez quoi ? Je suis en CDD, pauvre mec. Mon contrat se termine dans un mois. Après ça, il va sûrement être renouvelé. Ça vous va ?

J'ai repensé à ce vieux film où les martiens prennent possession des humains. Il ne reste guère de temps à Julie Christie avant qu'ils n'entrent en elle.

— Putain ! J'avais suffisamment galéré avant de décrocher ce job. Je croyais pouvoir souffler.

Elle est loin, la fille au micro. Son Sautet-Doisneau s'est changé en film-catastrophe. Toute la nuit, elle y a pensé. Le retour à la case départ. Les petites annonces épluchées comme des salsifis. L'ANPE, le conseiller navré… Il lui expliquera gentiment que la presse n'est pas un secteur en tension. Il voudra l'aider. Un stage, peut-être, il en a des nouveaux. Très bien foutus à ce qu'il paraît. Elle ne l'écoutera pas. Elle se répétera qu'elle a manqué le coche. Qu'il ne repassera pas. Qu'ils sont déjà deux mille à faire le pied de grue pour avoir son job. Qu'ils accepteront n'importe quoi pour une pige, un contrat vaseux et même un stage gratuit, histoire d'espérer plus fort.

Et comme ça ne suffit pas, dans un coin sinistre, devant le portillon de bois d'une baraque nulle à pleurer, un crétin répète qu'il est désolé.

— Merde, elle lâche, les yeux embués.

Elle ravage son sac pour trouver un Kleenex. Son nez ressemble à une fontaine timide.

— Merde, elle redit en l'essuyant.

Je ramasse son stylo, son miroir de poche, un calepin, des clés réunies par un scoubidou et, quand je l'entraîne chez Pinto, elle bafouille que je fais chier.

Au deuxième café calva, elle récupère. Peut-être à cause de Mme Pinto, sa lavette sur la table aux douceurs de caresses. Ou de Pinto, au comptoir, qui fait semblant de rien. À moins que le juke-box ou la banquette grenat...

— Ce n'est pas votre faute, allez...

Elle me le dit dans un soupir. Je n'ai fait que passer dans le grand concours des circonstances. Elle aurait dû vérifier ses sources. Vérifier, c'est la règle du journaliste.

— Quelle blague !

Elle me prend à témoin. Les reportages enfilés à la chaîne, les sujets expédiés au lance-pierres. Et encore, elle ne cause pas des piges :

— Vérifier l'info, vous faites comment quand on vous banque au feuillet, hein ?

— Je ne sais pas...

— Eh bien, comme tout le monde, vous torchez. Trois heures de recherches historiques sur un troquet de banlieue ? Elles ne vaudraient pas un centime de rallonge au tarif de ces foutues saletés de mille cinq cents signes auxquels on vous paie. Alors, vous y allez à l'arrache pour enquiller un autre sujet. Et vous croisez les doigts pour qu'on vous le file.

Elle en a gros sur la patate. La rage, elle vous dit.

— La rage ! Vérifier l'info, quelle foutaise ! Est-ce que la serveuse de McDo vérifie d'où vient sa barbaque ? Elle la fourre dans le pain et basta, elle tartine un autre Big Mac. Moi c'est pareil. Je fais du journalisme McDo. Et le pire, c'est que je serais prête à marcher sur ma petite sœur pour continuer.

Le café calva l'a vraiment remontée. Il donne à ses joues la jolie couleur d'une pomme reinette. Mais la vraie pomme, c'est moi.

Pourquoi m'occuper d'elle ? Son rimmel dégoulinant ? La mèche, sur son visage et ses yeux par en dessous ? Parce qu'elle lui ressemble, comme une autre Elle lavée de mon usure ? Même pas. Depuis longtemps je n'éprouve plus rien. Les martiens ont bouffé tout ce qui était moi.

Et qu'on n'aille pas penser que je compatis à cause de tonton. Ce genre d'idée ne vaut pas un clou.

XXII

Ce sont les premiers clients ordinaires. Ils ont poussé la porte un samedi. Endimanchés. Comme une erreur au calendrier. Il est entré d'abord, en homme qui connaît les usages. Il s'y est pris à deux fois. Le coup d'œil — on n'est jamais trop prudent — puis les premiers pas. Les mêmes qu'au thé dansant, quand il s'assure du parquet de bal avant de s'y risquer. Il a paru satisfait. Il l'a invitée à entrer et elle a franchi le seuil avec l'hésitation d'une grosse souris inquiète.

Ils restent debout, sans savoir où se poser. Le restaurant est vide. Ils sont peut-être en avance. La pendule marque la demie de midi. Il vérifie à sa montre.

— Midi et demi, il dit.

— Si ça se trouve, c'est le jour de relâche.

Elle le tire par la manche. Mais ils n'ont pas fait cette trotte en auto pour s'en retourner le ventre vide.

— Ce serait fermé. Assieds-toi. Là, on sera bien. On voit toute la salle.

— Y a personne dedans.

— Ça va venir, ça va venir. C'est sûrement pas pour rien qu'ils sont dans le journal, crois-moi. C'est un endroit pour connaisseurs, ici.
— Tu penses ?
— Je m'y connais...
— À la télévision, il y avait plus de monde...
— On est samedi.
— Justement...
— C'est un restaurant ouvrier, n'oublie pas.
— Et alors ?
— Les ouvriers ne travaillent pas le samedi... Surtout quand ils sont en grève...
— C'est vrai...
— Je m'y connais...
Elle a ôté son manteau.
— En tout cas, il fait bon.
— Tu vois. Déjà, c'est un bon point...
Il l'a débarrassée du manteau. Il inspecte la pièce. Il a sorti ses lunettes. À travers les verres on peut compter les veinules dans le blanc de ses yeux. Il lorgne les apéritifs en se frottant les mains avec les manières d'être chez lui. Des apéritifs d'autrefois, il pense. Les Dubo, Dubon, Dubonnet placardés dans les tunnels du métro. Il les revoit, comme si c'était hier. À Paris, la ligne 4. Les wagons Sprague, rouges pour les première classe, verts pour les seconde. Avec les banquettes en bois et les pistons des portes. Il a dix ans. Au Châtelet. Luis Mariano, aussi beau qu'une pêche Melba, joue *Marco Polo.* C'est dimanche. Ce jour-là, les mutilés ne prennent pas le métro. Il l'a compris en voyant leurs places réservées supporter

des postérieurs ordinaires. Pas un seul béquillard, manchot, unijambiste à pilon. Aucune gueule cassée dans le reflet des vitres. Sur son strapontin, le môme à binocles ne sait pas qu'un jour lointain, chez Pinto, restaurant ouvrier, il rêvera au métropolitain. Pour l'heure, il aimerait voir un éclopé. Même un petit. Ça ferait comme une attraction avant *Marco Polo*. En semaine, il pense, les estropiés reviennent et les rames ressemblent au train fantôme. Mais le dimanche, ils restent chez eux. À cause des enfants. Ou de Luis Mariano.

Les années ont passé. Devant les bouteilles, chez Pinto, l'homme à lunettes sourit. Le métro a le parfum du roudoudou. Il dénoue son cache-col.

— Picon, Guignolet... Tout de même, ça dénote la bonne petite adresse.

Sur la banquette, la grosse souris a pris ses aises :

— C'est exactement comme à la télé. On se croirait dans *Les Cinq Dernières Minutes*.

— Ils le disaient dans le journal : dès qu'on entre, on se sent bien. C'est...

— Comme à la télé.

— ... comme avant.

— Quand il n'y avait qu'une chaîne.

— Les chaises en bois, les nappes à carreaux rouges...

— C'était du noir et blanc, à l'époque.

— ... le portemanteau... Oh ! là, regarde...

— Le portemanteau ?

— C'est fou qu'il en reste encore...

— On croirait que l'inspecteur va y accrocher son chapeau.

— L'inspecteur ?
— Bourrel...
— Il mettait son chapeau avec les serviettes ?
— Quelles serviettes ?
— Dans les petits tiroirs...
— C'est drôle, je ne m'en souviens pas. Tu es sûr ?
— Je me demande combien le patron en réclamerait... Un meuble pareil, dans les brocantes, ça n'a plus de prix.
— Il est bien, vraiment bien. Mais, tout de même, c'est un portemanteau.
— Quel manteau ? Je te parle des tiroirs.
— Les tiroirs...
— Avec les numéros. Tu vois les numéros ?
— Où ? Ah, là ? La grosse commode ?
— Les habitués rangeaient les serviettes dedans. Ils avaient un numéro. Comme ça, ils retrouvaient leur serviette. C'est un restaurant ouvrier. Un vrai. Comme avant.
— Comme à la télé.
— Si tu veux, oui. La télé d'avant.
— Une chaîne. Tout en noir et blanc.

XXIII

Il pleut. Une pluie fine qui raie l'horizon. Elle clapote dans les flaques et cingle les vitres. Toute la nuit, elle est tombée. C'est une pluie qui en veut. Au matin, la terre en est gorgée. Elle refoule en grosses bulles sur le gravier. La maison s'imprègne. Zampo flaire le défaut d'étanchéité. L'humidité remonte du sol. Il faudrait creuser, isoler les fondations, tracer un écoulement…

Je me suis demandé si après ses grands travaux l'argent du casse me laisserait de quoi prendre un ticket de bus. Puis je me suis plus rien demandé. La flotte sur les carreaux, le salpêtre et son odeur de champignon m'ont ramené à tonton.

C'est l'automne, la météo annonce une journée d'almanach.

— Ondée de novembre fait garder la chambre.

Dans la cour, la niche ressemble à une arche de Noé déserte. La truffe au carreau, Muzo la contemple en rêvant de déluge. À intervalles réguliers, réglé comme une pendule, il lorgne les cannes à pêche et pousse un soupir résigné. Sur la table de cuisine, j'essaie vaguement de trouver les sept erreurs que le dessinateur a commises en recopiant son dessin dans *France Soir*.

— On pourra pas aller à l'étang, tonton ?

J'ai déjà posé la question cent fois. Mais en voyant tonton observer les nuages, un espoir m'est venu.

— Stratus au plafond, averse à profusion.

L'espoir retombe dans mes chaussettes.

Alors, parce qu'il déteste le goût de potage que l'ennui donne aux jours, tonton va me raconter une histoire. Je l'avais oubliée au fond du coffre à souvenirs. Avec les abeilles et les petits coureurs du Tour. La pluie sur les tuiles de Zampo l'a réveillée.

C'était il y a longtemps. Dans un pays lointain pas si lointain. Un pays de neige, de clochers en oignons. Un pays à oignons, du reste. À odeurs fortes. Le chou dans la saumure, les poissons dans le sel, le hachis en beignets et la graisse à friture. Un pays où l'alcool possède un goût d'herbe à bison. Un pays où les bergères à pieds nus n'épousent pas les princes. Un pays de croix et de chapelets. De prières et de génuflexions. Un pays de repentances, d'oriflammes et de processions. La terre y est grasse au redoux et si dure quand il gèle à pierre fendre. Les villes sont noires. Avec des cathédrales, d'anciens palais et des cryptes où dorment des rois morts. On y joue la polka sur des pianos à queue et des musiciens phtisiques rêvent de révolution.

— Tu y es allé, tonton ?

— Je te parle de la bergère.

— Quelle bergère ?
— Bon sang, l'haricot, essaie de suivre.
— Celle qui va pieds nus ?
— Quand même !
— Elle est allée loin, sans chaussures ?
— Ouh, là ! Elle a traversé beaucoup de pays et passé autant de frontières.
— À pied ?
— À pied et dans des trains à courants d'air. Sur des banquettes en bois et le plancher des wagons...
Les wagons !

J'ai laissé Zampo à ses tuyaux et j'ai grimpé dans la chambre. Sur la photo, Anna Marzec a toujours son air de Jean Seberg des steppes. Les trains, elle en a eu sa part. Les fourgons bringuebalants, les locos à charbon, les cailloux des remblais... la vieille histoire à tonton me les a remis en mémoire.

Dehors, le rideau de pluie s'est épaissi. Ondée de novembre fait garder la chambre. J'y resterai jusqu'au soir. Avec Anna et les journaux de l'armoire. Ceux qui jaunissaient derrière les pantalons, dans la valise en carton bouilli.

— C'est rien que des vieux journaux, Brandon !
Rien que des vieux journaux.

Une centaine de personnes ont quitté Leforest à 15 h 15 pour Lille. L'embarquement s'est fait sur l'embranchement particulier des mines... on avait accroché un fourgon pour les bagages...

Sur le canard, on voit des hommes aux portières. Ils ont la mine patibulaire des exilés. Les traîne-lattes qui ne vaudront jamais un kopeck au marché du travail. Vous les avez vus, sur les vieilles bandes d'actualité, franchir les Pyrénées, la faim au ventre ou les Franquistes aux fesses. Passer les Alpes dans leurs canadiennes crapoteuses. Leurs affûtiaux au creux du balluchon. Pas rasés, la barbe noire qui leur dessine des visages d'assassin. La tête de l'emploi des sans-boulot. Coupables à la première poule volée dans le plus pouilleux des villages. Gueules édentées, cuites aux quatre vents, les grosses rides creusées dans le profond du cuir et le front soucieux des jours sans pain. Les femmes en foulard, vieilles à trente ans. Espingoins, Ritals, Portos. Les Ratons, plus tard. Les terrils, les crassiers, les fonderies, les chaînes, les murs à monter, les routes à tracer. Les champs à faucher, biner, sarcler, emblaver, et la vigne à vendanger pendant que vous y êtes. La grange au soir, les reins moulus. Le bidonville dans la plaine de Nanterre, Barbès aux chambres lépreuses. Équipes du matin, du soir et de la nuit, la piaule partagée au rythme des trois-huit. Le chantier à boucler pour avant-hier dernier délai, même sous la flotte, je m'en fous, avec le retard qu'on a, ils n'ont qu'à se magner le cul, on n'est pas à Bamako ! Vous les avez vus, pas plus tard que tout à l'heure, aux infos télé, dans cet hôtel sordide cramé sur un court-jus. Afghans, Turcs ou Congolais, extirpés à Calais de ce camion gigantesque, dénoncés par ce foutu machin si sensible au CO_2 qu'il détecte parfaitement la respiration d'une libellule planquée dans un hangar.

Ceux de la valise, c'étaient des Polaks. Mêmes visages de misère et même espoir dans leurs poches percées. Les mômes, aux fenêtres du train, agitaient de petits drapeaux. Rouge et blanc, expliquait la légende sous la photo. Quand le flash au tungstène avait crépité, ils rentraient au pays. La dernière image de celui qu'ils quittaient avait été le reflet du soleil sur le casque des gendarmes. Expulsés. Pour veiller au départ, « le service d'ordre était assuré par plusieurs pelotons de gardes mobiles », précisait le journal.

Un vieux journal, Brandon. Du très ordinaire. Seulement capable d'intéresser de très vieux lecteurs. Tonton, je commençais à comprendre pourquoi.

Nosferatu, pas encore. Pourtant, parmi les paperasses ramassées dans sa boîte à biscuits, le même article me faisait de l'œil. Taché, froissé, mais le même. *Nous avons partagé tant de moments, votre oncle et moi.*

J'ignorais ce qu'ils avaient pu être. Mais une très vieille histoire polonaise les avait réunis.

XXIV

— Alors ?
— Ils continuent...

Au téléphone, Maurice a lâché ça comme on se débarrasse d'un fardeau. Simon se tait. Son silence est de ceux qui précèdent les explosions. Maurice connaît. Avant de convoyer, il a bossé dans le génie civil. Un sacré boulot. Le pognon, les nerfs en vrille, le risque maximum. Et l'adrénaline qui vous flingue le cerveau aussi sûrement qu'une pipe de crack. Il avait jeté l'éponge un mercredi. Jour des enfants, rigolait le gros Dan en faisant le con avec son détonateur. À l'annonce de l'accident, sa femme avait supplié Maurice de la laisser voir le corps. Bordel ! Quel corps ?

— C'est quoi, ce charre ? La radio annonce que vos patrons font des propositions...
— C'est pas assez...
— Hein ?
— Les gars trouvent que le compte n'y est pas.

Simon serre les dents :

— Putain ! Ils veulent quoi ? Que les tauliers se foutent à genoux ?

Zampo abonde. À genoux... Depuis le temps qu'il y est, voir des patrons résister le lave de l'humiliation. Les gros, les rois du CAC, il en bouffe à tous les repas, parachute doré en bavoir. Mais ceux-là, à cause des camions, il les sent frères de classe. La force du poignet, le cuir rongé par la même gale des taxes et des factures. Et sur la plaie, les taons. L'essaim mauvais des suceurs de sang. Les grévistes, les syndicats, le chikungunya du labeur. Prêts à piquer la main qui les engraisse. Le retour de bâton va leur rappeler le goût du risque. Et le bâton, c'est lui. Zamponi. Le desperado de la petite entreprise. À touiller son aigreur, il a tout mélangé. Le braquage, c'est sa revanche sur l'injustice des deux bouts jamais joints. Les banques, les grèves, le système. C'est à tout ça que Zampo va s'attaquer. Les requins de la finance, la piétaille qui se la coule douce. Étrangleurs à chaque bout de la corde qui le garrotte.

— Nom de Dieu, tu vas m'arrêter ce cirque !

Au bigophone Simon ordonne comme on aboie. Les qualités du commandement. D'un regard, Zampo l'assure du soutien. Très loin, dans l'écouteur, Maurice cherche l'excuse.

— J'ai essayé de voter la reprise...
— T'as essayé de voter ?

Maurice essuie la sueur à son front. À quoi servirait d'expliquer ? Le dépôt, les bahuts alignés, les gars qui font cercle. Les cols relevés dans le froid du matin, les thermos de café fumant. Les visages graves et les comptes du quotidien comme martel en tête. La fin de mois prochaine, la note qui s'allonge chaque jour. Et le débit à la banque quand ils risquent leur peau pour remplir ses caisses. Alors, avec la pensée d'être pareil aux autres, on se dit que cent euros de rallonge vaudront toujours mieux que vingt ans de placard. Et que Jouillat est plutôt chouette quand Josy s'y fait les ongles. Voilà pourquoi, malgré tous ses efforts, Maurice a voté la grève.

— Je ne pouvais pas me découvrir en pleine AG. Ça n'aurait servi à rien, ils étaient trop remontés. Mais te bile pas, je les travaille entre quatre z'yeux, au moral. Ils caneront.

— Vaudrait mieux pour toi que ce soit eux...

XXV

— Tu as trouvé ça chez le père Delcourt ? Mais comment es-tu entré chez lui ?

Léo, ses questions et son air ahuri.

— Je suis allé le voir à l'hôpital...

— Ah ?

— J'ai pensé qu'un truc lui appartenant pourrait éveiller quelque chose...

— Un truc ?

— Une eau de toilette, un après-rasage, un machin du genre.

— De quel genre ?

— Olfactif.

— Olfactif ?

— Tu sais, toi, ce qui passe par un cerveau dans le coma ? Les fleurs sont sensibles à la lumière. Pourquoi on le serait pas aux odeurs ? Entre les tuyaux, il a toujours un nez.

— Oui... Enfin, je ne crois pas qu'il lui serve beaucoup.

— Ça ne coûtait rien d'essayer...

— En tout cas c'est chic.

Il existe encore un type à dire « chic » et je suis

tombé dessus. Le vocabulaire de Léo est comme ses tenues. Suranné. Son souci c'est faire de l'usage. Il garde, il élime et au besoin il dépareille. Il aime le solide. Léo est prof, bien sûr. Il ressemble beaucoup à Mr Dadier... *Blackboard Jungle*. Glenn Ford dans le costar Ed McBain... *Mr Daddy-oh ! We're gonna rock around the clock, tonight...*

Son problème, à Léo, c'est qu'il n'a toujours pas croisé Sidney Poitier. Il ne désespère pas. Léo ne désespère jamais. C'est un bloc de foi laïque. Il distingue la petite lueur sous le front le plus bas. Pour l'entretenir, il est prêt au sacrifice. Se tenir à l'affût de ce qui bouge ne lui fait pas peur. Le mouv', il dit avec l'air de se croire dedans.

— Les jeunes, tu captes leur attention et le plus dur est fait. Le tout est de ne pas avoir d'œillères.

Son handicap, c'est le temps de retard. Il en a toujours un. Comme une casserole au cul qu'il serait seul à ne pas remarquer. Dans sa bouche, le mot du jour prend vingt piges. Avec ça, pédagogue. Il fait bosser les mômes « sur des thèmes qui leur parlent ». Ils s'en foutent comme de leur premier pétard.

— Chérie, ils étaient vraiment attentifs, aujourd'hui...

Au fond, il sait que non. Mais se l'avouer serait comme se foutre à l'eau. Sandrine n'est pas dupe. Ça aussi, Léo le sait. Il l'a remisé avec le reste. Le diplôme, le premier poste, le trac devant la grille. Et cette ivresse qui le tenait éveillé la nuit durant sur un paquet de copies. Parce qu'un élève qui ne se souvient même plus de son nom avait mis dans le mille.

— Tu sais, le devoir du petit Foireau était excellent...

Ça lui mettait du baume au cœur dès le café-tartines. Aujourd'hui, Léo veille moins tard. Les petits Foireau ont fait long feu. Se faire traiter de bâtard quand on met dans le mille dissuade de viser juste. Pourtant, avec ses certitudes à la mie de pain et son air scout à faire flipper Baden Powell, Léo est resté Léo. Dans son LEP en capilotade, il s'accroche. Ils ne sont plus si nombreux. Depuis belle lurette, je suis sorti du lot.

— Tu devrais voir ça. C'est une espèce de temple dont il serait le gardien.

Le truc m'a plu en le disant. Il était peut-être là, le secret de Nosferatu. Veiller sur la mémoire en miettes d'une ville morte. Des gens avaient vécu, ici. Des comme tout le monde, avec leurs petits soucis, leurs peines de cœur et leur mal aux dents. Des enfants pour pousser des cris d'Indiens et des vieux, pleins de regrets aux premières feuilles qui tombent. Des murs à papiers peints, des photos dans les albums, des senteurs d'oignon dans les cuisines, des robinets qui gouttent et du linge sur les fils. Nosferatu avait ramassé tout ça.

— Tu devrais voir...

J'insistais. J'ignore pourquoi. La trouille d'y retourner seul. Ou parce que Léo dans son bahut et le vieux dans son gourbi étaient les derniers à rester debout.

Il a regardé les articles sur la table. Identiques, jusqu'aux souillures du temps.

— Ton oncle et le père Delcourt avaient conservé le même papier ?
— Le même. Tu sais de quoi il s'agit ?
— Leforest...
— Leforest ?
— Une vieille histoire...

Elle n'était pas de celles qu'on raconte aux enfants. On devrait. Ça éviterait qu'elles recommencent.

Léo me l'a narrée. En long, en large et en travers. Lui manquaient le tableau et la craie. Leforest, Pas-de-Calais. Sa mairie, sa gare et ses houillères. Leurs terrils qui poussent au ciel la noirceur de la terre et des hommes.

— Les gens, sur la photo, sont des Polonais qu'on a renvoyés au pays. Dans les années vingt, la France avait fait venir des immigrés d'un peu partout. Après la guerre, il fallait reconstruire... Le textile avait besoin de mains, les champs de bras, les mines de gueules noires. Les Polonais étrennaient leurs passeports neufs. L'indépendance toute fraîche de la Pologne ne suffisait pas à remplir les estomacs. Alors, au fil des conventions, ils sont arrivés. En 34, on en comptait plus de cinq cent mille. Quand la crise économique s'est installée, ils ont perdu leur cote... On les avait fait venir, on les a poussés dans l'autre sens. Le gouvernement venait de faire voter des lois sur la protection du travail national. Ça ne t'évoque rien ?

Léo adore la pédagogie participative...

— Le plus beau, il continue, c'est que les patrons n'étaient même pas demandeurs. Crise ou pas, avec des hauts et des bas, on avait besoin de charbon. Les houillères n'avaient aucune envie de voir partir les Polonais. Ils s'étaient formés, c'étaient de bons mineurs, leur départ risquait d'entraîner la fermeture de puits... Le Comité des houillères en a appelé à la libre entreprise pour contrer les pouvoirs publics. Mais l'opinion s'agitait. Des chômeurs, c'est toujours des immigrés de trop... Même les syndicats avaient du mal à tenir leurs troupes. La solidarité fait de belles chansons. Sur le terrain, c'est une autre rengaine. Quand on surveille son bifteck, les grands principes, hein ? Et puis, à l'époque, les Polonais ne s'étaient pas encore mélangés à la population. On s'en méfiait.

— Bref...

— Ajoute à ça des tensions diplomatiques franco-polonaises, tu auras le climat. En 34, le gouvernement ordonne aux houillères de renvoyer chez eux sept mille ouvriers étrangers, dont six mille Polonais du Nord et du Pas-de-Calais. À Leforest, c'est la cata. Dans la compagnie, la majorité des mineurs sont des Polaks. Le 26 mai, deux cents d'entre eux arrêtent le travail et s'enferment dans les douches. Les autorités prennent des arrêtés d'expulsion pour violences et rébellion. En signe de protestation, des gars font la grève au fond.

— Au fond...

— Ils refusent de remonter. L'occupation de la fosse durera trente-six heures. À la surface, c'est la panique. On raconte que les Polonais ont pris des mineurs français en otage. Leurs familles se replient dans le coron par peur des représailles. Tu vois le tableau ? Les sanctions sont immédiates. On les chope à la sortie du puits, la compagnie en licencie cent vingt-deux et le ministre de l'Intérieur décide de nouvelles expulsions. La photo du journal est celle du premier départ. Cent trente personnes. Un second train suivra. Les charters avant la lettre.

Il est calé, Léo Lebobicz.

— Mes parents auraient pu être dedans. Ça n'aurait jamais fait qu'un prof d'histoire en moins. Pour ce que ça sert...

J'aurais voulu lui dire le contraire. Mais qui se souvenait des petites bergères renvoyées au pays à coups de pied au cul ?

XXVI

Ils sont trois. Des très vieux. La peau tavelée, les yeux déjà ailleurs. Ils n'étaient pas entrés chez Pinto depuis mille ans. Les chaises de bois, les bouteilles, les cendriers Pernod, ils les respirent comme des parfums d'avant. Pinto les regarde renifler la pièce avec leurs airs de chiens fatigués. Il se tait, les revenants s'évanouissent au son de la voix humaine. Il reste là, le torchon en main, immobile. Pareil à ces loufiats de bois peint, plantés au seuil des gargotes.

D'un haussement de sourcils, il me fait signe de les retenir et il s'éclipse dans l'arrière-salle.

Les vieux ont fini par s'asseoir. Raides, d'abord, de tous leurs craquements et de leurs rhumatismes. Mais, plus encore, empruntés de se retrouver là. Puis, à petits gestes, ils ont pris possession des choses. La main sur la table, le regard sur la pendule, le reflet dans le miroir. Le plus sec m'a adressé un bref salut du chef.

— Il ne fait pas chaud, j'ai hasardé.
— Un temps de novembre...
Les deux autres ont approuvé en silence. Et que

dire après ça ? Comme eux, j'ai eu cette moue pensive qu'on doit aux vérités. Ils ont laissé la pendule tictaquer. Après un siècle ou deux, celui qui portait des moustaches a sorti son tabac. Du gris. Comme on n'en voit plus qu'au bec des anciens. Tonton en usait, lui aussi. Le cube Scaferlati, tassé dans son papier assorti. Un paquet sans fla-flas. Sans le narval ni le marin batave qui me faisaient voyager au comptoir de La Civette. Pas d'odeur de miel pour évoquer la pipe d'écume et l'estaminet fumeux des récits de Jean Ray qui me flanquaient la frousse des nuits entières. Le gris à tonton, c'était du terre à terre. La bouffée âpre flottant dans le sillage d'une péniche. L'effluve des matineux pédalant vers l'usine, le béret sur le crâne et la musette au flanc. La partie de cartes, ratatout, dix de der et tu paies ta tournée. Et la balade à Muzo, furetant sous les taillis. Pas l'aventure. Mieux, un prélude. Au goûter, je partirai sur les docks de Londres, quand le fog enveloppe Harry Dickson. Dans un bas-fond de Hambourg, je délivrerai Bob Morane des Dacoïts mangeurs d'opium. Mais d'abord, comme un esquimau avant le grand film, j'aurai savouré le parfum du gris à tonton. Il est aussi enivrant que celui de la Dame en noir.

Il m'est revenu avant même que le vieux tire sur sa bouffarde. Alors, la boîte d'allumettes, le frottement du soufre sur le grattoir et la flamme qui se couche pour lécher le tabac...

— Mon Dieu...

De l'arrière-salle, Mme Pinto observe les trois

fantômes, les mains jointes sur sa poitrine. Elle regarderait les Rois mages pareil s'il leur prenait l'idée de venir boire un gorgeon.

Pinto n'a pas lâché son torchon.

— Je te l'avais dit, il murmure, c'est eux...

— Quand tu auras trouvé le temps, tu nous serviras trois ballons, a grincé le grand aux allures d'arbre mort.

Pinto file aux bouteilles.

— C'est comme si c'était fait.

— Quand même, bredouille Mme Pinto.

Elle garde les mains sur sa poitrine où le cœur bat la breloque.

— Quand même, elle répète, tandis que Pinto apporte les verres.

— Trois côtes, trois !

Le plaisir au coin des yeux, les vieux contemplent le rouge dans les godets.

— À la tienne, Étienne.

Les verres tremblotent jusqu'aux lèvres.

— À la tienne, mon vieux.

Pinto les croyait morts et enterrés depuis des lustres. Enterrés, ils l'étaient. Une maison de retraite, c'est parfois comme un caveau. On les voudrait peuplées de mamies permanentées et de grands-pères malicieux. Des Miss Marple à cluedo et des docteurs Watson, la flasque de whisky en poche. Elles doivent bien exister, ces bicoques victoriennes où on aimerait finir sa vie. Entre le thé à la bergamote et la pipe de bruyère dans les allées du parc. On s'accroche à l'image. Mais le tout-venant, il est d'un autre tonneau. En bois à cercueil. Les couloirs tristes, les odeurs d'urine et de désinfectant, le lit et la chambre anonyme. Aux heures réglementaires, le petit train des fauteuils roulés jusqu'au réfectoire. Les pensées qui battent la campagne, comme une dernière sortie. Et l'attente, solitaire. Résignée.

Les trois, devant leur verre de rouquin, ils avaient vu le coin s'effilocher. Les maisons décrépir, les commerces fermer. Les copains mis en bière et la famille envolée, ils avaient tiré la porte sur leurs souvenirs. « Là-bas, tu seras comme un coq en pâte. Tu ne t'occuperas plus de rien. » Ils avaient fait mine d'avaler le sirop amer qu'un arrière-petit-fils sucrait de paroles douces, un œil sur la pendule. Ils étaient entrés dans la nuit des hospices.

— Ils ont repris leurs places...

Mme Pinto chuchote comme à confesse. Pour un peu, elle se signerait tant le retour tient du prodige. Les vieilles carcasses, c'est du surnaturel qu'elles traînent à leurs basques.

— Alors, te voilà vedette de la télé..., a soufflé le moustachu dans un nuage de perlot.

— Vous avez vu le reportage ? a demandé Pinto, pour dire quelque chose.

— Qu'est-ce que tu crois, on a le bouquet, là-bas.

— Le bouquet ?

— Les chaînes, sur le câble...

— Ah oui, c'est bien, vous êtes gâtés...

— Pour sûr. Des télés, y en a partout, les chambres, la cantine, le hall. Et toujours allumées, des fois qu'on oublie de ne pas penser.

— Ça fait de la vie, il paraît. De la vie, t'imagines ?

Le troisième n'a encore rien dit. De l'index, il signifie à Pinto de s'approcher :

— C'est quoi, ccs conneries ? il croasse, comme s'il utilisait un de ces trucs qui déforment les voix dans les séries policières.

Un morceau de gaze blanche dépasse de son col.

— Trachéo, il grince. Plus besoin d'ouvrir la bouche pour fumer.

Il a dénoué son écharpe.

— C'est la tournée du patron ! lance Pinto pour couper court au spectacle.

À nouveau, le vin rougit les verres.

— Alors, ces conneries ?
— Quelles conneries ?
— Les compagnons, tout le baratin du poste...
— Ah ! Ça ? C'est un truc pour faire revenir les clients.
— C'est con..., racle le vieux à voix de caverne. Et ça marche ?

Pinto contemple leur reflet dans le miroir.

— Qui sait ?

XXVII

Il est minuit trente. De Paris à Berlin, des milliards de bracelets-montres, pendules et horloges numériques affichent la même information à quelques réglages près. Dans des milliers de villes européennes, autant de villages et jusqu'aux trous perdus des campagnes profondes, des millions d'yeux regardent les mêmes chiffres au cadran d'une de ces innombrables tocantes. Mais il n'est qu'un seul Louis Arnaud pour le faire dans le parking souterrain d'un immeuble de bureaux anonyme en pensant qu'une bande de cow-boys en grève lui court sérieusement sur le haricot.

Un peu plus tôt, les traits tirés, il a clos une dernière séance de négociations sur un appel à la raison.

— Messieurs, la nuit porte conseil. Ne faisons pas mentir l'adage. Je ne doute pas que vous saurez analyser nos propositions et voir que nous sommes allés au bout du possible. Le relevé de conclusions établi au niveau de la branche va être soumis à vos collègues des autres sociétés de la profession. Sans préjuger de leur consultation, je crois pouvoir dire qu'une étape importante a été franchie. Il serait dommage de laisser passer l'opportunité de l'enrichir des « plus » que nous y ajoutons au niveau de l'entreprise.

Louis Arnaud avait regardé les visages fatigués de ses interlocuteurs tandis qu'une secrétaire dont les heures sup tournaient à plein compteur apportait du café.

Le délégué national du syndicat tendait la main vers l'arabica quand un gros type à la peau luisante s'était levé :

— Les camarades du Nord n'accepteront pas un projet qui ignore leur revendication régionale sur la sécurité.

Louis Arnaud avait reposé sa tasse, un pli au front. Après une hésitation, le délégué s'était levé.

— Monsieur le directeur, chacun aura entendu le message. Nul ne comprendrait que la question retarde le dénouement d'un conflit auquel nous aspirons tous.

Ses interlocuteurs partis, le DRH de la Scup ne parvenait toujours pas à discerner s'il venait d'entendre l'amorce d'un engagement voilé ou l'affirmation d'un point de blocage. Depuis qu'il le pratiquait, il savait le représentant syndical rompu aux doubles sens. Soucieux, il s'était tourné vers son assistant.

— Alors, Séphane ?
— Positif, monsieur, positif.
— J'aimerais en être certain.
— Sa dernière réponse me semble dénuée d'ambiguïté.

— Vous trouvez...
— Elle visait son délégué du Nord.
— Vous pensez, vraiment ?
— N'a-t-il pas dit « chacun aura entendu le message » ?
— Justement, de quel message parlait-il ?
— Mais du vôtre.
— Ou celui qui venait de nous être envoyé par sa délégation nordiste...
— La suite de son intervention le précise. Il a déclaré : « Nul ne comprendrait que la question retarde le dénouement du conflit. »
— Vous en déduisez ?
— Que son organisation ne sacrifiera pas un relevé de conclusions national à une question purement locale.
— On peut aussi entendre l'affirmation d'une ultime exigence. « Nul ne comprendrait que la question, faute d'avoir trouvé réponse, retarde le règlement du conflit. »
— Il l'aurait exprimé plus clairement.
— Il garde une porte de sortie. Il n'a aucune envie d'être désavoué par sa base. Son congrès approche...
— Il peut tout autant être lâché par le national. N'oublions pas la fin de sa phrase : « le dénouement d'un conflit auquel nous aspirons tous ».
— Comment l'entendez-vous ?
— Comme l'affirmation d'une volonté commune.
— Croyez-vous ?
— Quel autre sens lui donner ?

— « Nous, grévistes, aspirons au dénouement du conflit, ne nous poussez pas à le poursuivre. »

— Alors, accordons-leur ce qu'ils demandent, après tout, ce n'est qu'une affaire d'autoroute.

— Si nous lâchons là-dessus, nous mettons le doigt dans l'engrenage au risque de relancer la machine. Une addition de revendications locales peut coûter cher.

— Il connaît les marges de manœuvre. Lorsqu'il dit « nul ne comprendrait que la question retarde le dénouement du conflit », j'entends qu'il prend cet argument en considération.

— Mais sont-ce là les mots exacts qu'il a employés ?

— Il me semble...

— Vous n'en paraissez pas certain...

— Si, enfin... vérifions...

— Hélène, mon petit, qu'avez-vous noté ?

— ...

— Hélène ?

— Monsieur...

— Nous vous écoutons, vous avez relevé ses propos...

— C'est-à-dire... Pas les derniers, monsieur...

— Pardon ?

— La séance était levée, j'étais allée faire le café...

Louis Arnaud avait passé les mains sur son visage las. En renouant sa cravate il remarqua les tasses. Celles de ses interlocuteurs restaient pleines. Sauf une. Il fut tenté d'y voir un signe encourageant. Le délégué avait accepté le café offert. Il s'emploierait à convaincre ses troupes. À peine émise, la pensée fut contrariée. Le directeur était incapable de dire avec certitude à qui appartenait la tasse vide.

Et c'est pourquoi, à minuit trente précis, Louis Arnaud se sent d'une humeur de chien en regagnant sa voiture dans le parking souterrain.

Cette nuit-là, il conduira nerveusement. Boîte de vitesses malmenée, il grillera deux feux rouges et n'accordera pas un regard au rétroviseur. S'il l'avait fait, peut-être aurait-il remarqué la voiture qui le suivait dans les rues endormies.

Elle le suivra jusqu'à son domicile.

XXVIII

Certains vieux sont semblables à des bagnoles usées. La marche au ralenti et le plein fréquent. Les trois de Pinto étaient de ceux-là. Depuis leur retour au bistrot, ils y revenaient chaque jour à petits pas. La goutte au nez, l'œil larmoyant, on aurait dit qu'ils fuyaient de partout. La porte poussée, bien carrés sur les chaises — jamais de banquette —, ils refaisaient les niveaux. Ils arrivaient après le déjeuner et repartaient vers les cinq heures. Entre les deux, ils injectaient un peu de vie dans les vieux tuyaux de leurs artères durcies. Ils la savouraient le nez dans leur verre, avec des claquements de langue heureux. Personne n'aurait pu se vanter de les avoir vus pompettes. Dire qu'ils picolaient aurait été ne rien comprendre à l'âme humaine. Qui cherche l'assommoir remplira son caddie à l'hyper. Près de l'autoroute. On y vend de la bibine pour toutes les bourses. Aux plus plates le whisky bas de rayon, le jaune qui flashe et la vinasse en brick. Les plaies du cœur s'y soignent au gros qui tache et les fractures sociales à l'alcool pur. Trognes bouffies, falzars pisseux, goulots purulents, le paradis des fins de course est étiqueté code barre.

Les vieux à Pinto ne buvaient pas de ce vin-là. Dans le silence de leurs petites gorgées, c'est de l'humanité qu'ils sirotaient. Ils la tiraient à leurs verres ballons. Ils la respiraient dans le moindre objet pour peu que la main de l'homme y ait laissé son empreinte. Les godets, les soucoupes à cacahuètes, le tapis de tarot, le bac à vaisselle, le percolateur... C'était comme un filet de jouvence qui leur rendait des airs d'avant.

Leur mouroir perchait à vingt kilomètres. Sans car et sans gare, ils s'étaient résolus au taxi. Il les prenait sur les treize heures et les reconduisait chaque soir. Devant le prix du gazole, leur caisse commune n'avait pas tenu le choc. Ils avaient eu recours au tapis vert. À l'extinction des feux, la chambre 12 se changeait en tripot.

Loupiote tamisée, lit poussé, fenêtre masquée comme au temps noir de l'Occupation, un quarteron de papys bloblotant flambait à tire-larigot. Plus d'un y avait laissé des plumes, la triplette était habile et pas toujours loyale. Pourtant, même ratissés, ils revenaient. À la lueur d'une veilleuse, les tarots font souffler l'air du large. Nuit après nuit, les moribonds reprenaient des couleurs. Le toubib s'en étonnait. Ils rigolaient sous cape. Ça tenait du miracle. Arthritiques, paralysés, langés, torchés, il leur poussait des envies de vivre comme des bourgeons sur du bois mort.

À présent, les trois vieux sont à l'arrière du taxi Mercedes. Ils ont vingt ans. Sur l'autoroute, le rail de sécurité défile comme le ruban dénoué d'un cadeau. Quand ils arriveront chez Pinto, les tables ne seront pas encore desservies. Mêlé à l'odeur du tabac, leur fumet fait un graillon qui nettoie des senteurs d'éther. Dans la voiture, ils en jubilent déjà.

Il est treize heures, ce mardi, jour de mironton. Mme Pinto l'a mitonné pour ses cow-boys. Elle leur trouve petite mine. Ils ont mangé sans conviction. La mastication machinale. Elle en a douté de sa tambouille.

— Mais non, elle est parfaite. C'est rapport à leur affaire.

— Leur affaire...

— La grève. Elle pèse sur le porte-monnaie. Tu n'as pas remarqué ? Ils sont moins nombreux...

— C'est ma foi vrai.

— Ils sont plusieurs à faire sandwich. Et ce n'est qu'un début...

— Mon Dieu, tu crois...

— Ils ne peuvent plus se permettre le restaurant...

— Mais, pourquoi n'ont-ils rien dit ?

— La fierté, madame Pinto, la fierté...

— Enfin tu n'as pas... ?

— Pour qui me prends-tu ? Bien sûr que si. Je leur ai fait comprendre de ne pas se biler, qu'on s'arrangerait.

— Qu'on s'arrangerait ?

— Jusqu'ici, ils tenaient avec leurs tickets-repas. À présent qu'ils n'en ont plus...

Quand l'émotion la prend, Mme Pinto porte la main à son cœur. Ça la soulage des sentiments.

Dans sa poitrine, qu'elle a avenante, ils font du trop-plein. Elle a beau remonter le tout dans ses grands soutiens-gorge achetés à la Blanche Porte, rien n'y fait. Son palpitant ne tient pas en place. Elle déborde. C'est le lot des natures généreuses.

— Des sandwichs, elle soupire dans un claquement de bonnets. Pauvres garçons. Et tout ce que tu leur proposes, c'est de s'arranger ?

— Mais...

— Dieu nous garde, Pinto, si tu as oublié ce qui orne le fronton de cette maison.

Que son épouse lui colle du patronyme annonce l'orage. Qu'elle sorte une tirade de sa collection Harlequin, c'est le coup de tabac qui menace.

— Le fronton...

— Oui, le fronton ! Maison Pinto, restaurant ouvrier. Ou-vri-er ! Tu sais encore ce que ça signifie, j'espère ?

— Ce que...

— Tais-toi, Pinto ! Moi vivante, ces garçons auront table ouverte. Paiera qui peut, mais tous, ils mangeront à leur faim.

— Je...

— Ils ont ramené la vie, ici. La vie ! Et toi, tu leur compterais le couvert ?

— Mais bon sang, madame Pinto, si tu me laissais en placer une, tu saurais qu'oublier l'ardoise, c'est exactement ce que je leur ai proposé.

Elle a l'œil rond du merlan frit. Sur ses joues, l'emportement a laissé une marque rouge. C'est une sanguine. Un tempérament, confiait jadis Pinto à des clients rêveurs.

— Idiot ! elle sourit.

Puis elle remet de l'ordre dans sa poitrine.

C'est mardi, jour de mironton. Les vieux vont arriver. Leur table attend. C'est la première qu'on débarrasse, chez Pinto, restaurant ouvrier. On leur servira du vin. Ils parleront du temps. Un peu. De celui qu'il fera demain. Après, ils contempleront les souvenirs qu'ils voient dans la brique des murs. Et ça les tiendra jusqu'au soir. À moins que, d'ici là, ils me demandent :

— Alors, comme ça, t'es le petit Félix ?

— Le neveu au Pierre ?

Ils réfléchiront jusqu'à l'heure du retour. Et ils repartiront sans avoir prononcé autre chose. Depuis que Pinto nous a présentés, ils font leur numéro. Je l'ai vu dans des dizaines de westerns. Walter Brennan mâchouille sa chique. Il a ôté son vieux dentier parce qu'on sent mieux le jus du tabac sur les gencives. Quand il aura craché son jet noir sur la piste où cahotent les chariots, il va engueuler John Wayne. Et l'autre grande saucisse qui pourrait allumer cent desperados d'une seule balle se laissera faire. Avec seulement ce fabuleux petit air en coin qui fait de lui le meilleur cow-boy du monde.

Les trois vieux et moi, on a regardé les mêmes films.

Avant-hier, j'ai cru pouvoir brûler les étapes :

— Mon oncle, vous le connaissiez bien ?

— Un peu.

Depuis, j'attends la suite. Pour ne pas la manquer, je rapplique au mitan de l'après-midi. Le carillon de la porte, le bonjour, le manteau à la patère et la banquette. La même place, à la même table. Pinto apporte le vin comme il se doit. Sans demander. Et on reste là, plus taiseux que des souches. Tout ça ne rime à rien. C'est mardi. On a mis les restes de ragoût au frais, les tables sont nettoyées et le taxi du retour doit regarder sa montre.

— Il a quelque chose.

Le moustachu me bigle. Les yeux dans le vague, je sirote la piquette à Pinto.

Maintenant, c'est le grand qui me jauge :
— Si on veut.
— Un faux air.
— Il saute pas aux yeux.
— J'ai pas dit ça, mais y a quelque chose.
— De loin, alors.
— Si tu préfères.
— De vraiment loin.

Derrière son zinc, Pinto ressemble à ces types qui regardent les parties de dames, le dimanche dans le jardin du Luxembourg. Ils sont là, même en plein hiver. Immobiles dans leur paletot. Le cul sur la ferraille froide d'une chaise de square. Depuis des années, ils sont là et jamais ils n'en perdront une miette. Ils sentent l'hôtel meublé, les pastilles pour la toux et le potage en sachet. Ils portent des stylomines en médailles. Et ils suivent des yeux les pions noirs et blancs comme d'autres reluquent les filles.

Devant le bar, la partie se joue au rythme du temps qui passe. Pinto la contemple avec cet air de sonder le vide qu'ont tous les bistroquets du monde aux heures creuses.

Les trois vieux ont vidé leur verre :

— C'est donc toi qui allais aux abeilles...

— Tc v'là revenu...

La partie est finie. Je lève mon verre à la santé de Walter Brennan.

Me voilà revenu.

XXIX

La rue dort. C'est une rue large. Droite. Tranquille. Devant ses immeubles aux persiennes closes, les grilles sont bouclées, les digicodes programmés. Sur les pelouses, on devine des sculptures. Discrètes, de très bon goût. En plein jour, vous pourriez lire le nom de l'œuvre gravé sur une petite plaque de bronze. Mais le jour est encore loin. Et la lumière tamisée de l'éclairage au sol effleure, plus qu'elle n'éclaire, le contour des pierres. Pas un chien n'ira lever la patte dessus. Les chiens de la rue ont de bonnes manières. D'ailleurs, ils ne veillent plus depuis longtemps. C'est l'heure des chats. Celle, où, dit-on, ils sont tous gris. Mais ce n'est pas davantage une rue pour matous de gouttière.

— On se fait chier !

Rangée le long du trottoir, la vieille Opel détonne. Baste ! Dans la rue, on a l'esprit ouvert. Levez les yeux, vous apercevrez les ateliers d'artistes. Même cotés, ces gens-là gardent l'allure bohème. Leur négligé est pittoresque. Alors, une vieille voiture... Que voulez-vous, ils ont la tête ailleurs. C'est charmant comme un air de jeunesse.

La pénombre empêche de distinguer les occupants de l'auto. Ce sont des artistes, à leur façon.

— Ça va faire trois plombes qu'on poireaute !

— Tu ne voulais quand même pas qu'on planque en plein jour ?

— On perd notre temps. Ils sont tous au page.

— Ceux qui ont passé la soirée en vadrouille vont bientôt rentrer au bercail. Tu veux un jus ? Il en reste dans la thermos.

Assis au volant, une tonne de pipas à ses pieds, Manu tend son gobelet. Le café, il l'attendait. C'est pour entendre Simon lui proposer qu'il a renaudé. À certaines heures de la nuit, dans une bagnole, il est des choses qui flanquent le chaud au cœur. Manu serait en peine de dire pourquoi. Mais ce caoua est plus enivrant que tous les champagnes des bars à putes où il a fait la nouba.

Depuis quand se connaissent-ils, Simon et lui ? Trente piges ? Davantage ? Dans un gymnase de La Garenne, un jeune boxeur venait d'encaisser un swing à étendre un bœuf. Un genou en terre, il regardait obstinément les doigts de l'arbitre danser devant ses yeux. Il essayait de les fixer, mais la lumière qui baissait rendait la tâche impossible. Dans le flou noir tombant comme une cape, l'homme en blanc articulait des trucs qu'il ne comprenait pas. Une idée cocasse lui avait traversé l'esprit, il s'était mis à sourire. Les loupiotes éteintes, il allait dormir un peu. Les projecteurs illumineraient son réveil comme un gâteau d'anniversaire. Le sien tombait-il aujourd'hui ? S'en souvenir était si difficile. Pourtant, il s'entendait dire qu'il n'était pas né d'hier. C'était au sortir des vestiaires, il parlait à ce type si gentil et toujours plein de conseils. Comment s'appelait-il ?

— Comment tu t'appelles ?

Encore une question coton.

— T'endors pas. Dis-moi comment tu t'appelles.

Marcel Cerdan. Ray Sugar Robinson...

— Petit, tu m'entends ? Combien j'ai de doigts ?

De nouveau les doigts, ça c'était marrant. Et facile. On a tous cinq doigts par main. Sauf Mickey Mouse qui en a quatre.

— Mickey ?

— C'est bien. Et toi, tu t'appelles comment ?

— Minnie ?

Mauvaise pioche. Pour l'aider, on avait éteint toutes les lumières. Il allait se reposer, il leur dirait plus tard.

Il s'était réveillé dans les odeurs de camphre, Simon à son chevet.

— Ça va, môme ?

Il ne l'avait jamais vu, mais sa voix avait desserré l'étau qui lui broyait les tempes.

— Pour un peu, tu nous foutais la trouille...

Sur le tabouret du soigneur, un vieux type secoue sa tronche cabossée. Les oreilles déformées par trop de combats. À sa main droite, un doigt pointe aux abonnés absents. Dévoré par les mâchoires d'acier d'une presse à emboutir. C'est Mickey.

— Tu te souviens de Mickey ?

Dans la vieille Opel, Manu s'est tourné vers Simon. Sans l'obscurité qui les enveloppe, on verrait dans ses yeux quelque chose qui ressemble à de l'affection. Mais Simon n'a pas besoin d'y voir.

— Je veux. Pourquoi tu demandes ça, tout d'un coup ?

— Je sais pas, ton café, la thermos... Ça m'a rappelé les vestiaires.

— Sacrée marche arrière...

— J'en voulais, à l'époque, hein ?

— T'aurais décroché la lune.

— Putain, je crois que j'aurais pu...

— Y a rien à regretter.

— La lune, je l'ai approchée, pas vrai ?

— Et les étoiles autour.

— C'était bath, non ?

— Plus que ça, Manu, bien plus que ça.

Dans la nuit, la vitre de l'auto reflète de vagues visages. Les yeux mi-clos, Manu y revoit une gueule d'ange des barrières. Un sourire à damner un saint et cet air canaille pour lequel un écrivain célèbre avait chopé le béguin.

— Il s'appelait comment, déjà ?

— Qui ?

— Le type des bouquins...

— Jean Genet.

— C'est ça.

— Il est devenu quoi ?

— Il est mort.

— Ah !

Manu a fermé les yeux. C'était il y a mille ans.

Cette rumeur indicible qui monte dans le couloir des vestiaires, la marche au combat, le souffle cadencé et le rythme des pas sur le sol. Le peignoir comme une robe de bure. La tension, et soudain, le détachement. La grande pureté du vide. Devant, quelqu'un pousse les portes à battants et la clameur l'inonde. Il traverse les flashes comme un rideau de lumière. La salle vibre en millions d'atomes. Il marche, bon sang, il marche, il pourrait parcourir la terre entière à cette allure légère qui le porte aux nues.

Après, bien après, quand il sera redescendu, il faudra tromper le manque de l'instant suspendu. Alors viendront les photos sur les murs, les articles relus, les filles au regard trouble et l'alcool des nuits blanches. Tout le reste suivra. Mais rien ne dissipera l'ennui. Les orgies seront sordides et les réveils désespérants.

— Tu files un mauvais coton, petit…
— Ta gueule, Mickey !

Manu a rouvert les yeux :
— Il est mort quand ?
— Jean Genet ?
— Qui ça ?
— Le type des livres.
— Non, je te parle de Mickey…
— Ça doit faire quinze ans.
— Déjà ?

Sur le trottoir, un couple remonte la rue. Simon et Manu se taisent. Cigarettes écrasées, ils se confondent avec leurs sièges. Maintenant, le couple est assez près pour laisser voir les longues jambes de la femme dans la fente du manteau.

L'homme porte un pardessus en poil de chameau et un chapeau assorti. Au 12, sa main gantée pianote sur le digicode. La grille ouverte, ils remontent l'allée vers l'immeuble où les attend un second boîtier.

Dans l'auto, Simon retient son souffle :
— 29 B 17...
— Tu as eu l'autre ?
— 712 AX 19.
— Elles sont chouettes, ces jumelles.
Simon s'étire :
— Infrarouge garanti. La qualité, ça se paie, mais on s'y retrouve toujours.
Une main sur le contact, Manu bâille :
— On remballe ?
— Cap sur le pageot.

XXX

Dans les hautes terres d'Écosse, la pluie filtrée par la tourbe donne à l'orge des relents de fumée. Sur les plages d'Italie, elle baigne les châteaux de sable à l'ombre des pins parasols. Mais sur une barre de béton, la flotte sera toujours pisseuse. Demandez à Brandon. Il sait. Mais surtout, ne lui demandez pas où sont les Highlands. Il vous éclaterait la tête. Même relookés Braveheart, les mecs à jupettes ne sont pas son plan. De l'Italie, il vous causera Milan AC. Quatre-vingt-dix minutes dans les tribunes valent bien une mort à Venise. Après ça, vous comprendrez qu'allée des Graviers, cité Gagarine, la pluie, même quand elle fait des claquettes, met les nerfs en pelote. Et Brandon déteste les claquettes. S'il avait entendu parler de Gene Kelly, il vous dirait que c'est une lopette.

La pluie, Brandon a passé des journées à la regarder planter ses barreaux sur l'horizon. Pour supporter ça, dans le hall du bloc C tagué à mort, avec ses boîtes aux lettres défoncées et son ascenseur en rideau, il faut être aussi blindé qu'un tank. Pourtant, depuis trois jours qu'elle tombe, Brandon lui trouve un charme inhabituel : le chantier est fermé pour cause d'intempérie. Temps pourri garde le maçon chez lui. D'ordinaire, Zamponi se fout du baromètre. Qu'il pleuve, neige ou vente, il fait grimper ses gars. Les règlements de feignasses, il les emmerde. Tu bosses, je paie, tu râles, je vire. C'est son contrat social. Mais, depuis que la météo s'est détraquée, il ronge son frein, truelle aux pieds. Simon a ordonné le chômage technique :

— Tout doit être réglo. Pas question que quelqu'un mette le nez dans nos affaires…

— Qui ? Personne ne s'occupe de nous, dans ce trou pourri.

— Quand je dis que tout doit être réglo, tout doit être réglo.

— Tu crois que les trois pelés du coin s'emmerdent au point de lire le code du travail ?

— Ce que je crois me regarde. Qu'un seul type, même pelé, s'étonne de voir des maçons sur un toit par un temps où pas un chien n'est dehors… Des coups ont foiré pour moins que ça.

Zampo pense que des coups foirés, Simon en a vu plus d'un. Mais il ne le dira pas.

— Et si la grève s'arrête pendant qu'on n'est pas là ?

— Manu me préviendra.

Comme l'autre fois, il songe, mais ça aussi, Zampo le garde pour lui. Il le gardera tout le long de la route, dans la camionnette qui les ramène à Paris sur ses amortisseurs déglingués. Il le gardera encore, porte de Clignancourt, quand Simon, descendu du tape-cul, rappellera la consigne :

— Briefing téléphonique à dix-huit heures.

Zampo l'observera tandis qu'il s'engouffre dans le métro. Puis il remettra les essuie-glaces en marche. Quand son bahut renquillera le périphérique dans une gerbe d'eau grasse, Brandon aussi sera loin. La démarche élastique, sous sa capuche léopard, il a coiffé ses oreillettes. Tchac-poum, il règle ses pas sur la rythmique qui bat ses tempes. « Le patron joue des coups pourris/Pas d'abattoir pour le profit. » Il tient le truc. C'est comme une vision. Depuis la veille, le grand esprit est en lui. Cent mille images sont stockées dans sa mémoire vive. Il a fait ce qu'il fallait pour en augmenter la puissance. De temps à autre, il laisse échapper un flash comme une bestiole sidérale. Il est le surfeur d'argent, le biker de l'espace chevauchant les comètes. Son cerveau tourne à la vitesse de la lumière. Ses neurones raccordés sur fibre optique.

Il est trempé mais ne le sent pas. Le déluge laisse les justes au sec. Yo ! Le truc désigne les élus plus sûrement que les bandes marquent l'Adidas. Brandon écarte les parapluies pressés qui remontent le trottoir. Le parapluie montre les faux prophètes comme une main de Dieu gantée de noir. Seul le capuchon est halal. Qui sépare le bon grain de l'ivraie porte la capuche. La bouillotte divine. Sous la sienne, Brandon chauffe au maximum. Il évapore la pluie comme un convecteur céleste.

Cité Gagarine, les tours déchirent le rideau de flotte. Du ciel tourmenté sourd une lumière belle comme l'annonce d'un cataclysme. Dans les rues désertes, au pied des barres, le vent qui fouette les grillages roule un flot de canettes et de papiers gras.

— La mer Rouge ! pense Brandon en évitant une boîte de Coca.

Allée des Graviers, personne. Bloc C, la porte du hall bat dans le vide comme un glas solitaire.

« Solide est se taire/au bal vide, solitaire/Est-ce terre ou matière ?/La glace ou l'éther ?/All bat, man/C block/Faut t'y faire. »

Tchac-poum. Quand le grand esprit cause, c'est de la balle !

Dixième étage. Brandon s'est enfermé. Les yeux écarquillés, il scrute les cieux. L'anticyclone va souffler ses nuées de sorcières noires pendant trois nouveaux jours. Le septième, Brandon se reposera. Il aura créé un monde virtuel. Le sien.

XXXI

— Je te ressers du thé ?

Depuis qu'il m'a surpris plus allumé qu'un néon, Léo ne m'offre rien d'autre. Vanille, goyave sauvage : Sandrine en a d'aussi parfumés que des sels de bain. Elle les sort d'une boîte spéciale comme tonton ses pastilles Pulmoll les jours de toux. Tandis que le sachet infuse, je regrette méchamment les Pulmoll.

Léo a chaussé ses demi-lunes. On ne saura jamais s'il fait vraiment exprès de ressembler à l'idée qu'on a d'un prof d'histoire.

— Je t'avais préparé ça.

Son « ça » tient dans une chemise gondolée. Il en retire une quittance EDF.

— Qu'est-ce qu'elle fiche là ?

Et il me tend, une à une, des coupures de journaux et les photocopies de documents administratifs.

— La famille Marzec faisait partie du premier convoi d'expulsés.

— Comment as-tu fait ?

— Pas très compliqué, il suffit d'avoir un copain

à la préfecture... Le père d'Anna était parmi les grévistes de Leforest. Mon copain n'a pas trouvé grand-chose sur lui. Il n'était pas fiché...

— Fiché...

— Les rapports de police ne mentionnent rien. Pas d'histoires, pas de bagarres. Aucune appartenance syndicale connue. Bien noté à la mine. Les services d'immigration enregistrent son arrivée en 1932. Après, rien à signaler.

— Travailleur modèle ?

— Ça y ressemble.

— S'enfermer au fond du puits, c'est radical. Comment un type comme lui se retrouve-t-il dans un mouvement aussi dur ?

— Beaucoup de ceux qui sont descendus ce matin-là ignoraient ce qui allait se passer.

— Qu'en sait-on ?

— Tout a été consigné. D'après les informations de l'époque, ils étaient quatre cent trente-cinq, dont trois cent quarante-sept Polonais et quatre-vingt-huit Français. La section syndicale de la CGT-U, à l'origine du mouvement, comptait moins de soixante-dix adhérents. Dont une cinquantaine seulement appartenaient à l'équipe du matin.

Balèze Léo.

— Et alors ?

— Alors, une action comme celle-là ne s'annonce pas en fanfare, en prévenant quatre cent trente-cinq gars. Même la CGT ne semble pas en avoir eu vent. Le mouvement a été lancé par les seuls frères ennemis de la CGT-U. Ils n'allaient pas rater une occasion de déborder la vieille maison sur sa gauche. Devant les réactions, ils expliqueront plus tard qu'il s'agissait d'un truc symbolique et que les esprits s'étaient échauffés au fond.

— Ce n'était tout de même pas le grand soir...

— Ça ne pouvait pas plus mal tomber. Les étrangers, spécialement les Polaks, étaient dans le collimateur. La nouvelle n'était pas plus tôt connue qu'on les accusait de faire un sort aux Français descendus avec eux. Mon vieux, à la surface, ce n'était pas reluisant.

Léo vient de repérer ma tasse à moitié pleine.

— Le rapport de la préfecture mentionne deux cent quarante expulsés, je relève pour faire diversion.

— Les chiffres donnés par la presse ont varié, mais ceux-là doivent être fiables.

— Deux cent quarante sur trois cent quarante-sept, ils n'ont pas fait de détail mais tout le monde n'a pas été expulsé. Pourquoi le père d'Anna s'est-il retrouvé du nombre ? Un mineur modèle comme lui.

— Si les autorités ont voulu frapper fort, ils ont dû commencer par les remuants puis élargir le cercle jusqu'à taper au petit bonheur... Je refais du thé ? Le tien est froid...

— Merci, ça va... Et sur Anna, tu as quelque chose ?

— Il semble qu'elle ait été ouvrière agricole... Caramel, je crois...

— Caramel ?

— Ton thé, c'était caramel…
— Euh, oui, sûrement…
— Je suis comme toi, je ne le trouve pas assez parfumé. Tiens, coco-papaye, tu m'en diras des nouvelles.
— Compte sur moi. Alors, Anna ?
— Je n'en sais pas plus. Si ton oncle a cherché à la retrouver, il a dû mentionner le nom de l'exploitation où elle était placée. Mais tu sais, soixante-dix ans après…

XXXII

Le hall de l'immeuble sent le propre. Il en sera toujours ainsi. Briqué, astiqué, aseptisé. Un acarien n'y poserait pas les pattes. Le dernier à avoir risqué le coup devait être du genre Jackass pour tenter un truc aussi con. Sous sa lumière filtrée, le long vestibule rutilant a la propreté chirurgicale d'une navette spatiale. Le vaisseau de *2001*. Le type d'engin qui renvoie Gagarine et son spoutnik Lada aux trous noirs de l'allée des Graviers.

Pour un peu, Simon s'essuierait les mains avant d'effleurer le digicode. Mais Simon est prévoyant, il porte des gants. Il porte aussi des lunettes, une moustache et un costume du meilleur goût.

712 AX 19. La porte s'est ouverte sans un bruit. Dans l'ascenseur, un nouveau clavier interdit les étages aux étrangers. Pour les distraits, le fabricant a prévu une serrure à pompe. Sécurité maximum garantie : *Aucune clé ne peut être dupliquée sans la carte magnétique du syndic.*

À Saint-Ouen, au fond de la rue Marcel-Cachin, dans son atelier de mécanique, l'Ange en fabrique par séries de douze. Accessoirement, il répare les voitures. Anciennes, surtout. Il n'a pas son pareil pour retaper le delco millésimé de votre bonne vieille Aronde. Ou dénicher un rétro pour cette sacrée Panhard qui ressemble roue pour roue à celle de Gil Jourdan. S'il vous a à la bonne, en s'essuyant les mains à son chiffon graisseux, l'Ange vous parlera chignole. Ses histoires d'embiellage et de carburateur sont sa Légende des siècles. Pour le reste, il est plutôt taiseux. Le silence aide à prendre de la hauteur. Quand on mesure un mètre vingt, c'est parfois nécessaire. L'Ange est nain. C'est à ça qu'il doit son surnom. Référence aux angelots dorés des Puces voisines ? On ne sait plus. C'est l'Ange. Malgré l'huile à vidange qui lui donne des allures de frite trop grasse, c'est celui de la providence. Il duplique la carouble vicelarde plus vite qu'une photocopieuse. Celle de Simon, il l'aura moulée les yeux fermés. L'Ange, c'est la nanotechnologie du marlou. Mais des charres pareils, lui seul peut en sortir. Les jeteurs de vannes et les lanceurs de nain ne s'aventurent plus rue Marcel-Cachin. Le dernier y a laissé une rotule. L'Ange a le marteau rapide.

Simon et lui, c'est de l'histoire ancienne. Elle remonte aux ferrailleurs et à la plaine de Nanterre. Un temps gadouilleux et lointain qu'il vaut mieux ne pas remuer. En enfonçant la clé dans la serrure, Simon a-t-il pensé aux morts qui dorment en paix ? Si on ne le connaissait pas, on croirait à l'ombre d'un sourire sur ses lèvres. Mais au sous-sol, quand l'ascenseur s'ouvre sur le parking, il n'est plus du tout question de sourire.

Minuit douze. Dans la berline qui fonce vers la ville à la vitesse d'un supersonique, il n'en est pas davantage question. La tension artérielle au bord de l'implosion, Louis Arnaud, DRH de la Scup, maudit les grévistes et leurs descendants jusqu'à la vingtième génération. Il aura beau jurer, tempêter, marteler son volant à s'en meurtrir les mains, rien ne calmera sa colère. Elle s'est accrue à mesure que le doute s'insinuait. Il s'est glissé en lui comme un serpent au creux d'un lit. « J'ai merdé ! »

L'accord était à portée de main. Mais la fatigue, les automatismes assoupis, la pression qu'on relâche, sûr d'en avoir fini... « J'ai merdé ! »

Un quarteron de minus irréductibles l'a envoyé paître. Pour une histoire d'autoroute. Nom de Dieu, dans quel monde vivons-nous ? Dans sa fureur, Louis Arnaud étranglerait volontiers la nullité qui lui sert d'assistant. Séphane... Ses diplômes, sa suffisance... *Il ne sacrifiera pas un accord national à une question locale.* Dans quel foutu traité de management à la gomme avait-il pêché son ignorance crasse ? Il n'avait même pas attendu que le représentant des grévistes termine sa déclaration :

— Le projet d'accord apporte enfin les avancées que les salariés réclamaient de longue date...

C'est plié, avait-il griffonné sur son bloc.

La suite valait pourtant la peine.

Le délégué central avait savouré son effet puis

il avait poursuivi dans un silence qui n'annonçait rien de bon :

— ... Nous avons fait savoir au comité de branche que nous en ratifierions la déclinaison dans l'entreprise aussitôt que serait réglée la question de l'accès à l'autoroute.

De la langue de bois taillée dans le chêne.

Séance suspendue, Séphane avait eu ce mouvement de sourcils qu'il prenait pour une marque de réflexion :

— Comment avez-vous entendu cela, monsieur ?

— Très nettement. Un gros couillon de cow-boy vient de nous expliquer que nous pouvions nous carrer notre protocole dans le cul.

— Mais... enfin... il l'approuve...

— Il l'approuve, il le dit, il ne fera aucune vague, ses nationaux sont contents. Mais, pour jouer gagnant sur tous les tableaux, il ne se mettra pas ses troupes à dos en signant la fin du conflit. La base est contente. Tout le monde est content. Pas vous ? Vous n'aimez pas vous faire baiser ? Ça m'étonne parce que vous êtes parti pour vous faire baiser souvent.

— Je ne comprends pas.

— Je sais, Séphane.

— S'il ne signe pas, ils vont tout perdre.

— Demain matin, nous recevrons un coup de fil du national.

— Leur fédération va nous appeler...

— La nôtre, Séphane, notre très chère chambre patronale. Elle nous conseillera de ne pas nous enferrer sur l'autoroute.

— Mais pourquoi ?

— Parce que ce grand couillon, dont vous aviez si bien décrypté les messages, s'est acheté le soutien de ses instances en ne remettant pas en cause la moindre virgule de l'accord qu'elles ont négocié. Ils n'auront pas la plus petite vaguelette de contestation interne. Et vous savez pourquoi ?

— Je...

— Parce qu'il n'a pas signé, justement. Sans jamais critiquer le sommet, il ne lui a pas sacrifié la base. Du coup, les grévistes ne désavoueront pas le protocole. Ils vont même nous vanter ses mérites, nous conseiller de prendre exemple sur le réalisme de nos pairs. Maintenant, ils sont focalisés sur cette putain d'autoroute, Séphane. Vous avez pigé ? Ils auraient pu crier à la trahison. Mais ce grand benêt dans l'esprit simple duquel vous lisez comme dans un livre a tourné leur rogne vers un seul objectif. L'au-to-route. Ça vaut bien le soutien indéfectible de sa fédération. Elle a déjà appelé la nôtre. Nous sommes devenus les moutons noirs à sacrifier sur l'autel du dialogue social. Je ne donne pas cinq heures avant que Paris nous téléphone.

Minuit vingt. Dans un hurlement de freins, Louis Arnaud est éjecté de sa torpeur. À l'amorce du péage, le flash-back s'arrête au cul d'un poids lourd. Dans le rétro panoramique, le routier, un doigt levé, signifie tout le bien qu'il pense des empaffés au volant. En temps normal, il serait descendu de son trente-cinq tonnes. Mais il est minuit vingt. Il a enquillé six cents bornes au compteur, il en reste une centaine avant les lumières de Calais, les grues des docks et le navire de la P & O qui va l'embarquer vers Douvres. De l'autre côté de la Manche, sur le parking du débarcadère, au pied des falaises, il pourra enfin dormir quelques heures. Puis il mettra les gaz sur Liverpool avec sa montagne de fret. Le flux tendu, c'est sa vie. Il n'a vraiment pas le temps de secouer un crétin qui dort en conduisant.

Peut-être aurait-il dû. Quand son camion quittera l'autoroute, le nez écrasé sur le capot, Louis Arnaud regardera, incrédule, son sang tacher la carrosserie. Dans le parking, tout sera allé très vite. Le type l'arrache du véhicule. Et aussitôt, les coups. Au foie, d'abord, direct. Le choc d'un train lancé sur les heurtoirs.

Il est tombé à genoux. Une douleur fulgurante au côté. Ses poumons sont des chambres à air éclatées. Il a beau haleter tant qu'il peut, rien n'y entre. C'est une noyade à sec.

Il a douze ans, dans la cour du collège, il étouffe, la tête dans un sac plastique. Autour, des gamins déchaînés hurlent les secondes. Quarante et une, quarante-deux, quarante-trois... Il inspire. Le plastique colle à sa bouche, ne laissant rien passer. Son visage est prisonnier d'un suaire glacé. Cinquante-trois, cinquante-quatre... Il ne perçoit plus qu'un magma sonore. Devant ses yeux, des lucioles dansent un ballet lumineux. Son cerveau tétanisé ne commande plus ses mains. Il secoue la tête avec des soubresauts d'épileptique. Soixante-neuf, soixante-dix...

Dans les poumons en feu de Louis Arnaud, l'air déferle enfin. Le répit est de courte durée. Dans un craquement d'os brisés, ses pommettes viennent d'exploser. Manu cogne en professionnel. Ses coups ajustés. Efficaces. Il n'a pourtant rien de méchant. Il frappe parce qu'il le faut. Parce que Simon le lui a demandé. Parce que Simon le regarde. Et pour oublier qu'il en est là. À massacrer, dans un sous-sol merdique, un gars qu'il ne connaît ni d'Ève ni d'Adam. Avec cette foutue science du combat qui ne l'a jamais empêché de descendre toujours plus bas. Jusqu'au dernier niveau d'un parking souterrain. À le voir, on pourrait croire qu'il s'acharne. *Avec une violence extrême,* diront les journaux. Mais aucun canard n'apercevra jamais les fantômes qui hantent un ancien boxeur réduit à pilonner un inconnu sans défense dans un hideux garage à bagnoles. C'est pour ça qu'il tape, Manu. Une-deux, gauche, droite, crochet, swing et tout le bazar. Sans relâche. Sans un mot. Ses poings meurtris, ses phalanges esquintées. Chaque coup est une prière. Mets-toi en garde, salaud ! Mets-toi en garde ! Mais le salaud qu'il ne connaît ni d'Ève ni d'Adam n'a probablement jamais entendu parler de garde. Sauf au ciné. Dans un de ces films où les boxeurs déchus cherchent la rédemption dans leur défaite.

Louis Arnaud aura tout le temps de parfaire son instruction. Même chez un DRH surbooké, les fractures — nez, pommettes, côtes et sternum — exigent le repos. Quand il quittera sa chambre d'hôpital, son visage aura repris forme humaine. Mais l'image d'un punching-ball sanguinolent aura depuis longtemps fait le tour des rédactions.

XXXIII

— On dirait un topinambour !
Pinto a la métaphore alimentaire. Mais, devant le visage tuméfié qui a envahi l'écran, il n'éprouve nulle envie de plaisanter.

On ignore toujours le mobile de l'agression dont a été victime Louis Arnaud, directeur des ressources humaines de la Scup, l'une des sociétés de transport de fonds toujours paralysée par le conflit des convoyeurs. Vol ? Acte d'un déséquilibré ? Geste d'un toxicomane ayant élu domicile dans le parking ? Aucune piste n'est pour l'heure écartée par la police qui n'exclut pas un lien possible avec le climat social très tendu que connaît l'entreprise…

Un lien ! Le cœur de Mme Pinto saute d'indignation. Une horreur pareille et ses petits soupçonnés… De bons pères de famille, de la belle jeunesse. Saine. Tous francs de la fourchette. On ne la trompe pas là-dessus. L'estomac révèle l'homme et ses garçons l'ont solide. À mille bouchées des appétits chichiteux, sournois, qui trahissent le sang pourri et la mauvaise graine.

— Ils ne savent vraiment pas quoi dire pour faire oublier qu'on n'est plus protégés !

Pinto expulse le marc du perco. Le monde est sale. Trop de crasse, il en ressent des envies de balai. Un grand nettoyage.

— Zou ! il fait avec le geste. Les écuries d'Augias !

Si on l'écoutait, le monde irait moins de guingois. Mais tout s'est perdu, même Hercule. Enfin, il se comprend, Pinto, c'est déjà ça.

— Je me comprends !

Mme Pinto n'aime pas l'entendre marmonner. Quelque chose dans sa voix lui fait lever les yeux vers le fusil pendu à sa panoplie. Sur le crépi culotté par les graisses, il fait une tache noire qui ne s'efface pas. Elle lui lance un regard mauvais. Cet engin, c'est du malheur cloué au mur, comme une chouette à la porte d'une grange.

Bientôt midi, les clients vont arriver. Depuis peu, on les voit revenir. Le journal, ça y fait.

Ceux du dimanche ont débarqué en famille. Un repas à n'en plus finir où l'on s'attarde entre les plats. Avec de la langueur à mesure que le sang s'épaissit. Les vieux somnolent, les enfants quittent la table. C'est de la bonne chère avec un peu d'ennui, parfois, noyé au fond des verres.

Avant, il y a eu le couple. Les tout premiers. Pas du très jeune âge. Elle avait sorti la mousseline, lui le pantalon à pli. Les joues rouges d'apéritif et de sous-entendus. La chaleur au visage et la bouche qui mimait des promesses mouillées. Il avait commandé deux Picon et parlait de Luis Mariano.

Hier, des VRP ont fait un crochet. Costume trois-pièces et journal sur la table. Adresse échangée, la cuisine Pinto sent le retour au vrai. La patience des digestions dans l'auto arrêtée. La bonne petite affaire conclue à la papa. Entre café et poire williams.

Le regain, les Pinto le doivent aux convoyeurs. De braves gars, durs au labeur. Et en dedans, plus tendres que moineaux sur la branche. Qu'on leur fiche la paix, ils ont assez de soucis. Et qu'on arrête les coupables au lieu de tracasser des innocents.

— Je me comprends !

La police, elle, ne comprend pas. Le récit de Louis Arnaud, quand il a été en état de le faire, l'a plongée dans la perplexité.

— Vous dites que votre agresseur était seul...
— Oui...
— Il n'a pas prononcé un seul mot ?
— Aucun...

Sorti de l'hôpital, le commissaire Vanel a émis le reniflement avec lequel il balise sa pensée.

— Le silence de l'agresseur écarte la piste du voleur et celle du toxico surpris...

À ses côtés, le lieutenant Cervin a cette dégaine horripilante qui le fait ressembler à un flic de cinéma :

— Elle ne tenait déjà pas la route. On ne bat pas un type à mort pour un portefeuille. Un roulottier qui opère en parking aurait bousculé, pas tabassé.

Depuis trente ans qu'il patauge dans la boue humaine, Vanel sait tout ça par cœur. Le cogneur solitaire et muet sent le dingue ou l'homme de main.

Le commissaire n'avait pas fini de caler ses cent dix kilos sur le siège de la voiture quand son lieutenant l'a ramenée :

— J'ai vu un type amoché pareil, une fois. À Bray-Dunes. Une affaire de combats clandestins. Des barjots qui se martelaient à poings nus dans un blockhaus. Il paraît que ça fait monter les paris aussi haut que la testostérone.

Cervin a l'œil. Et la mémoire. S'il ne tombe pas sur un bec, il fera son bonhomme de chemin. Il a vraiment tout pour mettre Vanel de mauvais poil :

— Je veux le pedigree des cow-boys de la Scup. Tous. Grévistes, pas grévistes, absents et bras cassés compris. Je veux aussi celui de leur femme, maîtresse ou petit ami. Savoir à quoi ils occupent leurs loisirs. Et un rapport sur leurs fréquentations.

Le commissaire est parvenu à l'âge où les jeunots à dents de loup vous tapent sur les nerfs :

— Lieutenant, pendant que vous y êtes, faites-en autant pour leur appartenance syndicale.

Vanel a des idées arrêtées. Il arrive que certaines soient fixes. Parler d'obsessions serait probablement disproportionné. Le docteur Pitard aurait un avis sur la question. Mais le docteur Pitard ne sait rien des marottes d'un commissaire de police qui attend la retraite au fond d'une sous-préfecture.

— N'oubliez pas le syndicat, Cervin.
— Vous pensez qu'il...
— Vous qui savez un tas de trucs, rappelez-vous Jimmy Hoffa.
— Celui des camionneurs américains ?
— Et de la mafia, lieutenant, de la mafia...

Le commissaire sait que tout ça finira mal. Comme en Amérique. Pas la peine de lui faire un dessin. Vanel est un bon flic. Fatigué par trop de nuits blanches et de petits matins. Dérangé parfois, mais qui ne l'est pas ?

XXXIV

J'ai retrouvé les trois vieux chez Pinto. Comme à l'accoutumée, j'espérais les entendre parler de tonton. Et comme à l'accoutumée, j'en suis pour mes frais. Leur mémoire est une chambre d'enfants. Ce qu'on y cherche est dispersé aux quatre coins. Avec les morceaux qu'ils ont rassemblés, le tonton reconstitué évoque ces portraits où les détails ne dévoilent rien du sujet. C'est un tonton belote et anecdotes. Sans consistance. L'accessoire a pris le pas. La guerre elle-même se résume aux rutabagas.

— Et qu'est-ce que tu veux qu'on t'en dise ?

Je les ai laissés tracer des cercles autour de lui en me disant qu'ils finiraient par s'en approcher. C'est peut-être ce qui allait se passer au bout d'un siècle ou deux. D'ici là, j'aurais eu droit à leurs menues histoires racontées avec des branlements de tête, des silences et des chassés-croisés. Leurs souvenirs sont des photos passées, des jours de fête, des parties de boules près du canal.

— Ton oncle a raté la victoire à un cheveu.

La pétanque leur rappellera autre chose. De fil

en aiguille. Ce sera une moisson, un 14 Juillet, un matin d'exode.

— Ma sœur avait emporté Biscotte.

— Biscotte ?

— Le chat. À chaque village qu'on traversait, elle lui cherchait de la nourriture. Tu parles si les gens avaient d'autres soucis que le mou du chat... Ton oncle, lui, il aurait peut-être été content d'en manger, du mou, dans son stalag...

Il peut en sortir comme ça, des quantités. En temps ordinaire, je les prendrais comme elles lui reviennent. Peut-être même j'y trouverais mon bonheur. Un homme c'est bâti de petites choses. Celles que le vieux remonte à la surface finiraient par faire un tonton familier. Mais celui que je cherche, c'est l'autre. L'inconnu, caché derrière les ruches et les cannes à pêche. Il a vingt ans. Il est amoureux fou d'une petite Polonaise des grands chemins. Il en fera la princesse de mes contes d'enfants. Comme pour me confier un morceau de son grand secret. Je n'avais rien eu de plus pressé que de le laisser tomber.

— On se fait à tout. Même au mou...

Le vieux continue gentiment, mais le temps me pousse au cul.

— Anna Marzec, ça vous dit quelque chose ? je demande.

Il me regarde comme si j'étais un revenant.

— Anna Marzec... D'où tu tiens ça, toi ?

— J'ai trouvé sa photo dans les papiers de mon oncle.

— Ben dis donc, c'est loin...

— Je crois qu'elle ne l'a jamais quitté.
— La jeunesse vous quitte toujours, mon gars, toujours. On met un moment à comprendre qu'elle a foutu le camp. Et on passe le temps qui reste à lui courir après.
— Vous l'avez connue ?
— À cette époque, j'étais gamin. Mais je m'en souviens bien de la petite Polonaise.
— Mon oncle...
— Ton oncle et elle ? Oh, dès qu'ils se sont vus. C'était comme deux aimants. Moi qui étais à l'âge du dénichage et des sonnettes tirées, j'en étais ébloui. Je me serais fait couper en morceaux pour ces deux-là. Mais c'est des choses qu'on ne dit pas. Et puis, ils n'avaient pas besoin de moi. D'ailleurs, ils n'avaient besoin de personne. Ils n'avaient même pas besoin de parler la même langue pour se comprendre. Ils étaient comme au-delà des mots. Ils se suffisaient...

Il s'est arrêté. Il regarde ses mains et s'étonne de les trouver si vieilles. Avec les crevasses et les nœuds des veines sous la peau fripée.

— Si loin, il murmure.

Le plus grand s'est levé. « C'est rien » il fait avec les yeux, et il dit :
— L'heure du taxi.
— Attendez ! L'expulsion d'Anna...

Le moustachu s'est retourné :
— Quoi...
— Pourquoi eux, pourquoi les Marzec ?
— Probable qu'ils ont été embarqués dans le flot. Quand la tempête se déchaîne... Ton oncle

en a pris un sacré coup. Je pensais quand même qu'après toutes ces années, ça lui avait passé.

— Il n'en parlait jamais ?

— Jamais. Mais tu sais, ça fait longtemps qu'on ne s'était plus vus. Même sa mort, au Pierre, on l'a sue qu'après.

Dehors, le taxi klaxonne.

— La vie, tout de même... Oui, ça va ! On vient, on vient...

XXXV

Gagarine est dans le brouillard. Au dixième étage du bloc C, on ne distingue plus le sol sous les nappes grises qui s'accrochent à la tour. Brandon a renoncé à scruter la montée des eaux. Le prophète sera sauvé du déluge. Cela est. Le verbe, man, le verbe. Et ma parole, en vérité.

« Solide est se taire/Solitaire/Sous les flots se perd la terre/Homme de peu ou de pierre/Fais ta guerre/Fais-les taire. »

Voilà dix heures qu'il navigue dans son PC. Il a téléchargé plus d'images et de sons qu'aucun crâne humain n'en contiendra jamais. Même greffé d'extenseurs de mémoire. Il a taillé, shunté, coupé, mixé. Enfin, il peut souffler. Sur le chauffage au sol, la pizza a fini de décongeler. Une Indiana McCain. Tomate, fromage, poulet barbecue, ananas, sauce curry. Du concentré de survie. Avec ça, Noé aurait tenu la mer quarante jours de mieux. Mais Dieu, dans sa sagesse, n'a pas gravé la recette sur les tables de la Loi. Il a laissé les hommes maîtres de leur destin. Et les justes ont créé la pizza.

Entre deux bouchées, Brandon se détend. L'atterrissage des fusées qui l'emportent au paradis ne l'angoisse plus. Depuis longtemps, il a dompté la redescente. Brandon est fortiche.

Il contemple les gouttes sur les vitres qui glissent en larmes tremblantes puis il avale une longue gorgée de Coca et libère un rot. La sonnerie du téléphone ne l'atteint pas. Il sourit aux anges. Bientôt, il contemplera son grand œuvre. Il a plus d'images en tête qu'un atelier graphique en magasin. Mais tout ce qu'il demande Brandon, c'est se faire plaisir. Et du plaisir, il en a. Il vous le jure. N'allez pas en douter, tour C allée des Graviers, une McCain sur le linoléum.

Le téléphone insiste. Brandon s'étire. Il faudra changer la sonnerie, il en a repéré de fameuses. Il faudra aussi se remettre à l'exercice. La maçonnerie donne de mauvaises crampes. S'il ne fait pas gaffe, il est bon pour les TMS. Un truc de galérien. Il a connu une gentille zoulette qui s'y est gâté la santé. À saisir des codes barres toute la journée aux caisses de l'hyper, elle était devenue aussi raide qu'un cintre. La tendinite, c'est de la douleur en ondes. Elle vous paralyse. Vous finissez changé en poteau. La zoulette c'était en cintre, mais elle faisait pitié tout autant.

Brandon lâche un nouveau rot. Curry Coca. Après l'avoir savouré, il retourne à son clavier. Trois clics plus tard, l'écran envoie sa batterie d'images. De la bombe. Pas un décibel en rade, pas un octet en plan. C'est du survolté, de la haute tension. À la vitesse de la lumière John Woo est renvoyé à ses cerisiers en fleur. Chargé à fond, le PC vomit des explosions, des bolides hurlants, des poursuites infernales, des tirs en rafale et des poignards volants. Au milieu, Brandon est un ninja en apesanteur, un djihadiste dressé à mort, un caïd d'Alcatraz. Guerres, attentats, braquages, prises d'otages... Il a pioché où il fallait. Les *Walkyries* façon *Apocalypse Now* en intro, Brandon rape sa scie sur fond de platines déjantées.

« Patrons pourris/pas d'abattoirs pour le profit... »

— Yo !

À présent, il peut tutoyer Dieu. Le monde est un clip, le sien est béton.

D'une main nonchalante, Brandon se décide à décrocher le téléphone.

Et Simon explose.

— Gérard ?

— Qui ?

— Bordel ! Gérard. G. É. R. A. R...

— Ah ! Ouais. Ouais, c'est lui...

— Hein ?

— C'est moi. Son altesse sérénissime...

— Putain, tu as picolé ?

— Faut pas parler comme ça au Prince...

— OK, j'ai pigé... Le Prince, s'il quittait ses vapes, il entendrait le bigo.

— On n'est pas en train de causer dedans ?

— Voilà des plombes que je t'appelle...

— T'as pas laissé de messages...

— À peine une douzaine ! On avait dit briefing à dix-huit heures !

— Pas fait gaffe. Ma montre est arrêtée...
— Il est trois plombes...
— T'es en avance...
— Trois plombes du mat ! Il t'en reste autant pour revenir sur terre et être au rendez-vous.
— On repart ? Avec un temps pareil ?
— Branche la météo et suis mon conseil, sois à l'heure !

En raccrochant, Brandon pense que Simon en fait beaucoup trop. Il braque son index sur le téléphone :

— Kfff ! Kfff !

Dehors, le déluge a cessé. Les eaux retirées, Brandon va sortir. Mais avant, il aura mailé son clip aux frangins du quatorzième. Il regrette de ne pas voir leur tronche à la réception. Mais une surprise, c'est une surprise. Celle-là devrait les faire kiffer.

XXXVI

Fumer tue. En froissant son paquet de gauloises vide, Manu soupire. Quel truc à la noix ! Il vient de fumer un type et il n'en est pas mort. L'image le fait sourire. Il cherche une phrase où il pourrait la mettre pour amuser Simon, mais celles qui lui viennent tombent à plat. De toute façon, Simon est sorti. Quand ils se reverront, Manu aura oublié. Il a tant de trous dans sa mémoire qu'il faudrait y coller des rustines. C'est arrivé sans crier gare. Un souvenir perdu, dix de retrouvés, on dit en rigolant. Mais avec le temps, la proportion s'inverse. Jusqu'à ce que le toubib parle d'hématome calcifié dans le cerveau. Et quand bien même ? Manu a vu tant d'étoiles au ciel des rings que tous les trous noirs de la galaxie ne les éteindraient pas. Sa mémoire en capilotade, il l'a recentrée sur l'essentiel. Peu à peu l'essentiel s'est rétréci à Simon. Il n'oublie rien de ce qui s'y rapporte. Du moins pas encore. Et Simon a confiance.

Manu ouvre un paquet de gauloises neuf. *Fumer peut diminuer l'afflux sanguin et provoquer l'impuissance.* Le tabassage provoque-t-il l'impuissance ? Il demandera à Simon. À cette heure, il doit rouler dans le tape-cul de Zamponi. Le compte à rebours a repris. La ratonnade du DRH a débloqué la pendule. Simon l'a expliqué :

— Tu vois, Manu, soit il cède sur tout, tellement il a les foies. Soit la grève est cramée d'elle-même.

— Pourquoi elle le serait ?

— L'image, Manu, l'image. Jusqu'ici celle des grévistes était au top. Quand le premier canard aura écrit qu'ils pourraient être mêlés au cassage de gueule, crois-moi, elle va changer.

— Pourquoi les journaux diraient ça ?

— Parce que c'est la première piste que vont suivre les flics.

Manu repose l'allume-cigare. Il pense que Simon est une tronche et croise les doigts pour que Maurice tienne. C'est loin d'être gagné. Maurice est à cran. Tout à l'heure encore, Simon a dû se fendre d'un rappel à l'ordre.

— Tu deviens nerveux. Je te dis qu'on n'y est pour rien si ton singe s'est fait cabosser.

— Cabossé... Merde ! Tu as regardé la télé ? Celui qui a fait ça est un malade...

— Et ça te fait penser à moi ?

— J'ai pas dit ça...

— Prends le bon côté des choses. S'être fait bousculer devrait le faire réfléchir.

— Réfléchir ?

— Au prix de la sécurité. Depuis hier, il doit relativiser le coût d'un ticket d'autoroute. C'est bon pour vous...

— Tu parles ! Le mouvement est foutu. On ne peut plus continuer après ça...

— Et alors ? Tu le regrettes ? Tu n'as pas oublié qu'on est en affaires, au moins ?

— C'est vous, hein ? On n'avait jamais convenu d'un truc pareil...

— Ce qu'on avait convenu, c'est que tu arrêtes ton bahut où il faut. On l'attend depuis un mois...

— J'en suis sûr, maintenant, c'est vous !

— La ferme ! Se faire casser la gueule peut arriver à n'importe qui. Ton taulier aujourd'hui, toi demain...

— ... Pourquoi moi ?

— Est-ce que je sais ?

— Tu ne l'as pas dit sans raison. Pourquoi tu me menaces ?

— Quel motif j'aurais de le faire ? Tu es un mec réglo...

Le mec réglo songe à l'incroyable dose d'embrouilles que peut contenir un verre quand un ancien boxeur, bouffeur de pipas, vous l'offre au comptoir d'un troquet de banlieue. Un type semblable à tous ces anonymes avec qui on trinque un jour de hasard. Une de ces sacrées journées où le gosier est en pente et l'air sent le printemps. Maurice était entré aux Sports poussé par un rayon de soleil, un besoin de frayer avec le genre humain. Il lui était venu dans l'odeur des arbres et leurs satanés bourgeons. C'est traître, le printemps. Il vous colle des petits désirs sous la peau et on s'y laisse aller en ronronnant comme un matou sur la pierre chaude d'un puits. Ce sont des riens. Des envies de nez au vent. De ruelles italiennes, de linge aux balcons, d'une tranche de pastèque et de son jus sur le menton. Les pensées sont légères, une bonne soif les accompagne. C'est bête. Le bonheur tient dans un demi de bière. Avec de la belle mousse et le chant des bulles comme une ritournelle. Qui se méfierait d'un type à pipas ? Et de trois mots échangés.

— Santé !
— Elle est bonne...
— La même chose ?
— C'est pour moi.

Le bar est accueillant. Il ne fait rien pour casser des briques, mais tout y est. Les bouteilles, avec leurs étiquettes sorties d'un album à colorier. La fraîcheur du zinc, l'ardoise, la lumière sur le sol qui dessine une marelle. La buée sur le verre où les mains ont laissé leur empreinte.

Et les pipas.

— Merci.

Maurice se sent bien. Il reviendra. À chaque fois, Manu sera là. Bientôt, ils s'appelleront par leur prénom. Maurice et Manu, ça sonne comme à l'école. Les petits bateaux dans les caniveaux, les récrés, les années passées côte à côte.

— Salut, Maurice.
— Ça va, Manu ?

On n'a pas de secret entre copains d'école. De verre en pipas, on cause de la vie, on parle de la sienne.

— Convoyeur ?
— Cow-boy, comme on dit.

— Ça, alors !
— Oh, tu sais, y a rien d'extraordinaire.
— Je dis pas, mais tout de même, les risques...
— Faut rien exagérer. Mais c'est vrai, il y en a.
— La paie doit aller de pair.
— Tu parles ! On porte des flingues, mais on est payés au lance-pierres.
— Non...
— Si je te racontais...

Voilà, on dévide la bobine sans voir l'hameçon au bout du fil. Et quand vient l'heure — elle vient toujours —, on y reste accroché. Maurice ressemble aux poissons de Jouillat. Pêchés à la patience. Une fois qu'ils ont mordu, on les remonte d'un coup de poignet. Et ils finissent dans l'herbe, à gigoter en cherchant où l'eau a foutu le camp.

Jouillat est loin. Maurice arpente les coins sombres d'un quartier cradingue. Il fait des tours et des détours, son mobile à l'oreille. Ne jamais rester sur place quand on communique. C'est la règle. Elle est idiote.

— Tu es un mec réglo, n'est-ce pas ?
— Oui...
— Alors veille à ce que décideront tes potes et annonce-moi vite qu'ils recommencent à travailler.
— Je ferai tout ce que je peux.
— Ce n'est pas suffisant.
— Compte sur moi...
— Mais j'y compte.
— Tout sera comme tu veux.

— Parfait. Tu n'as aucune raison de t'inquiéter. Déstresse. Pense à l'après...

Quand Maurice y pense, l'angoisse lui serre la gorge comme un nœud coulant.

XXXVII

— Y a bien du monde aujourd'hui...
La salle du restaurant bourdonne comme une ruche. À cette heure, l'usage la voudrait calme. Mais l'usage, les trois vieux lui ont botté le cul.
— On ne s'entend plus.
— Faudrait voir à faire moins de bruit...
Sous leur masque grincheux, ils boivent du petit-lait. Preuve que l'habitude est chamboulée. C'était deux jours plus tôt, aux infos régionales. Cadrés devant leurs verres de rouge, ils racontaient l'authentique histoire de la maison Pinto.
— On pourrait en causer jusqu'à plus soif.
— C'est dire.
— On est comme qui dirait la mémoire du lieu.
— Les plus anciens.
— Y a pas photo.
Sans la moindre honte, la mine inspirée, ils avaient déballé leur salade à la caméra. Estampillée « vu à la télé », elle s'était changée en vérité première.
— Le grand-père, il était compagnon du tour de France...

— Il n'a jamais montré son chef-d'œuvre sans parler de Pinto.

— Le vieux Pinto...

— Évidemment. Pinto père.

— Le père du grand-père de l'actuel.

— C'est un nom qui remonte à loin.

— Comme la maison.

— Ils sont taillés dans la même pierre.

— Celle des compagnons.

— Le compas et l'équerre.

— Picard Joli Cœur, c'est comme ça qu'on appelait le grand-père, dans la confrérie. Un Dévorant. Marmot, je croyais qu'il mangeait des enfants. On imagine des trucs quand on est môme...

— C'était le surnom des fidèles au temple de Salomon.

— Bien initiés, la main sûre et le cœur vaillant.

— La Pinto, c'était sa mère.

— Sa mère en maçonnerie.

— Précisément.

— La Pinto d'alors.

— Bien sûr. Celle d'avant.

— Avant avant.

— Un fameux métier que nourrir tous ces garçons.

— Forts à l'ouvrage, fines gueules.

— Et des faims de loup.

— Le bon labeur, bien mené, ça vous en donne de belles.

— Il leur fallait bonne table, abondamment garnie.

— Ici, on a toujours eu le cœur dans les marmites.
— Chez les Pinto, ça se transmet. De père en fils et de mère en fille.
— Les secrets de cuisine, comme ceux de la maçonnerie.
— Ça fera toujours de la belle ouvrage.
— Ils vont main dans la main, on pourrait dire.
— On pourrait.

Ils avaient sorti le grand jeu. Le même qu'ils abattaient les nuits de tarot à la maison de retraite. Celui de Walter Brennan... Il racontait les chariots mis en rond à l'approche des Peaux-Rouges et vous auriez juré sur la Bible avoir vu les Comanches déferler avec leurs cris, leurs plumes et leurs peintures de guerre. Les trois vieux étaient de la même engeance. À la fin de la séquence, ils vous avaient dans la poche. Elle était assez profonde pour contenir les deux millions de téléspectateurs recensés ce soir-là. Même pondéré du coefficient de sceptiques qui ne croient ni à Dieu ni au Diable, des somnolents dont les paupières tombent dès le générique, et de ceux qui s'adonnent au câlin sans éteindre le poste, il reste un assez beau paquet de gogos pour avaler un bobard servi sur un plateau.

Une semaine plus tard, leur fable avait fait le tour du Net, Pinto refusait du monde et la jolie pigiste au sourire de Julie Christie avait un nouveau CDD.

La météo vient d'annoncer la fin de l'anticyclone. Ma solitude touche à son terme. Demain, je serai réveillé par l'entreprise Zamponi. En attendant, je traîne dans le fauteuil de tonton. Un verre en main, j'ai renoncé à convertir le salaire perçu par un ouvrier agricole en 1934. De toute façon, ça ne fait pas lourd. Mme Trouchain aurait résolu le problème en trois coups de craie sur le tableau. En prime, elle m'aurait seriné qu'à bayer aux corneilles on récolte ce qu'on a semé. Ou une autre maxime à encadrer. Mais j'ai toujours aimé les corneilles. Et Léo les devinettes.

— Allô…
— Félix ? Tu n'es pas englouti sous les flots ?
— J'ai profité de la tempête pour bricoler à l'intérieur.
— Ça avance ?
— Il faudrait même que ça se termine… En déménageant des cartons, je suis tombé sur de vieilles fiches de paie à Tonton. Vanbeecke, ça te dit quelque chose ?
— Ça devrait ?
— Je n'en sais rien. À première vue, c'était un exploitant agricole.
— Et alors ?
— C'est à cause de la date.
— La date…
— 1934.
— Eh bien ?
— C'est l'année où les Marzec ont été expulsés…
— Ils t'intéressent tant que ça ?
— C'est Anna qui m'intéresse.
— Elle ou ton oncle ?

— Je ne parviens pas à imaginer qu'il a eu vingt ans. Des rêves en tête, des envies de grand large, une amoureuse à cheveux blonds...

— C'est l'âge.

— Ça semble l'avoir tenu longtemps...

— Je parlais de ton âge.

— Qu'est-ce que j'ai à voir là-dedans ?

— Mon vieux, la cinquantaine... ça vous pousse à regarder en arrière. On y passe tous. À l'heure des bilans, on se cherche à travers ceux qui nous ont précédés...

On ne le changera pas. Pour l'éternité, Léo dispensera ses leçons. Il sème à tout vent. En l'écoutant, j'ai revu la couverture bistre du vieux *Larousse* de Tonton. La Semeuse Arts déco d'Eugène Grasset dispersant les petites graines de savoir.

— Je te l'ai dit, il continue, remonter le cours du temps, c'est une façon d'arrêter les aiguilles...

Si on ne le stoppe pas, il va philosopher.

— Tu as une idée de l'endroit où je pourrais me tuyauter sur Vanbeecke ?

— Essaie la chambre d'agriculture. Tente le cadastre. Les terres qu'il possédait ont dû y être recensées. En suivant les remembrements, tu trouveras peut-être des traces. Il peut aussi avoir des descendants, jette un œil aux Pages blanches.

J'ai remercié. Sans lui, je n'y aurais jamais pensé. Et j'ai toute la vie devant moi. C'est au moment de raccrocher qu'il demande :

— Tu as regardé les infos ?

— Pas depuis hier.

— L'agression du DRH de la Scup... Les flics enquêtent chez les convoyeurs.

— C'est logique, je dis, un sale goût dans la bouche.

— Félix...
— Oui ?
— Tu sais à quoi je pense, hein ?
— Il y a prescription.
— Je n'ai jamais pu oublier.

Le soir me trouvera dans le fauteuil. En tombant, la bouteille vide m'aura réveillé. Je rêvais. Un de ces mauvais songes qui reviennent avec l'obscurité. Toujours le même. Les grilles d'une usine battent sur le vide. Les gars des 2 x 8 ont fini leur journée, la troisième équipe trime aux ateliers. Dans la rue, le planton regarde sans comprendre un corps sur le sol. Celui d'un petit bonhomme, rondouillard, la calvitie luisante, la moustache en brosse. Vraiment pas le genre à se coucher sur le trottoir.

— Monsieur Bercot ?

Le planton l'appelle comme il le ferait en trouvant son voisin ivre mort sur le paillasson. Un brave homme de voisin, père de famille sans histoire et toujours poli. Plus sobre qu'un chameau.

— Monsieur Bercot, ça ne va pas ?

Sur le trottoir, le petit homme n'a pas bougé. Sa blouse blanche est tachée. Lui toujours tiré à quatre épingles... Mme Bercot en sera quitte pour la lessive. Ils ont acheté une machine à laver. Au Salon des arts ménagers, porte de Versailles. Une à tambour, essorage automatique. Dernier cri. M. Bercot étudiait la notice pas plus tard que le mois dernier.

Sur la blouse blanche, la tache rouge s'est élargie. Le planton s'accroupit. Il a posé une main sur le front du petit homme inerte. On fait cela aux enfants fiévreux et on dit : ce ne sera rien. Mais M. Bercot n'a pas de fièvre, juste une vilaine plaie à la nuque. À l'endroit exact où le boulon l'a heurté. Je n'ai jamais été adroit. J'avais visé le dos. Pas très fort. Un boulon, c'est moche. Et une trajectoire si difficile à calculer. Mme Trouchain me l'aurait expliqué avec son sourire qui se voulait gentil.

De toute façon, je n'ai jamais rien écouté. Si. Cette fois. Le blabla fumeux d'un obscur groupuscule. Un petit chef est un rouage essentiel de la machine à broyer les travailleurs. Les machines, on les bloque, les petits chefs, on les casse. Pour un œil : les deux yeux ; pour une dent : toute la mâchoire... Les nouveaux partisans, francs-tireurs de la guerre de classes... Toutes ces conneries enfilées comme des perles en toc. Pour un coup, je n'avais pas rêvassé. C'est pas de pot.

Aux portes de l'usine, on fait cercle autour de Bercot. Des blouses blanches, des bleues, des costumes trois-pièces... L'ambulance est en route. Faute de mieux, le planton a lancé la sirène, mais je suis loin. Je cavale, le cœur battant, Léo sur mes talons.

— Tu crois qu'il est mort ?
— Tais-toi, merde ! Tais-toi !

M. Bercot ne mourra pas. Quand il sortira de l'hôpital, il ne sera plus tout à fait le même. Une lenteur dans les gestes, les mots qu'il mélange et cette fatigue qui ne le quittera plus. À l'usine, on lui aura aménagé un poste, dans un bureau où il pourra coller des timbres. Il les collectionnait.

La police ne saura jamais. Léo et moi espacerons les rencontres. Mais, chaque nuit, le petit homme rondouillard viendra me hanter. Personne n'y pourra rien. Le docteur Pitard encore moins.

XXXVIII

Chez Pinto, depuis leur passage télé, les trois vieux plastronnent. On guette leur arrivée comme à Cannes la montée des marches. Ils sortent du taxi la pose étudiée, le geste large, le roulé d'écharpe bien enveloppant, à l'artiste.

Pour les convaincre de faire leur numéro devant les caméras, je n'avais pas eu à les prier.

— T'en auras pour ton argent, mon gars.

Au train où filent mes économies, le prix du taxi quotidien n'était pas cher payer trois rôles de composition.

— C'est pour toi qu'on le fait.
— En souvenir de ton oncle.
— Paix à son âme.
— Et qu'est-ce qu'on devra dire au juste ?

Je leur avais expliqué vingt fois. Ils y revenaient comme les vieux cabots ergotent sur un scénario.

— Tu crois que ça suffira ?
— Un peu plus de vécu ne nuirait pas...
— Quelque chose de fin. Un zeste...
— Un doigt de fée.

Ils l'avaient mis leur doigt de fée. Profond. Ils

avaient dû y passer des nuits. C'était à se demander si la maison de retraite entière n'avait pas participé. Des dizaines de vieilles mains dans la pâte. Une création collective, le grand happening du troisième âge. Un cadavre exquis avant de rejoindre ceux qui le sont moins.

Ce soir-là, en les regardant, ma mâchoire s'était décrochée. L'histoire de l'ancêtre compagnon, ils la racontaient comme aux belles heures de la TV. *La caméra explore le temps, Le petit théâtre de la jeunesse*... Tout ce que je regardais dans le Pathé-Marconi de tonton. Ils avaient laissé le studio télé en état de choc.

— Tu les as dénichés où ?
— La claque totale.
— On tient le sujet. Une ville retrouve la mémoire dans celle des anciens.
— La place des seniors dans la cité...
— Quelle leçon !
— Et quel créneau... La pub va grimper. Prune, sors-nous les stats. Le pouvoir d'achat des retraités, tout le tremblement... Le vieux, c'est de la part de marché bon pied bon œil.
— Intergénérationnelle... Papy Brossard, le café Grand-Mère... Le cheveu blanc, le velours grosses côtes... Ça rassure. On est tous des vioques en puissance.
— La valeur montante, c'est le solide. Le chêne de Saint Louis, l'arbre de Mitterrand...
— Prendre un enfant par la main...
— Banco, l'autrefois c'est notre demain.

Au téléphone, Julie Christie manquait de mots

pour me remercier. Sa séquence Pinto 2, formatée reportage, avait bousculé l'audimat du samedi midi.

— Ils vont me faire un nouveau CDD...
— Ah, ça, vous me l'aviez dit.
— Non, un autre, après celui-là.
— Un nouveau nouveau ?
— Oui, c'est super !

Les joues rougies par les fourneaux, la sueur aux aisselles, les Pinto refusaient du monde. Le retour des beaux jours sentait le coq au vin. On parlait de prendre un extra.

Le bigophone va les saisir en plein coup de feu. Il est treize heures, une main aux cocottes, l'autre aux assiettes Mme Pinto trottine. Abel navigue entre les tables comme un caboteur au milieu des récifs. Le téléphone le harponne au passage.

— Allô...

Sourcils froncés, il s'efforce de saisir la voix dans le combiné.

— Il y a du bruit, je vous entends mal...
— ...
— Pardon, vous pouvez répéter ?

Abel Pinto a haussé le ton.

— Hein ? La quoi ?

Il fait des *chut, chut* de la main. Le front plissé par une de ces nouvelles qui demandent réflexion.

— La boulangerie ?

Mme Pinto s'est approchée :

— Qui c'est ?

À présent, il agite son torchon comme il chasserait une mouche sur le fromage. Mais ce n'est pas la saison des mouches. De table en table, le silence a gagné la salle.

— Excusez-moi, qui vous envoie ?

Assiette en main, Mme Pinto s'est collée à l'écouteur. Il lui fait une ventouse d'ébonite à l'oreille. Sa boucle pend par en dessous comme une larme de pacotille.

— Qui c'est ?

Elle a mimé les mots avec ses lèvres et le seul son qui en sort est un minuscule clapotement de poisson rouge gobant ses daphnies.

Pinto refait *chut* d'une main excédée.

— Oui, bien sûr j'ai gardé la clé...

Mme Pinto a posé son assiette. Un rôti de porc aux pruneaux dont le secret lui vient de sa mère. La dernière fois qu'elle l'a laissé refroidir, ils dînaient, solitaires et muets. TF1 diffusait en boucle les images d'un avion s'encastrant dans un building de verre et d'acier. Pinto avait monté le son, on comprend mieux l'indicible un peu plus fort. Le cri, à l'autre extrémité de l'Atlantique, avait pénétré Mme Pinto avec la violence de l'avion dans la Twin Tower.

Une voix de femme :

— Oh ! My god !

Elle n'était jamais ressortie. Parfois, Mme Pinto voyait la femme sous les décombres. À d'autres instants, elle l'imaginait s'efforçant de revivre dans sa jolie maison de banlieue à barrière blanche. Dans ses alvéoles pulmonaires, les particules d'amiante inhalées à pleine bouche développaient-elles le cancer qui l'emporterait ?

Mme Pinto ignorait d'elle jusqu'à son visage, mais sa voix résonnait toujours. Imprévisible. Choisissant son heure avec l'insolite d'une apparition cabocharde. Comme en ce moment, dans le restaurant, près du téléphone antédiluvien, où Mme Pinto, une main sur le cœur, murmure :
— Mon Dieu !

Pinto a raccroché. Il secoue la tête à la manière d'un cheval de trait attelé à une lourde charge.
— C'était l'agence immobilière. Elle voulait savoir si on a toujours la clé de la boulangerie.
— Mon Dieu !
— La boulangerie va rouvrir…

XXXIX

— Qu'est-ce que c'est que ce souk ?

Sitôt descendu de la camionnette, Simon tire sa gueule des mauvais jours. Quand il l'affiche, je ne peux m'empêcher de penser que je n'aimerais pas partager sa cellule. L'idée me taraudera jusqu'au soir avec la force d'un pressentiment. En me couchant après un vague dîner, je la trouverai au creux de l'oreiller. Elle fera son chemin la nuit durant, dans mes rêves et mes demi-sommeils. L'aube me surprendra fatigué et maussade. Auparavant, j'aurai eu droit à la rogne de Simon. C'est une colère rentrée qui menace d'exploser pour une chaise dérangée, un outil qui dégringole, une radio mal réglée.

— Coupe-moi ce crincrin, il me tape sur les nerfs.

Ils sont à vif depuis son retour.

— On avait choisi un coin pourri où il ne passait pas un chat. Il est devenu plus fréquenté que la Concorde !

« Coin pourri » me reste en travers. C'est celui de tonton, des abeilles et de mes genoux écorchés.

Simon ne devrait pas le maltraiter, mais je me garde bien de lui dire. Je lui fais remarquer que les clients de Pinto ne débarquent pas le matin. Qu'au passage du fourgon la rue sera vide... Il me rembarre sèchement :

— Qu'est-ce que t'en sais ? Il y a trois jours, c'était le désert. Maintenant, c'est quoi ? Une aire d'autoroute !

Hargneux, il montre la voiture garée près de la grille. À l'heure des croissants, les nouveaux boulangers sont venus visiter la boutique. L'envoyée de l'agence les attendait dans sa Clio. Le tailleur tendu sur sa cinquantaine voluptueuse. Le geste qu'elle faisait pour regarder sa montre donnait à son décolleté une profondeur indiscrète. J'avais fredonné une chanson de Trenet : « Et tout ça, je le vois d'la fenêtre d'en haut, d'la fenêtre du grenier, où je vais étudier... » Tonton la jouait souvent sur son électrophone.

En arrivant, les boulangers s'étaient excusés de leur retard. J'imaginais Raimu en tricot de peau avec sa Pomponnette. Raté. Une fois de plus. Main dans la main, la trentaine en jean, ils contemplaient la devanture crasseuse, l'air de deux mômes au pied du sapin de Noël.

Ils étaient ressortis, des projets plein la tête. Ils parlaient du four et de la vitrine comme deux gentils fiancés tracent des plans sur la comète. Ils allaient se mettre à leur compte. Ils l'avaient répété pour bien s'y faire, à la grande aventure. Eux deux et leur petite affaire qu'ils mitonneraient gentiment, des bécots plein le pétrin. La tirelire cassée et l'emprunt à la banque, ils avaient joint les deux bouts. Ils n'en revenaient toujours pas d'avoir déniché boulange à leur prix.

Sourire engageant et rondeurs charmeuses, la femme au tailleur opinait. Ils ne regretteraient pas. L'affaire était pour eux. À croire que la boutique les attendait sous son rideau de poussière. Comme la Belle au bois dormant, le Prince charmant. Il lui fallait de la jeunesse. Et puis, l'endroit allait prendre de la valeur. Vu à la télévision… D'autres clients étaient intéressés mais elle avait un faible pour les amoureux…

Simon, moins. Il ne décolère pas. L'atmosphère en est orageuse, toute chargée d'électricité.

Voilà une heure, je l'ai surpris au téléphone avec Manu. Simon parle bas d'hôpital et d'infos télé. Pas besoin de dessin pour revoir le visage tuméfié d'un directeur des ressources humaines tombé sur un os.

Dehors, perché sur ses tuiles moldaves, Zampo flaire le vent. Il a compris. Depuis la veille, il a compris. À l'instant même où les ecchymoses d'un DRH roué de coups apparaissaient sur le petit écran. S'il avait eu des doutes, le voyage du retour les aurait dissipés. Dans la camionnette aux amortisseurs flapis, Simon n'avait pas dit trois mots. Son silence avait l'épaisseur du secret. Depuis, Zamponi se sent hors jeu. Et, plus désagréable encore, une impression d'inéluctable l'a envahi comme un malaise. Les événements lui échappent. Il ne maîtrise plus rien. Et encore moins Brandon dans ses mondes parallèles.

— Ouah ! Le look kebab !

À cause des écouteurs, il a crié ça bien fort en découvrant l'image du DRH.

— Trop mortel !

Depuis, il rythme de *lookebab !* la musique qui transpire à ses oreilles. Ça le prend quand bon lui semble. Il horripile Zampo. Simon s'agace. L'orage n'éclate pas.

XL

Nosferatu n'en a plus pour longtemps. L'hôpital m'a prévenu. Oui, bien sûr, je viendrai le voir. Ces temps derniers, je n'ai guère eu le loisir. Le travail, vous savez ce que c'est, on y met le doigt, il vous happe le bras... Au revoir, docteur.

Chez Pinto, les trois vieux parlent du presque mort avec des mots sentencieux et des silences pour les digérer. Celui qui trépasse dérange toujours l'ordonnancement des sentiments. Les émotions pliées, rangées comme un trousseau qu'on laisse à d'autres, les voilà chanstiquées. La tristesse n'a rien à y voir, les années aidant, le cœur se dessèche avec la couenne et c'est parfait. Simplement, on est tout chose qu'un vivant s'efface. Il était là, invisible mais là. Une pièce dans le puzzle des souvenirs. Une qu'on pose au pourtour et qu'on oublie. Elle est facile à placer et si accessoire. Elle pourrait ne pas y être, rien ne serait changé. C'est quand elle tombe qu'elle vient à manquer. Le petit trou noir de son absence déséquilibre le bel agencement du reste.

Bientôt, la maison de Nosferatu s'effacera, elle

aussi. Des employés de la voirie viendront la vider. Ils auront revêtu une combinaison blanche, porteront des gants, un masque sur le nez. En charriant des sacs-poubelle pleins à craquer, ils pesteront contre les dingos qui se complaisent dans l'ordure. Et tout ce qu'un vieux vampire avait sauvé de l'oubli finira dans l'incinérateur municipal. La disparition devrait faire mon affaire. Un grain de sable en moins dans la machine du braquage. Mais il s'en est tant agglutiné…
Au diapason, Pinto offre la tournée.
— En mémoire de ceux qui partent.
En silence, les trois anciens font le compte du temps qui reste.
— Détective privé, ce n'est pas courant comme profession, je hasarde, histoire de relancer la conversation.
— Détective ?
— Qui ?
— Nosf… M. Delcourt.
— C'est encore un truc pour passer à la télé ?
— Non, je croyais… On m'avait dit…
— Il a toujours travaillé aux houillères.
— Aux houillères ? Il y faisait quoi ? je demande en essayant de comprendre ce que j'ai loupé.
— Il était dans les bureaux, je crois.
— Un machin du genre.
— À la surveillance, fait le moustachu, affirmatif.
— Détective privé… Où as-tu pêché ça, mon gars ?

Dans le cartable d'un prof d'histoire. Pour une fois que j'en écoutais un...

Quand j'arrive chez Léo, il rentre du collège. Sur sa veste élimée, il a cousu des pièces de cuir aux coudes. Dans les magazines, le truc évoque le gentleman-farmer. Sur lui, il fait miteux. Léo s'en fiche. Ce soir, sur un coin de table, il corrigera des copies laborieuses et des devoirs bâclés. Auparavant, il aura fait le point d'une journée semblable aux autres. Sandrine et lui auront discuté de la dernière réforme pondue en haut lieu. Elle ne vaut rien, bien sûr. Aucune n'a jamais valu quoi que ce soit. Ils diront qu'on ne peut pas laisser passer. Ils évoqueront le démantèlement du service public, la casse de l'enseignement. Et encore une chose ou deux. À moins qu'ils ne parlent de ma visite.

— Félix ? Entre...

Léo me fait asseoir dans le convertible. Sandrine ne va pas tarder. Non, je ne veux pas de thé. Je suis venu le prévenir :

— L'hôpital m'a appelé. Le père Delcourt n'en a plus pour longtemps.

— Le pauvre vieux...

— Pourquoi m'avoir dit qu'il était détective ?

— Parce qu'il l'était...

— D'où le tiens-tu ?

— Je ne sais plus... De lui sans doute.

— Les vieux chez Pinto ne sont pas de cet avis.

— Pourtant...

— Ils affirment qu'il bossait à la surveillance,

aux houillères. C'est d'ailleurs ce qu'il m'avait dit juste avant son malaise. J'avais pris ça pour un faux-fuyant...

— Et alors ?

Léo ne comprend pas mon intérêt soudain. Détective, employé à la surveillance... s'être trompé l'étonne, mais l'erreur est humaine. Il vérifiera à l'occasion. Difficile d'avouer qu'à cause de lui j'avais failli occire un moribond. Un vieillard inoffensif que je croyais à mes trousses. Autant expliquer à Léo que son copain d'enfance est embringué dans un braquage, à deux pas de ses cahiers.

Mais, si Nosferatu n'en avait pas après nous, que cherchait-il ? À compléter sa brocante des souvenirs ? Des bouts de vie d'un tonton pour prolonger la sienne ?

— Léo, il faut que je retourne chez le vieux...
— Le v... Comment ça ?
— J'ai besoin que tu m'accompagnes.
— Je ne comprends pas.
— Il était à la recherche de quelque chose qui concerne mon oncle...
— Quelle chose ?
— Je n'en sais rien.
— Attends, si tu ne sais pas ce qu'il cherchait, comment penses-tu le trouver ?

Plus cartésien que Léo, ça n'existe pas. Pour asseoir sa démonstration, il numérote ses arguments :

— De toute façon, ce qu'il cherchait ne peut pas être chez lui puisqu'il le cherchait...
— Il avait gardé la même coupure de journal que tonton. Les Polonais de Leforest.

— Tu en déduis quoi ?

— Que l'événement a compté pour eux deux. Que son souvenir est suffisamment fort pour que la mort de tonton l'ait poussé à relire l'histoire.

— Qu'en sais-tu ?

— Elle était en évidence chez lui, sa boîte ouverte sur le lit comme s'il venait de la ressortir. C'est ce qui explique que je sois tombé dessus dans un bordel pareil.

— Soit. Et après ?

— Le vieux gardait tout, il a forcément d'autres trucs en rapport avec tonton. Si on n'y va pas, tout ça disparaîtra.

Léo m'observe par-dessus ses lunettes. Il va me fourguer ses idées à dix sous sur les retours au passé, les racines et tout un galimatias que le docteur Pitard aimerait tant m'entendre déballer. Mais il ne sait pas, Léo, que la marche arrière est tout ce que j'ai trouvé pour me sortir de là. Parce que le présent, je ne le sens pas vraiment. Et le futur encore moins. À part une odeur de braquage qui foire, de renfermé et de double tour.

Le miroir du living renvoie mon image. Il aurait pu la garder. Elle évoque un de ces types usés jusqu'à la corde qui font la manche dans le métro. À leur passage on baisse les yeux, on fixe le tunnel, son bouquin ou celui de la voisine d'en face. On pense qu'on est quand même verni de ne pas en être là. Et voilà, on y est. Léo va regarder ailleurs tandis que je partirai. Quand le vin est tiré, il faut passer l'éponge.

J'allais tourner les talons lorsque Sandrine est

entrée. Ses yeux dans ceux de Léo, ils donnent le spectacle du parfait amour. Ils sont agaçants. Et suffisamment ringards pour filer leur écot à celui qui tend la main.

— Vous avez le temps de faire l'aller-retour, elle sourit. Il reste de la pizza.

XLI

Au bout de son allée d'herbes folles, la baraque a la tristesse des maisons désertées. Il a fallu remonter le jardin aux nains, grimper les trois marches du perron et pousser la porte qui grinçait sur ses gonds. À nouveau, l'odeur m'a saisi. Mais je lui ai trouvé la douceur fade des caves à voussures et des pommes sur les claies.

Un Kleenex sur le nez, Léo retient un haut-le-cœur :

— Y a pas d'électricité ?

L'interrupteur crache une étincelle et la lumière inonde la grotte aux reliques.

— Incroyable ! lâche Léo dans son mouchoir en papier.

Mais déjà je l'entraîne dans le boyau.

La boîte est toujours sur le lit. Le Breton piqué de rouille n'a pas cessé de souffler dans sa bombarde.

— C'est là que j'ai trouvé l'article.

Sur le drap taché, des coupures de journaux moisies. La grève de Leforest, l'expulsion des Polonais, des articles de circonstance où filtrent les communiqués des autorités. Des faits divers, aussi. Un époux poignardé par sa femme, une fillette assassinée, la disparition d'un ouvrier agricole... Léo farfouille :

— Il n'était peut-être pas détective, mais il s'intéressait aux crimes...

Rien ne mène à tonton ni à sa bonne amie. J'espérais quoi ?

— Ce fatras n'a aucune cohérence. Delcourt entassait. Rien d'autre. Ton article avait toutes les chances d'être là par hasard. Comme le reste de ce capharnaüm...

Élève brouillon, travail sans soin. Léo a rendu son jugement. Pourquoi l'ai-je amené ? Il me fallait ma béquille Léo. Cette vieille branche pas noueuse pour deux ronds, rassurante lorsqu'on s'y appuie. J'y avais eu si souvent recours. À l'âge des boules puantes. Devant les filles, pour faire le faraud. Jusqu'à la porte de l'usine où nous guettions la sortie d'un petit chef... Léo ne s'est jamais défaussé. Sans se douter un seul instant que je crevais de frousse à l'idée de marcher seul. Comme dans cette maison hantée où les murs me regardent.

— Hallucinant ! il soupire. On croise un type des années durant et on en ignore tout...

Pauvre Léo !

Quelque part, dorment les souvenirs d'un vieil oncle. Mais à moins d'une pelleteuse, d'une équipe surentraînée et d'un siècle devant nous, nous ne trouverons rien.

— Qu'est-ce qu'ils vont faire de tout ça quand il sera mort ?

La voix de Léo m'a surpris.
— Qui ?
— Les héritiers, le domaine public, ceux qui récupéreront la bicoque.
— Pourquoi ?
— Ça me fait drôle de penser que tout ce bazar finira dans un camion-benne.
— Moche, hein ?
Il a eu la moue d'un enfant triste d'avoir grandi :
— Une brève dans le journal révélera la curieuse manie d'un vieil original.
— Ce sera à gerber.
— Toutes ces pouilleries vont échouer à la décharge. Mais tu sais le pire ?
— Non.
— Ce sera dans l'ordre des choses.
Je l'ai regardé.
— Ça ne devrait pas ?
— Et comment !
On s'est adressé un clin d'œil vieux copains.
— Ce qui ne sert plus à rien, du balai !
— Et nous ? il demande avec un pauvre sourire.
— On devrait rentrer...
— Tu as raison. Sandrine nous attend.

Nous la trouverons endormie sur le canapé. Elle aura les jambes repliées en chien de fusil. Elle a adopté une position inconfortable, espérant vaincre le sommeil mais la fatigue l'a emportée. Les copies qu'elle lisait ont glissé sur le sol. Elle a tenté de les rattraper, sa main les frôle encore.

C'est là qu'elle a sombré. Dans sa petite défaite, elle est émouvante.

J'allais les laisser, mais Léo m'a retenu. Il n'est pas si tard, Sandrine serait navrée de me savoir parti. Sur la table basse, les assiettes nous attendent. Une collation à grignoter entre amis. Des bricoles, sans façon, et c'est encore meilleur.

Léo chuchote :

— Dans dix minutes, elle aura récupéré.

Le temps d'un passage en cuisine et du thé qu'il va me refiler avec sa grosse sollicitude. Non, il a sorti une bouteille de vin.

— Du brézème ? j'ai apprécié, un œil sur l'étiquette.

— Tu te souviens...

— Tu en as encore ?

— J'ai déniché un vigneron qui en refait. Il est le seul...

J'ai croisé les doigts pour que Léo ne nous serve pas un cours sur le phylloxéra et la crise vinicole des cépages de la Drôme. Mais il ne parlera même pas de nos nuits passées à contempler les étoiles entre les oliviers. Il se contente de déboucher la bouteille.

— Il a toujours ce goût de pierraille ?

— Toujours.

Le grenat dans les verres, le tanin sur le bouchon, la senteur un peu âpre...

Et Léo :

— *Fortis, j'aimais le vin rouge, que nous bûmes à Lyon, à tous les coins d'une rencontre d'un jour et d'une demi-nuit...*

Il n'a rien oublié. Nos soirées enfiévrées, la certitude de changer le monde, les rêves de steamer et les poèmes de Louis Brauquier.

Et moi, pas davantage :

— *Vin rouge anis, rhum et café, dans quel bar vous retrouverai-je ? Auront-ils le goût que je garde et la saveur de l'amitié ?*

Léo m'a eu.

Tandis que nous trinquons, Sandrine s'étire dans le living.

— Eh bé, mes hommes, une remontée de jeunesse ?

Elle a dit « mes hommes », comme jadis dans nos bicoques improbables. Je n'aurai pas le temps de m'attendrir. Déjà, elle demande :

— C'est quoi, ces vieux journaux pleins de crimes ?

Léo me tend un verre :

— Apporte-lui, je m'occupe de la pizza...

J'ai rejoint Sandrine :

— Le père Delcourt collectionnait les faits divers...

— C'est macabre...

— Des tas de gens le font.

Le sommeil a cerné ses yeux d'ombre violette. Une mèche en vadrouille, elle étouffe un bâillement :

— Lui, il s'était spécialisé, non ?

— Spécialisé...

— Oui, vous avez vu... Toutes ces histoires ont trait à des Polonais.

XLII

Cité Gagarine, le bloc C est sous le choc. Sur la toile et le réseau, Brandon et ses images ont déferlé à la vitesse d'une lame de fond. Ils ont envahi les cages d'escalier, les halls et les caves.

— Ma parole, je le crois pas, là !
— Sa race, il est trop fort, là !
— Et les guns, t'as maté les guns ?

L'artillerie de Simon défile sous tous les angles. En plongée, contre-plongée et bataclan. Les fusils, les Uzi, Brandon les a chopés en trois coups de mobile. Si vous saviez vous brancher où il faut, vous les verriez voler, plus aériens que des poignards chinois, au-dessus des cités en flammes. Vous verriez aussi, repiquée, cette fichue séquence prémonitoire du fourgon explosé sur l'autoroute. Avec les cow-boys qui n'iront pas plus loin et leur sang sur l'asphalte. Vous pourriez apercevoir encore bien d'autres choses, sous les images. Des couloirs, des barres, du béton fissuré, des vieux oubliés au vingt-huitième étage, des clébards rendus dingues dans un deux-pièces cuisine, des télés allumées sur le vide, des peintures de guerre au visage des gamines. Et si vous en veniez à croire que Brandon aime ça, vous ne seriez même pas à côté de la plaque. C'est chez lui. Et qu'a-t-il d'autre ? C'est exactement pour ça qu'il balance son rap, à l'épaulé-jeté, comme un haltérophile ses deux cents kilos de fonte. Si son cinéma passait à votre portée, vous pourriez même trouver qu'il a du talent. Tout à fait entre nous, il pourrait l'employer à autre chose. Dites-lui à quoi, et croisez les doigts pour que ça le fasse rigoler.

Pour l'heure, il a lancé son tube comme un Scud sur la cité. « Patrons pourris/Pas d'abattoir pour le profit. » *Guerre de klass*, il l'a titré. Bloc C on trouve que ça sonne bien.

— Radikal ! Même.

Tout à fait le genre de musique qui chauffe la tête. Elle devrait faire un carton. L'expression n'est pas la mieux choisie dans les circonstances. Mais Brandon se fout des circonstances. Ce qu'il aime, c'est les mots, retournés comme des sacs plastique, et les phrases tailladées au cutter.

— Finalement, t'es cool, man !

Aujourd'hui, il m'a à la bonne. Je serais bien en peine de dire pourquoi. Lui aussi. Depuis son retour, il a senti la tension. Les regards en chiens de faïence. Simon sur les nerfs, Zampo électrique. Brandon se cogne de l'un à l'autre, comme une bille dans un flipper. À tout hasard il se cherche un allié. J'ai décroché la timbale.

— T'es toujours dans tes papiers, toi, il fait avec

sa danse de Saint-Guy. Les bouquins, tout ça. Tu cherches la sagesse ?

— Le passé.

Il s'est laissé tomber dans le fauteuil :

— Le passé de quoi ?

— Justement, je ne sais pas trop.

— Le passé décomposé ?

— Quelque chose du genre.

— Tu te la pètes bouffon, mais t'es clair dans ta tête.

— Merci.

— Je vais te dire un truc. Méfie-toi du passé.

— Oui ?

— Tu vas pourrir ta vie. Dès que tu mates dans le rétro, le présent est derrière toi.

— Compliqué…

— T'as pas le temps de kiffer, il est passé. Devant, mec, toujours devant.

— Là, c'est le futur…

— Faut prendre une avance, mec.

— J'y penserai.

— Je veux.

On pourrait croire à une déclaration d'amour.

En se levant, il porte la main à sa poitrine et me la tend, poing fermé. À tout hasard, j'approche la mienne. J'ai vu ça dans ces films balèzes sur les gangs de rue. Je n'ai pas le code, mais Brandon laisse faire. Il sourit en choquant nos poings. Je me sens aussi fortiche qu'un trappeur se collant le calumet dans l'œil en plein pow-wow. Le chef indien n'est pas certain d'avoir choisi le meilleur des visages-pâles pour frère de sang, mais il est généreux. Brandon aussi, il me le fait comprendre avec les gestes de sa tribu. Je n'y pige rien mais ils sont de bon augure.

Tandis qu'il s'éloigne en roulant des mécaniques, je me replonge dans les journaux d'époque. Julie Christie m'en a sorti une flopée des archives de la presse locale.

— Si vous avez besoin d'autre chose, n'hésitez pas.

Ses yeux rieurs et sa voix grave, comme un message entre les lignes. Pour ne pas changer, j'ai choisi la mauvaise route :

— Merci.

Quand l'extraterrestre est entré en moi, il a fait place nette. Il n'a laissé ni amour ni désir. Pas même de la tendresse. Je suis là pour un braquage, je décompresse avec de vieilles histoires comme d'autres font des réussites. Le reste est sans importance et bien en peine de me faire battre le cœur un peu plus que le nécessaire.

Les journaux de Julie m'en apprendront peu. Un seul trait d'union lie les faits divers découpés par Nosferatu : la nationalité des coupables. Sandrine avait vu juste. Elle est complaisamment soulignée. Et plutôt deux fois qu'une.

XLIII

La police est venue chez Pinto. Elle a débarqué à l'heure du crème.

— Un vieux et un jeunot. On a beau avoir sa conscience pour soi, mon Dieu, ça fait drôle.

Mme Pinto en est encore chamboulée. Quand ils sont entrés, elle a cru au retour des créanciers. Elle n'a pu s'empêcher de regarder le fusil, sur son râtelier.

— On ne sait pas à quoi on pense, dans ces moments-là, elle chuchote. Vous comprenez, avec Abel.

Le coup d'œil à la pétoire n'a pas échappé aux flics. Ils l'ont rangé dans un coin de leur tête. Ils y enferment des choses qu'ils sont seuls à connaître. Rien ne s'y perd. L'intérieur d'un flic est très bien entretenu. En cas de besoin, ils y retrouveront le détail qui dort depuis des lustres. Quand ils le sortiront, il n'aura pas un grain de poussière. Il s'emboîtera parfaitement dans la mécanique si bien huilée qu'ils auront agencée.

— Ils venaient pour l'agression...

Mme Pinto prononce le mot du bout des lèvres.

Comme on le fait d'une maladie dont le nom suffit à vous contaminer.

Elle soupire :

— Ils n'excluent pas un rapport avec la grève...

Soupçonner ses garçons, il faut que le siècle soit tombé bien bas.

— Ils nous en ont posé, des questions, hein Abel ?

Manches retroussées, Pinto brique le miroir du comptoir :

— On peut compter sur eux pour faire chier les honnêtes gens...

— Est-ce qu'on avait surpris des propos... ?

— Comme si on écoutait aux portes !

— ... des menaces que l'un ou l'autre aurait formulées...

— Sous mon toit !

— ... même sur le ton de la plaisanterie, a précisé le jeunot.

— Un beau spécimen !

Mme Pinto attaque le zinc à la lavette :

— Et vous ignorez le plus beau...

— ...

— ... ils voulaient savoir qui sont nos habitués...

Pinto s'est redressé, le torse bombé :

— Je leur ai tendu mon tablier...

Il mime la scène. Elle hausse les épaules :

— Ce n'est pas ce que tu as fait de mieux, va !

— Avec ça vous serez plus à l'aise pour nous cuisiner, je leur ai balancé.

— Et ensuite ? je questionne, la bouche sèche.

— Le jeunot a prétendu que j'avais tort de le prendre comme ça.

— Il faut toujours que tu t'énerves, aussi...

— Je le prends comme il vient, je lui ai dit.

— Heureusement, le plus vieux était correct, elle temporise.

— Au moins, il avait de la jugeote, il a vu qu'il n'avait pas affaire à des bandits !

— La jugeote, c'est essentiel, je bredouille.

— Entre gens de bonne volonté, on se comprend toujours.

J'ai commandé un deuxième café :

— Vous vous êtes compris ?

— Ça a bien emmerdé le jeunot !

— Je me mets à sa place...

— D'autant que son collègue ne demandait pas la lune.

Le percolateur en marche, on ne m'entend pas déglutir.

— Les habitués, c'est qui, en somme ? poursuit Pinto. Les vrais, j'entends. Ceux qu'on voit tous les jours, ou presque.

— Je ne sais pas...

— Il y a les vieux. Vous les imaginez là-dedans ?

— Non, bien sûr.

— Les représentants et...

— Et ?

— Vous.

J'essaie d'ingurgiter le café.

— Je les ai prévenus, continue Pinto. Ce n'est pas là que vous trouverez le coupable.

— Ils ont dû être déçus, j'approuve en me brûlant.

— Le blanc-bec a noté deux ou trois trucs sur son calepin. Plus pour la forme. Au fond, ils ne s'attendaient pas à autre chose... Tout de même, quelle histoire !

Il se penche par-dessus le comptoir :

— Elle n'arrange personne.

— Ah ?

— Réfléchissez. Vous avez vu la tête de ce pauvre type à la télé... La grève a du plomb dans l'aile, vous connaissez le dicton : pas de fumée sans feu. Les gars n'y sont pour rien évidemment, mais l'opinion va se retourner, on n'aime pas le désordre par ici. Le coin a toujours été tranquille. La réputation de la maison risque d'en pâtir.

— Tout de même...

— Hé ! Je connais l'âme humaine. Elle n'est pas blanc-bleu, allez. Si le coupable n'est pas retrouvé au plus vite...

Mme Pinto y revient :

— Pour ça, il faudrait qu'on arrête de soupçonner les garçons.

L'air entendu, Abel a posé la main sur mon bras :

— Si la police veut trouver à qui profite le crime, elle ferait mieux de regarder ailleurs.

Chez tonton, mon rapport a jeté un froid. Simon tente de le dissiper :

— Ce n'est plus qu'une question d'heures. Les condés ont les cow-boys dans le pif, la grève ne passera pas la nuit...

— T'as pas entendu ? renaude Zampo. Ils fouinent ! C'est pas bon quand ils fouinent.

Le coup de gueule a pris Simon de court. Comme une gifle qu'il n'aurait pas vue venir.

— Ne crie pas, il dit d'une voix blanche. J'entends parfaitement. J'entends même des tas de trucs.

L'autorité contestée, Zampo a sauté le pas. Il en ressent un appel d'air dans la poitrine.

— Quoi, qu'est-ce que t'entends ? il grogne.

— Les dents qui claquent...

Zampo lorgne Simon avec l'air d'évaluer ses chances. Il doit les trouver minces.

Simon n'a pas cillé. Son regard pèse trente tonnes de menaces et autant de détermination rentrée. Le poids de sa rage, forgée entre quatre murs, sous des ciels étriqués salis par les barreaux, le verre Sécurit et les chiures de mouches. Avec, en bol d'air, le fumet des tinettes et des corps pas lavés. « Et qu'est-ce que tu nous les brises, t'as pas eu ta douche le mois dernier ? Tu veux un jacuzzi ? Fais une demande à l'administration. »

Toute cette violence dégoupillée, Zamponi l'a vue dans le regard de Simon. Elle est bien trop forte pour un petit patron coincé aux entournures. Il détourne les yeux.

— Quelle connerie d'avoir ratonné ce type..., il lâche, sans conviction.

Histoire de ne pas perdre la face.

Et c'est bien comme ça que Simon l'entend.

XLIV

Il est des jours inexplicablement légers. Le soleil n'y est pour rien, ni les oiseaux ni le visage des femmes dans la rue. Ce sont juste des jours à déplacer les montagnes, mais rien ne presse. Une montagne se remet au lendemain. Une chanson, beaucoup moins. C'est trop léger. Voilà pourquoi, ces jours-là, on fredonne. Et rien n'est plus important. Même quand on est flic, à deux doigts de la retraite et affublé d'un subordonné très doué pour vous les briser menu. Ce qui est exactement la situation du commissaire Vanel.

Il est neuf heures. Le commissariat résonne des mille bruits d'une matinée policière. Le lieutenant Cervin vient de garer sa moto le long des grilles. C'est une Triumph Bonneville, réplique exacte de celle que chevauchait Marlon Brando dans *L'Équipée sauvage*. Cervin est cinéphile. Il est aussi à l'aise dans ses santiags.

Dans quelques instants, il va entrer chez son supérieur. Auparavant, dans le couloir qui sent les pieds et le café chaud, la surprise l'aura saisi : Vanel fredonne. Un vieux truc qui fait rimer bicyclette et Paulette. Cervin sourit et pousse la porte :

— La forme, commissaire !

Vanel a levé le nez du tas de papier sous lequel un expert en bureau devinerait le sien.

— La forme de quoi, Cervin ?

Le ton a la chaleur d'une cellule de dégrisement.

— Je voulais simplement dire que je vous trouve plein d'allant...

— Oui, et alors ?

— Rien, je m'en réjouissais, commissaire.

— Merci, Cervin.

— Merci ?

— Pour votre sollicitude, et votre franchise.

— Ma franchise...

— Celle qui vous fait souligner ma forme présente. Elle vous paraît inhabituelle, n'est-ce pas ?

— Pas du tout...

— Tst, tst, allons, pas de chichis. Acceptez plutôt un café.

— Je vous remercie, monsieur...

— J'en ai pris un sacré coup, n'est-ce pas ?

— Pardon ?

— Je ne suis pas aveugle.

— De quoi parlez-vous ?

— De la vie, Cervin, de la vie. L'âge vous tombe dessus comme la tuile d'un toit. Pouf !

— Qu'allez-vous chercher ?

— C'est dans l'ordre des choses, la roue tourne, il faut l'accepter, et ainsi de suite.

— Commissaire...

— Si, si, bientôt ce sera votre tour d'être à ce bureau.

— Mon tour ?

— Et j'aimerais le voir.

— Ce que vous me dites me touche, monsieur, mais...

— Vous craignez de ne pas être à la hauteur. Je me trompe ?

— C'est-à-dire...

— Réaction bien naturelle...

— ...

— Et tout à votre honneur.

— ...

— La lucidité est une grande qualité.

— Je vous demande pardon ?

— Vous n'en manquez pas.

— Que dois-je...

— Allons, vous êtes intelligent.

— Je ne suis pas certain de vous suivre...

— Lucide, je vous le disais. Aussi, n'essayez pas.

— Que je n'essaie pas quoi ?

— De me suivre. À courir si vite, vous finiriez en retraite avant moi.

— ...

— Auparavant, vous m'aurez dit où vous en êtes. Avez-vous eu du temps à consacrer à notre petite affaire ?

— Je venais vous en rendre compte... J'ai...

— Ce café est vraiment imbuvable, ne trouvez-vous pas ? Ah ! Vous l'avez bu... Comment diantre faites-vous ça ?

— Je… Commissaire, j'ai réuni les informations que vous aviez demandées.

— Lesquelles déjà ?

— Les convoyeurs…

— Bien sûr, les convoyeurs… Eh bien ?

— Profils classiques dans la profession. Rien de notable au chapitre familial ou relationnel.

— De notable…

— Rien qui suggère des fréquentations douteuses. Pas de train de vie décalé. Ni de passion affichée. Courtines, tapis vert, tout est nickel.

— Côté femmes…

— J'attends le sommier.

— Amusant.

— Je vous prie ?

— Femme/sommier, c'est amusant.

— Ah, oui…

— Vous ne l'aviez pas fait exprès ? J'aurais cru.

— Par acquit de conscience, j'ai tout de même sorti ces deux-là.

Cervin actionne le pavé tactile de son PC portable. Deux visages sont apparus sur l'écran bleu.

— Daniel Richet, Maurice Ballu. Pourquoi méritent-ils votre acquit de conscience, lieutenant ?

— Richet est en instance de divorce.

— Donc…

— Je me suis souvenu de l'affaire Besnard… Ce voyageur de commerce qui a braqué cinq banques et flingué autant de monde parce que sa femme l'avait quitté. Richet semble très mal vivre son divorce.

— Et l'autre, comment l'appelez-vous, déjà ?

— Ballu. Maurice Ballu. Quand il ne pêche pas, il lui arrive de fréquenter les salles de boxe.
— Il tire ?
— Non, en spectateur. C'est mince, néanmoins vu le rapport du toubib sur les coups portés à la victime, j'ai préféré ne pas laisser passer.
— Ils sont encartés ?
— Il semblerait, monsieur, syndiqués tous les deux.
— Parfait, vous resserrez autour d'eux.

XLV

Le type prend la pose entre le lit et l'armoire. Il possède un visage de gosse boudeur sur un corps parfait. Les muscles longs, taillés en fuseaux. Il a aussi cette dégaine nonchalante dont rêvent les gars qui ne l'auront jamais. Il est tout à la fois. Delon, version *Rocco et ses frères*, le Bébel d'*À bout de souffle* et le Brando de *Sur les quais*. Malgré sa force, il a cette mélancolie fragile qui appelle la compassion. Sur un ring, il doit damer le pion à bien d'autres jeunes chiens, tous aussi joueurs que lui, et imprévisibles d'insouciance. Il aurait pu être le Christophe Tiozzo d'avant l'enfer. Il l'a été, à sa façon, mais plus encore, dans la dégringolade.

Entre le lit et l'armoire, le type est punaisé sur le mur. Il a la jeunesse éternelle des photos papier glacé. Le vrai affiche trente piges de plus, de la mauvaise graisse et de la dèche à foison. Il a aussi la gueule cabossée, la rétine esquintée et la mémoire chancelante. Sans parler des écorces de pipas sur son veston chiffonné. Mais ce n'est vraiment qu'un détail.

En boulottant ses graines à piaf, dans la chambre d'hôtel louée au mois, Manu regarde le temps qui passe. Parfois, il regarde aussi le métro aérien qu'on aperçoit, par la fenêtre, filer vers Stalingrad.

Quand Maurice est entré, il ne s'est pas levé. En crachant une écorce il a demandé :

— Qu'est-ce que tu viens foutre ici ?

Maurice serait en peine de le dire. Tout à l'heure, il marchait d'un pas assuré. Martial, presque. L'allure qui sied aux décisions énergiques. À présent, il y a le lit défait, le lavabo, les murs sales. Et Manu, dans sa chambre sordide.

Tout ce qui fait d'un braquage idéal l'annonce d'un échec inéluctable.

Maurice laisse passer le choc comme un étourdissement. Puis il reprend pied :

— J'arrête !
— Hein ?
— Les choses ont changé. Le coup est foiré d'avance.
— Rien n'est changé, quand toi et tes potes aurez repris le boulot, on fera ce qui est convenu.
— Massacrer le taulier a mis les flics en branle. C'est devenu trop risqué. Je vous l'ai dit. Faut jeter les gants.

Les pipas sont tombées sur le sol avec un bruit ténu d'averse. D'instinct, Maurice regarde la fenêtre, dehors il ne pleut pas.

Trop tard, Manu l'a chopé aux revers. Jamais Maurice n'aurait imaginé tant de force dans ses vieilles mains amochées.

— T'es qu'une merde. On ne jette pas les gants !

Même usé par les combats, un boxeur fini conserve une méchante frappe. Maurice rebondit contre la cloison. À genoux, il essaie de récupérer.

— T'es con…, il hoquette.

Manu a tombé la veste. Les poings en avant, il évoque vaguement la pose de la photo. Maurice pense au visage défiguré du patron de la Scup. Une mauvaise sueur l'inonde.

— Attends, il bredouille. Tu m'as pas laissé finir. On n'abandonne pas, on remet la partie…

— La ferme !

— Vous faites les morts quelques mois et je vous apporte un autre coup sur un plateau.

À peine debout, le swing le cueille au menton. Il est bien trop lent pour voir arriver le deuxième. Tandis qu'il tombe, Manu a ce vieux geste sorti d'un vestiaire décati. Poing serré, le pouce effleure son nez comme s'il voulait en chasser une poussière. Si Maurice pouvait le voir dans son demi-knock-out, peut-être se souviendrait-il d'un très ancien boxeur cubain tombé si bas que même les rats du métro avaient fini par l'ignorer. Station La Chapelle, plus cabossé qu'une bagnole de stock-car. Cervelle en compote et le visage si moche que le regard lui était passé à l'intérieur. Comme un automate déréglé, il frottait, douze mille fois par jour, son nez douze mille fois fracturé. Et on aurait prié le bon Dieu à genoux pour qu'il se taise, tant sa voix vous arrachait le cœur à se frayer un chemin à travers la bouillie de ses sinus. Il avait fallu convaincre les nettoyeurs qu'un type survivait dans ce tas de chiffons pisseux. Et pour ça, jamais Simon n'avait fait preuve d'une telle patience.

Plus personne n'avait songé à balayer le vieux type. Et pas une semaine que fait le Seigneur ne s'était écoulée sans que Simon vienne le voir. Station La Chapelle. Comme on passe voir, à l'improviste, un bon vieux copain de régiment.

Manu n'en est pas là, n'est-ce pas ? Il va monter sur un braquo, c'est tout de même autre chose.

— Tu bouges pas ! il ordonne comme si Maurice, sur le plancher, pouvait remuer quoi que ce soit.

Dans son cirage douloureux, Maurice perçoit le bourdonnement lointain d'une conversation téléphonique. Avant de sombrer, il entend Manu appeler Simon par ce pseudo idiot censé brouiller les pistes. Maurice ne lui connaît pas d'autre nom et, du reste, il s'en fout. Jouillat est si loin. À l'aube, les hérons raseront la surface du lac. Le silence leur renverra le clapotis des poissons. Et lui, peut-être, sera-t-il aussi mort qu'un fretin pêché d'un coup de bec.

— Secoue-toi !

L'eau glacée éclabousse son visage.

Un verre de flotte en main, Manu le pousse du pied.

— Tu m'entends ?

Maurice entrouvre les yeux. Ses paupières sont deux volets roulants coincés à mi-parcours.

— Victor veut te causer.

Au téléphone, Simon est plus froid que le lac. Il parle posément, comme on s'adresse à quelqu'un qui comprend mal où il en est.
Pauvre fretin Maurice.

XLVI

— Je ne m'explique pas comment j'ai pu passer à côté.

Le matin vient d'apporter Léo et les croissants.

— À côté de quoi ?

Il mate les coupures de journaux étalées sur la table :

— Rien ne te frappe, là-dedans ?

— Pas vraiment. Mis à part le fait que les articles ont trait à des Polonais.

— Justement.

— Quoi, justement ?

— Prends deux faits divers identiques. Vols, agressions, assassinats, peu importe. Quand le coupable est français, rien ne l'indique. Par contre, s'il est étranger... Regarde : *Un ouvrier polonais poignarde la quincaillière de Fléchy-Méricourt...* C'est systématique. On n'écrira jamais un « ouvrier français ».

— Ça t'étonne ?

— Tu n'y es pas. Ça m'a rappelé un vieux truc qui m'a turlupiné toute la nuit.

— Turlupiné...

— Les bandits polonais…
— C'est quoi ? La une d'un vieux *Détective* ?
— Ils auraient adoré. L'affaire avait fait du bruit, à l'époque. Une bande qui s'était formée à la fin des années vingt. Ils ont d'abord écumé la région parisienne puis ils sont montés dans le coin. Des violents. À leur procès, ils ont répondu d'une dizaine de meurtres et d'une cinquantaine de cambriolages. La presse en a fait ses choux gras…
— Il y avait peut-être de quoi…
— Simenon s'en est inspiré.
— Simenon ?
— *Pietr le Letton, L'Outlaw*…
Inutile de demander à Léo d'où il sort sa science. Il est resté le bon élève qui me passait ses devoirs et me soufflait les leçons. Cela me suffisait. Je n'ai pas tellement changé.
— Ces bouquins-là, je les ai trouvés dans la chambre de tonton.
— Oui ? Dommage que les journalistes n'aient pas eu la plume de Sim. Ils auraient peut-être écrit moins de conneries. À les lire, on a l'impression que tous les Polonais ont le couteau entre les dents.
— La connerie n'est pas née d'hier.
— La grande trouille de l'étranger… Cette vieille soupe n'a jamais cessé de mitonner. Comment s'étonner des réactions d'hostilité aux Polonais de Leforest ? Hier, les Polaks, les Ritals, les Arabes, à présent, les Blacks, demain les Roumains ? À chaque fois les mêmes arguments, l'assimilation impossible, les différences, les cultures…

— Et tonton, là-dedans ?
— Pourquoi ton oncle ?
— L'article conservé... Le même que Nosferatu...
— Ton oncle cherchait à retrouver un flirt de jeunesse. Le père Delcourt ramassait tout ce qui traîne. Il n'y a pas forcément de lien.

Léo aime que deux et deux fassent quatre. Je l'ai souvent envié. Mais je n'ai jamais rien compris aux mathématiques les plus élémentaires. Et je ne pige pas davantage pourquoi je m'obstine à fouiller le passé d'un vieil oncle quand je devrais me ronger les sangs à la veille d'un braquage calamiteux. Peut-être pour prouver aux martiens qu'ils ne m'ont pas tout pris. Qu'il me reste des souvenirs, cachés. Clandestins.

J'avais dix ans, juillet enflammait les blés. La chaleur faisait fondre la route sous mes sandalettes. Les virages s'étiraient comme des serpents au soleil. Je m'étais allongé, la joue sur le bitume brûlant. Pour risquer la mort parce qu'il faisait beau. J'étais resté étendu longtemps, le cœur contre l'asphalte. Aucune voiture n'avait dévalé la route. J'étais rentré, lourd d'une lassitude aux relents de goudron. Prêt à devenir un beau sujet d'étude pour le docteur Pitard.

Je n'ai jamais su comment tonton avait appris. Mais sa tristesse, les jours suivants, était comme un aveu. Jamais il ne m'en avait soufflé mot. Il me tenait simplement la main plus fort lorsque nous sortions ensemble.

Voilà pourquoi je lui dois bien ça.

— Laisse tomber la logique, Léo. Il y a un lien !

J'ai élevé la voix. Léo me regarde, étonné, et dans ses yeux passent des trucs à deux ronds. Des beignets à la fête, des devoirs échangés et des nuits étoilées.

— Excuse-moi, je soupire. Je suis à cran.

— C'est rien, vieux. Repose-toi, tu as une mine de déterré. Je repasserai demain.

Demain...

D'ici là, j'aurai épluché une fois encore les journaux de Julie. En relisant celui du 29 septembre 1934, mon cœur fera un bond. La brève m'avait échappé.

Fugue, accident ? Deux jours après la disparition du jeune Jean Meulen, aucun élément nouveau n'est venu apporter de réponse aux questions angoissées de sa famille. La police, qui n'exclut aucune hypothèse, privilégie la thèse de l'escapade. Le 25 septembre, le jeune homme avait quitté son domicile pour se rendre à la ferme Vanbeecke. Il n'y est jamais parvenu. Depuis, ses proches sont sans nouvelles.

Vanbeecke !

J'ai sauté sur le téléphone. Au numéro de Julie, une voix de synthèse m'invite à laisser mon message.

« Désolé de vous importuner. Pourriez-vous à nouveau contacter les archives de *La Voix du Nord* ? J'ai besoin de savoir si des informations relatives à une disparition ont été publiées dans les éditions de 1934 et 1935... Il s'agit d'un certain Jean Meulen... Merci d'avance. »

Dans la foulée, j'appelle Léo.

— Ton copain à la préfecture, il ne pourrait vraiment pas se rencarder sur Vanbeecke ?

— Qui ?

— Vanbeecke, l'exploitation agricole où a bossé tonton.

— Attends, tu veux dire en 1934 ?

— C'est ce qui figure sur sa fiche de paie.

— 34, Félix !

— Je sais... Mais il y a sûrement des registres quelque part.

— Que cherches-tu au juste ?

— Tonton y a travaillé, je viens de tomber sur une brève signalant la disparition d'un de leurs employés, Anna était ouvrière agricole...

— Et alors ?

— Alors, que veux-tu que je te dise, je me raccroche à ce que je peux.

Il a marqué un temps.

— C'est si important ?

Je brûle d'envie de tout lui dire. Ma cervelle dérangée, la main de tonton serrant la mienne. Le braquage, aussi. Et cette irrésistible envie de sauter en marche d'un coup foireux dans lequel je vais plonger.

— Léo, tu me rappelles, hein ?

— Ça va ?

— J'ai plus beaucoup de temps.

— Félix...

J'ai raccroché.

XLVII

Les cow-boys ont déserté Pinto. Depuis plusieurs jours l'effervescence battait de l'aile. La grève, c'est du feu de joie. On se serre autour, heureux de le regarder prendre. Ses grandes flammes vous chauffent les boyaux. Mais, sitôt éloigné du brasier, on comprend qu'il ne brûlera pas toujours. Ça fait comme une gueule de bois un lendemain de fête… Même une victoire n'y changerait rien. La petite tiédeur du quotidien, il faut s'y remettre.

Avec les hauts, les bas, le moral en dents de scie et le porte-monnaie en berne, les rangs des grévistes s'étaient clairsemés dans le restaurant. Le noyau dur y venait toujours. Mais c'était sans joie, poussé par une superstition diffuse. Abandonner les lieux aurait été capituler en rase campagne.

L'agression avait vaincu l'ultime carré. Moribond, le mouvement vivait ses dernières heures. Un communiqué avait condamné l'« acte odieux » commis à l'encontre du DRH. « Attachés au dialogue », les convoyeurs s'élevaient à nouveau contre l'insécurité qui avait, cette fois, frappé leur directeur. Ils assuraient l'homme de leur soutien.

Midi. Pinto fait bonne figure aux autres clients mais le cœur n'y est pas. En cuisine, madame tourne en rond comme une poule sans ses poussins. Elle en sort pour regarder la rue. Elle fait trois pas en salle, arrange une nappe et retourne aux fourneaux. La tête ailleurs et la mélancolie au cœur.

Chez tonton, l'ambiance est au retour de flamme. Une question d'heures, a prédit Simon. L'absence des convoyeurs marque le début de la fin. La grève est à genoux, la suite devrait aller vite.
Les séances paper-board ont repris avec un parfum de révision. Un examen blanc avant l'épreuve finale. Inconnue : sachant qu'un allié dans la place menace de craquer, combien de temps reste-t-il à quatre malfrats pour jouir de la liberté ? Simon connaît l'énoncé du problème. Il n'a pas jugé utile de nous en informer. Pour gagner, il faut garder la niaque. Intacte. Pure comme un diamant. Simon se fait fort d'entretenir la nôtre. Il prodigue ses conseils comme des gris-gris contre le sort. Désormais, il encourage. Il valorise nos compétences. Et dans l'équipe il y en a. Elles sont en nous, se complètent, s'interpénètrent. Nous sommes complémentaires.
— Com-plé-men-taires.
Il a un mot pour chacun. Et un précepte pour tous : le moral entamé, c'est la défaite programmée.

— Vous êtes des gagnants !

Autant dire que c'est joué.

Tout à l'heure, Zampo m'a remis sa facture avec un sourire compatissant chargé d'atténuer le choc.

— Je ferais aussi bien d'abandonner ma part du butin, j'ai suggéré. Ça me coûtera moins cher que continuer à te payer.

Et voilà Zampo qui remonte sur ses grands chevaux. Les taxes, le fisc, et tous ces types dans les bureaux qui se font du gras à rien foutre, excepté fondre sur la France qui travaille comme des vautours sur une carcasse.

Dehors, il y a sa camionnette. Écroulée sur ses amortisseurs, comme une vieille que ses jambes ne portent plus. La peinture écaillée, la taule froissée, redressée à la va-vite et, en dessous, les pneus lisses. En cas de contrôle, n'importe quel flic de base l'immobiliserait sur place. Elle finirait au musée de la Police. Sur un panneau explicatif, on lui donnerait un âge, approximatif. Comme celui des mammouths au Muséum. Quant au reste, le compteur kilométrique n'aura jamais assez de chiffres pour afficher ses heures de vol. Et de toutes les façons, il est bloqué. C'est là-dedans que Simon va embarquer les deux convoyeurs, le coup fait. Autant l'afficher sur les portières.

Zampo a terminé son numéro.

— Maintenant, il conclut, si tu penses que je t'arnaque, dis-le-moi...

Je pense surtout qu'il n'aura pas le temps d'encaisser mes chèques avant d'être coffré. Et moi avec. Est-ce qu'Elle viendra au parloir ? Je ne sais même pas si je le souhaiterais.

À moins que tout se termine encore plus mal. Au cas où, il faudra prévoir un échantillon de dernières paroles. Quelque chose de bien senti. Et d'épatant. J'ai toujours voulu mourir avec le mot qu'il faut. Les héros noirs de mes vingt ans en avaient de très esthétiques au pied de la guillotine. La bande à Bonnot, les bandits tragiques, Raymond la Science : « C'est beau, hein ? l'agonie d'un homme. » Et le petit Soudy, au crépuscule de la malchance, crachant ses poumons devant la Veuve : « Si je tremble, c'est de froid. » Moi, devant la police, je suis foutu d'y passer en crétin pleurnichard.

J'ai beau dire à Zampo de laisser tomber, il s'accroche. On ne le soupçonnera pas d'entuber un associé. Il est dans une mauvaise passe, c'est vrai. C'est l'unique raison de sa présence dans l'affaire. Pour le reste, un genou à terre, il garde l'honneur. Mon argent, il s'en tape. On n'achète pas Zamponi. Même ici, même maintenant, le travail, ça se respecte. Ses factures sont bien autre chose qu'une couverture.

— Le prix du travail !

Il parle d'honnêteté, de conscience. De valeurs. Il s'enroule là-dedans comme dans un drapeau. Il peut même retirer les tuiles du toit, si je veux. Je ne lui devrai rien.

Il m'amusait. À présent, il me gonfle :

— Tu remettras les anciennes ?

Ça lui a coupé la chique. J'en suis presque à regretter. Il a le droit de s'accrocher, lui aussi, comme moi à tonton. Après tout, la tuile moldave est peut-être son bouclier antimartien. J'allais lui proposer un verre, mais Brandon est entré :

— Tu penseras à nous payer ? il lance avec son air à chercher des noises.

— Payer quoi ?

— Le taf. On est là depuis un mois. Le salaire, tu sais ?

— Un salaire ?

— Oui. La thune que tu nous dois.

— ... Que je vous dois ?

— Toute la journée, tu fais hièche avec ton truc, là, ta valeur travail. T'as l'intention de la payer à crédit ? On n'est pas la Banque de France.

Zampo marque le coup. Le « on » de Brandon ne lui a pas échappé. Il y sent l'odeur de la mutinerie. Des Trafalgar, il en a désamorcé plus d'un sur ses chantiers. Chez Zamponi, le dialogue social n'est pas celui des carmélites. C'est du viril. À l'ancienne, comme un coup de pompe dans le cul. T'es pas jouasse, tu prends tes cliques et tes claques, je tape dans un réverbère et des comme toi, il en tombe cinquante.

— Allez-y, foutez-vous en grève ! il se marre. Après les cow-boys, les apaches...

Sa main glisse vers le marteau, sur la table. Un outil très professionnel. Recommandé pour le béton. Et tout à fait capable d'assommer un bœuf.

Brandon l'a repéré. Bon sang, quand il met ses muscles en branle, c'est un train blindé qui démarre. Il a soulevé bien plus de ferraille et de fonte qu'une grue de chantier. Ses biceps gonflés à bloc, il a porté des charges à faire crever une armée de dockers. Entrez dans une de ces fichues salles de musculation d'un quartier déglingué où des types pendent leur rage aux poulies comme à des crocs de boucher, vous comprendrez.

— Viens, Zampo, il sourit — un très méchant sourire —, viens te faire éclater la tête.

L'autre a empoigné le marteau :

— Nom de Dieu !

À présent, Brandon se dandine. Ce mouvement très étrange est celui d'un grizzli qui va charger. Il danse, d'une patte sur l'autre, et chacun de ses déplacements agite des kilos de force brute. Avant de se lancer, il rugira. Et ce sera probablement le dernier son que son adversaire entendra.

— Viens, que je te défonce.

Il n'aura pas le temps. Zampo s'est écroulé en hurlant de douleur. Dans mes mains, il y a le tisonnier.

— Putain, tu m'as pété le tibia.

— J'ai tapé dans le gras.

— Ça fait un mal de chien.

— Moins que ce qui t'attendait.

Je l'aide à se relever. Installé dans le fauteuil, la sueur au front, il tarde à reprendre des couleurs. Je lui enfourne un sucre dans la bouche. À cet instant, c'est un vieux toutou inoffensif.

— Laisse fondre. Ça t'évitera le coaltar.

Zamponi, le petit taulier marron, a perdu toutes ses guerres.

XLVIII

Il existe de sacrées saloperies en ce bas monde et en quarante ans de flicaille le commissaire Vanel en a vu de sévères. Mais il vous le dira, aucune n'égale le jus infect pissé par le distributeur d'un poste de police.

— Un café, Cervin ? il demande au lieutenant qui vient d'entrer dans son bureau.

— Merci, monsieur.

— Du neuf ?

— Les deux cow-boys ont été entendus.

— Alors… ?

— Ils ont chacun un alibi en béton.

— Ah…

— Le jour de l'agression, Richet était au palais de justice. Une séance de conciliation avec sa femme. « Pénible », a-t-il précisé… Il parlait de la conciliation.

— J'avais compris.

— En sortant, il s'est rendu chez son médecin. Ordonnance à rallonge, calmants, il n'a pas voulu rester seul chez lui. A passé la nuit chez des amis. Ils confirment. Par ailleurs, ses mains ne présentent pas la moindre ecchymose. Le cogneur, lui, doit en avoir de belles.

— Et l'autre ?

— Maurice Ballu. Idem. Alibi solide. À l'heure dite, il occupait le dépôt des fourgons avec une délégation de grévistes.

— Mmmh.

— Pourtant...

— Pourtant ?

— Quelque chose me tracasse...

— Oui ?

— Voyez-vous, Maurice Ballu a été victime d'un... accident...

— Bon sang, il faut vous arracher les mots ! Quel genre d'accident ?

— Il prétend avoir été pris à partie par des inconnus.

— Pris à partie ?

— En d'autres termes, il s'est fait casser la gueule. Des zonards éméchés...

— Tiens !

— Ce n'est pas très clair. D'ailleurs, il n'a pas déposé de main courante. Et ce qui est particulier... comment dire...

— Cessez de tourner autour du pot, voulez-vous ?

— Les coups, monsieur. Voilà ce qui est particulier. Ses hématomes, quoique beaucoup moins impressionnants, m'ont fait songer à ceux de Louis Arnaud. Cette fois, celui qui les a infligés s'est retenu, il ne cherchait pas à démolir, mais à corriger. Cela mis à part, les impacts se ressemblent. Je dirais qu'ils portent la même marque...

— Vous vous y connaissez en coups ?

— J'ai pratiqué la boxe, monsieur. En dilettante, mais j'ai pratiqué.

Si le commissaire Vanel avait pu voir son adjoint cogner dans un punching-bag des heures durant, le souffle réglé sur le choc de ses poings dans le cuir du sac, il aurait remballé son image de gommeux. Il faut avoir dans le ventre vraiment tout autre chose que de l'ambition pour suer sang et eau à mouliner le vide, jusqu'à ce que les bras vous tombent. Vanel l'aurait pigé. Il aurait aussi compris que se vider la tête au rythme des coups dans la sciure, c'était pour Cervin la seule façon de se décrasser. Au bord de l'épuisement, quand il avait réussi à effacer même son reflet dans le miroir, il était le type le plus propre du monde. C'était comme une virginité. Sitôt dehors, il la recouvrait d'oripeaux. Ses santiags clinquantes, son blouson tape-à-l'œil, ses jeans moulants et toute la panoplie de ses goûts de chiotte. De quoi donner le bourdon à un commissaire en bout de course.

Mais peut-être Vanel a-t-il toujours su cela. Comme il sait que rien ne dure. Que Cervin peut s'infliger mille martyres de saint Sébastien dans une salle de sport, il finira dans la peau ramollie d'un commissaire épuisé. Et c'est peut-être aussi ce qui insupporte Vanel. Au point, certains soirs, de lui donner un cafard plus noir que ses ongles.

Il est occupé à les récurer avec la pointe d'un coupe-papier quand il grogne :

— Vous êtes bien en train de me parler d'un rapport entre l'agression de Ballu et celle d'Arnaud...

— Oui, monsieur.

— Une hypothèse à la noix, du genre : les convoyeurs engagent un homme de main pour tabasser leur patron, Maurice Ballu sert d'intermédiaire, le coup fait, les choses se passent mal et le cogneur s'en prend à lui.

— C'est effectivement une hypothèse... On peut imaginer un différend d'ordre financier. Devant la tournure des événements, les gars rechignent à verser le solde du contrat...

— Ils auraient réalisé que l'agression plombait leur grève. On ne se bat pas contre un homme à terre, c'est ça ?

— À peu près...

— Ils sont très cons.

— Pardon ?

— C'était évident... Pour ne pas y avoir pensé avant, il faut être con. Très, très con.

— J'y ai songé.

— Ça ne m'étonne pas.

Cervin dédaigne la remarque.

— Imaginez, monsieur, que la prestation n'ait pas été à la hauteur. Et que ce soit précisément sa piètre qualité qui plombe la grève. Il y aurait motif à suspendre son règlement.

— Vous avez vu l'état d'Arnaud. La prestation, comme vous dites, paraît d'une assez bonne qualité.

— Je n'en suis pas certain. Le type n'a pris aucune précaution. Il aurait voulu afficher ses coups, il n'aurait pas agi autrement.

— Il aurait pu ?

— Dans une certaine mesure. Au lieu de ça, on croirait qu'il s'est échiné à effacer le visage d'Arnaud.

— Vous diriez qu'il a fait du sale boulot ?
— Oui.
— Nous serions en présence d'un mauvais employé, en quelque sorte ?
— Possible. Il a pu aussi péter un câble.
— Un mauvais, un agité du bocal, autre chose ?
— Avez-vous lu *Le Voleur*, monsieur ?
— Je ne lis jamais de polar.
— Ce n'en est pas un. Voyez-vous, dans le roman de Darien, le héros est un monte-en-l'air. À l'encontre des voleurs en gants blancs, il cambriole sans le moindre soin. Pour s'en expliquer, il a cette phrase étrange : « Je fais un sale boulot, mais j'ai une excuse, je le fais salement. »
— Je ne vois pas...
— Moi non plus, monsieur, et ça m'intrigue.

XLIX

Léo n'a pas traîné. Léo ne traîne jamais. À l'école, déjà, il ne lambinait pas. Quand je remettais mes devoirs au lendemain, il avait bouclé les siens depuis longtemps.

— Anna travaillait chez Vanbeecke.
— Comment as-tu fait ?
— Mon pote. Il s'est bien débrouillé...

Léo doit avoir des tas d'amis dans son genre. Pendant qu'il parle, ils s'activent à leur tâche avec la bonne conscience du travail accompli. Au fond d'une préfecture, l'un d'eux a occupé quelques-unes de ses heures précieuses à décrocher son téléphone, appeler un autre type à un autre étage et lui dire un truc du genre :

— Salut, vieux, j'ai besoin d'un petit service. Vanbeecke, 1934. Exploitant agricole...

Et l'autre, au bout du fil, ne le prendra pas pour une purge. Il ne dira pas qu'il est submergé de boulot, qu'un dossier vieux de soixante-treize ans est recouvert d'une telle poussière qu'on ne distingue même plus la pièce où il dort. À supposer qu'elle existe toujours. Il ne répondra pas davantage qu'il est à la bourre, qu'il avait promis de rentrer tôt ni, tout simplement, qu'il a vraiment autre chose à foutre. Et s'il va, sur-le-champ, planter là ses milliers d'occupations capitales, ce sera pour une raison aussi simple qu'incompréhensible :

— C'est pour Léo. Il ne peut pas expliquer, mais c'est important.

Et l'autre, avant de s'y mettre, aura demandé :
— Il a des emmerdes ?

Voilà pourquoi Léo peut m'appeler :
— En temps normal, ça aurait nécessité des jours et des tonnes de paperasse... Bon, je te passe les détails, mais les archives de la main-d'œuvre étrangère recensent Antoine Vanbeecke comme exploitant agricole ayant contracté avec la société polonaise d'immigration...

— Ce qui veut dire...
— Qu'il était autorisé à employer des ouvriers polonais selon le contrat type établi suite aux conventions entre les deux pays. Le registre de l'année 34 mentionne Anna Marzec.

Ce vieux tonton...

Ses vingt ans avaient l'odeur des blés. La couleur du soleil. Et le visage d'une adolescente au regard triste. J'avais renoué un fil du passé. J'étais sacrément avancé.

Dans quelques minutes, Brandon va entrer. Il me préviendra que l'heure approche. À mon silence, il trouvera que j'ai des nerfs d'acier. Il a eu raison de me choisir pour allié. Il me le dira sans un mot, poing contre poing. Je le laisserai à ses illusions. Elles ne valent pas tripette. Au surplus, je m'en fous.

Il reste peu de temps pour mettre mes affaires en ordre. De toutes petites affaires. Les martiens eux-mêmes les ont oubliées.

Chez Pinto, les trois vieux sont fidèles au poste. Accessoires parfaits du décor, avec le portemanteau, le bigophone en ébonite et le buffet aux serviettes. Les nouveaux boulangers sont là, eux aussi. Ils sont venus prendre leurs marques et le vent du pays. Oui, c'est en regardant la télévision qu'ils ont vu la boutique fermée. Bien sûr, le coin n'est pas très gai, avec ses maisons murées, mais :

— On sent qu'il a du cachet, elle dit, intimidée.

— Et une histoire ! il ajoute en regardant les vieux.

Eux, ils lèvent leur verre à la santé des nouveaux, à l'odeur du pain frais et des croissants chauds. Leurs narines en frémissent.

— C'est pour bientôt ? interroge le grand aux allures d'arbre mort.

— Le temps de faire les travaux...

— L'agence nous a laissé les clés avant que tout soit conclu.

Le vieux au foulard a ce ricanement grinçant qui ressemble au jacassement d'une pie :

— Faut dire qu'ils ont eu du mal à les retrouver. Depuis le temps.

— Vous l'avez payé cher le pas-de-porte ? demande le grand.

— Une bouchée de pain, elle sourit.

— Dame ! Vous n'en vendrez guère plus.

Sourcils froncés, Mme Pinto remplit les verres :

— Ne les croyez pas, ils taquinent.

— Pour raconter des histoires, ils sont spécialistes ! Hein, les chefs ? demande Pinto un peu trop fort.

— Qu'est-ce qui te prend ? On n'est pas durs de la feuille.

— Spécialistes... On a la mémoire...

Les boulangers se poussent du coude. Gentiment :

— L'histoire des lieux, c'est important.

Le moustachu essuie le vin qui perle à ses bacchantes :

— Ah ! Tu vois... La petite dame, elle s'intéresse. Et encore, elle sait même pas que sa maison a eu son heure de gloire.

— De gloire ?

— C'est peut-être un peu fort... Et puis, elle s'en serait bien passée.

Les amoureux échangent un regard amusé.

— C'est pas tous les jours que quelqu'un disparaît, poursuit le vieux.

— Disparaît ?

— Ça date pas d'hier. Mais, dans le pays, on en a causé longtemps. La fenêtre, juste au-dessus de votre boutique, c'était la chambre au Jeannot. Il l'a quittée un matin et plus jamais on l'a revu.

Les boulangers ne sourient plus.

— Racontez.

— Y a pas grand-chose à en dire. Chez vous, c'était déjà une boulangerie. Le Jeannot y était mitron. Un gamin qu'avait quoi, dix-sept ans ? Il est parti un matin donner un coup de main aux champs. Il est jamais revenu. Les gendarmes ont remué ciel et terre... Peau de balle...

— Jeannot... Jean Meulen ? je demande, en sachant déjà la réponse.

— Tu connais ? questionne le vieux.

— J'ai trouvé des vieux journaux chez mon oncle...

— Ça, les journaux, ils en ont fait leurs choux gras un moment. Ton oncle les avait gardés ? C'est qu'il avait été interrogé, lui aussi.

— Interrogé.

— Les gendarmes ont entendu tout le village.

— Vous aussi ?

— J'étais trop jeune. J'avais quoi... douze-treize ans. Mais je peux te dire que ça a fait jaser. Personne a jamais rien trouvé. À croire que le Jean s'était envolé.

— Une fugue ?

— C'est ce que les gendarmes ont fini par conclure. Ils avaient même cherché du côté des Polonais.

— Des Polonais ?

— Dame ! En ce temps-là, fallait les voir. Des vrais sauvages. C'était comme une tribu. Même à l'église, ils avaient leurs messes. Toujours entre eux. Et souvent dans des sales coups.

J'ai repensé aux journaux. Aux voleurs de poules. À toutes ces casseroles percées, attachées au cul de la misère... Rien ne change. Jamais. C'est en 1934, un train de pouilleux, la détresse du monde dans leurs yeux si bleus. Et tant de fatigue et de voyages, et de baluchons avec dedans des espoirs en peau de chagrin et des gamelles. Rétamées, comme eux, les bougres aux gueules butées d'avoir tout encaissé. Transbahutés, lourds de mauvais sommeil, posés là, au hasard des embauches. Deux fleurs sur la fenêtre et la croix au mur. Avec la Vierge noire, couleur du charbon qui colle à la peau. L'alcool, aussi, comme une massue. L'assommoir et les chansons beuglées auxquelles on n'entend rien. Pas même la déchirure dans les voix de rogomme.

« Et souvent dans des sales coups. »

J'y serai demain, moi aussi. Quatrième bourrin du quarté des paumés. Mais à cet instant, chez Pinto, restaurant ouvrier, passent les fantômes d'un peuple de loqueteux. Il est peut-être le mien.

L

Treize heures quinze. À la Brasserie du Commerce, M. Léon consulte la pendule. De mémoire de serveur, c'est la première fois que la table de ces messieurs reste vide. D'une pichenette, M. Léon expédie la miette de pain tombée sur son revers.

L'entrecôte marchand de vin peut carboniser, ces messieurs ne viendront pas. Dans le commissariat, ils ont oublié jusqu'à leur déjeuner. Pour la cent douzième fois, ils repassent cette très inquiétante vidéo captée sur Internet.

— Comment tu es tombé là-dessus ?
— Mon môme. Il est branché en permanence. Ce matin, je l'ai trouvé connecté à ce truc.
— Si ça tourne dans les quartiers, ça nous promet du bon temps.
— Ça tourne, ça tourne.
— Où ont-ils chopé ces armes de guerre ?
— Les réseaux islamistes... La mafia serbe... Y a le choix.
— Et le clown, là... où je l'ai vu ? Mais où je l'ai vu ?

— Tu es sûr de le connaître ?
— Connaître, c'est pas le mot. Mais je l'ai vu. Ça oui ! Il ne vous dit rien ?

Nouvel arrêt sur Brandon.

— Tu pourrais nettoyer ton ordi. À travers la couche de poussière, je reconnaîtrais même pas mon gamin.

— ... Et ce machin : *Patrons pourris/Pas d'abattoir pour le profit*... Je l'ai déjà entendu, aussi...

— Demande à ton môme.
— Je lui ai demandé.
— Alors ?
— Il ne connaît pas...
— Il ne connaît pas tout.
— Avec ce qu'il ingurgite comme merde, si celle-là ne lui dit rien, on peut lui faire confiance.

Il est maintenant treize heures quarante. Le lieutenant Cervin descend de moto. Sa matinée passée à éplucher cent mille profils de boxeurs dans la débine a échoué. Il existe bien trop de boxeurs dans la débine pour qu'un flic, même amateur de rings, y retrouve ses petits.

Déprimante, c'est le mot qu'il emploiera pour qualifier une demi-journée perdue à contempler des types bouffés aux mites et autant de rêves dans le caniveau.

Auparavant, il aura placé Maurice sous surveillance. Le cow-boy et le cogneur sont complices. Cervin le sait. Pas seulement à cause de la main courante que Maurice a négligée. Ni de l'arrêt de travail qu'il n'a pas demandé.

— Pour quoi faire ? Le travail, on l'a arrêté depuis des semaines. Et puis, un gréviste en congé maladie, ça la fiche mal.

La certitude de Cervin vient du fond des tripes. De son odorat qui flaire les coupables comme celui d'un fauve sent l'invisible. Dès que Maurice est entré, il l'a reniflé. La culpabilité dégage une odeur plus âcre que la sueur. Maurice l'exsudait par tous ses pores.

Cervin pénètre dans le commissariat.

C'est comme s'il entrait dans un transformateur haute tension. Des milliers de volts concentrés autour d'un ordinateur. Et des flics si absorbés qu'ils pourraient passer de l'autre côté du miroir sans bouger un cil.

Cervin pense d'abord à un de ces sites si hard qu'ils lui donnent la nausée et le dégoût de lui-même. Mais le silence n'est pas de ceux qui accompagnent les séquences X dans un commissariat.

— Qu'est-ce que c'est ?
— Un clip qui fait le tour du Net. Une vidéo capable d'allumer des tas de mèches dans des tas de cités où il fera bon aller.

Cervin se penche.

— Et lui ? il demande devant l'image fixe de Brandon.
— La vedette, Michel croit le connaître.
— Je crois pas, je le connais ! Mais d'où, putain, d'où ?

Cervin a ôté son fameux blouson. Il l'accroche au portemanteau. Il n'a jamais pu se résoudre à utiliser son vestiaire. Encore une manie qui hérisse Vanel.

— Suffit de voir au fichier, il dit en revenant près du PC... Merde ! Ce sont des armes de guerre... Vous avez fait analyser l'image ?

— On attend le retour...

Voilà, le vent a charrié tous les grains de sable. Ils vont bientôt gripper la machine. Simon l'avait bricolée avec tant de soin. Pièce après pièce. Patient comme un enfant devant un Meccano. Mais le vent, n'est-ce pas, n'a rien à faire des Meccano. Et il se fout des enfants lessivés par les galères.

Bientôt, le clip sera décortiqué. Image par image. La cité localisée. Le sol sur lequel reposent les armes, identifié : « le plancher d'un véhicule, genre camionnette de chantier... », leur photo décodée : « c'est pas du copié-collé, on a pris ça en live, avec un téléphone mobile ». Il faudra un peu plus de temps pour reconnaître Brandon. Mais un flic finira par se souvenir des infos régionales.

— Je sais où je l'ai vu !

Il comparera le clip à l'enregistrement télé que lui aura livré en exprès un coursier sur son scooter rafistolé.

— Bingo ! il dira.

Ou un truc du même acabit.

Après ça il n'aura pas volé une soirée câline.

Demain il fera jour.

LI

Dans le hangar, les fourgons ressemblent à des corbillards. Autour, les cow-boys tirent des gueules d'enterrement. La grève est morte. Ils l'ont enterrée. La dernière assemblée générale, le dernier speech, le dernier vote.

Ils vont éteindre les lumières et ils partiront. Ils n'ont pas perdu la partie. Au bilan de leur ramdam, ils trouveraient même matière à se réjouir. Ils ont lâché quoi, quelques kilomètres d'autoroute ? La belle affaire. Sur le reste, ils sont gagnants. L'accord national, les avancées, leur force nouvelle, demain qui ne sera plus comme avant... Le délégué a dit tout ça. Et tout ça, ils le savent. Ils savent aussi que d'une poignée de kilomètres ils avaient fait un point d'honneur. Leur chose à eux, ici, dans le grand mouvement. Ils ne cracheront pas sur les acquis, ils vont reprendre la tête haute. Ils ne sont pas vaincus. C'est le sort. Le patron hors service, victime à son tour, le combat cesse. Question d'image, de dignité s'il faut user des mots qui ronflent. Et de tactique, pour ce qui est de la coulisse. Leur fair-play, la noblesse de leur décision, ils les rappelleront quand Louis Arnaud sera sur pied. À ce jeu-là, il est leur débiteur.

Pourtant, les gars ont beau se raisonner, ils songent à des funérailles. Ils ne se déferont pas de l'idée. Elle leur donne une amertume inexplicable. Le gris du quotidien après la marche aux étoiles, c'est toujours une petite chute. Le poing levé, on ne le remet pas aisément en poche.

De retour chez eux, ils feront les comptes. Estimeront les trous qu'il faut combler et les verront bien gros. Après-demain, ils seront de retour au boulot. D'ici là, chez Pinto, ils auront arrosé la fin du conflit. Il faut des cérémonies pour se tenir chaud et repartir droit devant. Mais ce soir, en quittant le dépôt, ils ont le vague à l'âme. Un petit mal au cœur. Il passera.

Maurice est sorti le dernier. Il s'attarde, traîne les pieds. Battre le pavé n'empêchera pas le jour J d'arriver.

Sa figure esquintée a intrigué les copains. Ils ont cru à une querelle de comptoir, un crêpage de chignon. Mais les ecchymoses, tout de même, ils ont voulu savoir.

— Des zonards…
— Putain, il faut aller où pour être peinard ?

Ils ont trouvé que le monde ne tournait plus rond. Qu'à force, il finirait dans le mur. Et qu'on n'en était pas loin. Le visage de Maurice est un mauvais présage.

Il rentre seul.

Les réverbères jettent une lumière orange sur

l'asphalte. Dans la vitre arrière, une voiture s'est encadrée. Une 307 blanche, deux hommes à bord.

De l'index, Maurice règle le rétroviseur. Clignotant allumé, la bagnole déboîte, longeant le rail de sécurité. Maurice bifurque vers l'aire de repos. Sur fond de verdure souffreteuse, le chalet des toilettes découpe sa silhouette. Maurice s'est arrêté. Sur le siège passager, il a posé le téléphone. Dans quelques instants, il appellera Manu. Il ne peut plus reculer. Demain, les cow-boys se retrouveront chez Pinto. Leur dernier raout avant la reprise du travail. Ensuite...

Maurice empoigne le mobile :

— Allô, Eugène. Ici Émile. C'est pour après-demain.

— Pas trop tôt.

— ...

— Émile.

— Oui.

— Déconne pas !

Dehors, le vent s'est levé. Il vient de loin. Avant de souffler sur l'aire de repos d'une quelconque autoroute, il a ratissé des terres sèches et des déserts brûlants. Il a remonté les courants, porté des nuages et des oiseaux migrateurs. C'est un vent chaud, un vent d'ailleurs. On le dirait égaré. Comme un chien courant au bord des chemins.

Un tourbillon de feuilles cingle la carrosserie. Les peupliers s'inclinent dans un bruissement végétal. L'autoradio diffuse une chanson qui parle de crépuscule et de paradis perdus. Maurice a fermé les yeux. Dans son jardin secret, recouvert de canettes, films X, papiers gras et histoires salaces, il cache un cœur en pain d'épice. Maurice est fleur bleue. Comme le tatouage sur son avant-bras. Une marguerite à effeuiller. Un peu. Beaucoup. Passionnément.

Pas du tout.

Il rouvre les yeux. Une poussière jaune recouvre le pare-brise. Le lave-glace ne parviendra qu'à l'étaler en une boue pisseuse. Dégoulinante.

Du saindoux tartiné.

— Chiotte, c'est quoi cette merde ?

Maurice est descendu de voiture.

— Vous avez vu ? C'est incroyable...

Un type ganté comme un pilote de rallye nettoie les vitres d'un 4×4 japonais plus lourdingue qu'un sumotori.

— Qu'est-ce que c'est ? demande Maurice.
— Du sable.
— Du sable ?
— Le sirocco.
— Dans le Pas-de-Calais ?
— C'est fou, non ? Pourtant, c'est le sirocco. Il remonte du Sahara et vient mourir ici.
— Pourquoi ?

L'homme le regarde sans comprendre :

— Comment ça pourquoi ?
— Il a bien une raison...
— Non, enfin, c'est le vent. Il passe, il perd son sable et il meurt.
— Vous voulez dire que ce machin, c'est le sable du désert ?

— Oui.
— Qu'est-ce qu'il vient foutre ici ?
Sur la bande d'arrêt d'urgence, entre un camion de fruits et une caravane, une 307 attend. Peut-être les deux flics à l'intérieur ont-ils la réponse ?
C'est le vent.

LII

— J'ai apporté ce que vous m'aviez demandé.

Chez Pinto, Julie a déposé une enveloppe 21 × 29,7 au logo de la télé. Dans le restau, une équipe de techniciens s'active. Le dernier déjeuner des convoyeurs fera une séquence très réussie aux infos régionales.

Tandis qu'un éclairagiste s'affaire, je la remercie d'un sourire :

— Vous prenez quelque chose ?

— Je n'ai pas beaucoup de temps, elle fait en regardant sa montre. Juste un café, alors.

J'ai vidé l'enveloppe sur la table.

— Vous cherchez quoi, là-dedans ? elle demande.

— Des petits cailloux.

Elle m'observe. Mes cinquante balais bien usés et cette dégaine stupide d'adolescent attardé, il se pourrait qu'elle les aime. Quelle importance ! Les articles qu'elle a glanés suffisent à mon bonheur. Ils ne contiennent pourtant rien de transcendant. L'éternelle litanie des disparitions inexpliquées. Une montée chromatique au fil de l'enquête, la redescente progressive, et le final discret expédié en quelques lignes. Le feuilleton aura intrigué, passionné, avant de lasser, faute de rebondissements. C'est l'histoire simple d'un mitron évaporé un matin de septembre. Le soleil est à peine levé. La cafetière chauffe sur le poêle de fonte. Un reste de sommeil au coin des yeux, Jean Meulen s'apprête à sortir. Le lundi, son jour de repos, il va le passer aux champs, on ne refuse pas un coup de main. Et Vanbeecke n'est pas chien. Jeannot aura son billet : « Tiens, mon gars, t'achèteras du grain pour ton coq. » Jean est coqueleux et sa bête, c'est sa fierté. Un Brugeois grand combattant. Les plumes ébouriffées, la rage de se battre, les ergots comme des sabres. Et c'est ce qui avait étonné les gendarmes.

— Laisser son coq, c'est pas ordinaire...

Pour le moment, Jean Meulen s'apprête à sortir. Il a rincé son bol, il décroche sa musette, il ouvre la porte. On ne le reverra plus. Vanbeecke l'attendra, un œil à la montre, vraiment, les jeunes, c'est toujours la même chanson.

Vanbeecke fera une réflexion sur les bras qui vont manquer. On lui a déjà renvoyé ses Polonais. Il dit « mes Polonais » comme il dit « mes chevaux » ou « mes terres ». Les expulsions, il s'en serait bien passé. Les mineurs, il s'en fout, mais les femmes, si dures à la tâche, est-ce leur faute si leurs hommes ont pris un coup de bambou ?

— Leurs femmes aux Polaks, elles abattent la besogne et se contentent de ce qu'on leur donne. Qui va les remplacer maintenant ?

Il dit à peu près ça, Vanbeecke. Au fond, il n'est

pas mauvais bougre. Il répondra de son mieux aux gendarmes qui viendront l'interroger. Tonton, pareil, son gros chagrin d'amour en crève-cœur. Tout le monde répondra de son mieux. Même les Polonais, avec leurs mots baragouinés qui énerveront les pandores.

— C'est à croire qu'ils le font exprès. Comment veux-tu qu'ils s'intègrent s'ils ne sont pas fichus de comprendre ce qu'on leur dit ?

Les gendarmes savent de quoi il retourne. Personne ne les démentira. Et le préfet, qui n'est pas la moitié d'un con, demandera tout à fait sérieusement :

— Quelle est l'aptitude de l'immigrant polonais à s'assimiler ?

Tout aussi sérieusement, il déclarera :

— La réponse est nette : aucune, quant au présent du moins.

Personne ne témoignera du moindre incident survenu entre un des Polaks et le petit mitron. Avec le temps, on classera l'affaire. Dix-sept ans, c'est l'âge des secrets et des grands départs. Jean Meulen ne serait pas le premier. On en a vu revenir, le sac de matelot sur l'épaule, qui avaient fait trois fois le tour du monde. D'autres, on les a retrouvés au hasard d'une rafle, dans un bouge, un hôtel borgne. Là où les yeux d'une fille les avaient laissés en rade.

Jeannot Meulen, lui, ne reviendra pas.

— Vous avez trouvé ce que vous cherchiez ?

Julie a reposé sa tasse. Dans son dos, l'éclairagiste règle un de ces parapluies métalliques qui

captent la lumière. Elle ferait un très joli modèle, mais ce ne sont pas mes oignons.
— Vous connaissez l'histoire de Leforest ? je demande.
— Qu'est-ce que c'est ?
— Un beau sujet de reportage...

LIII

— Là ! Vous le voyez ?
— Je le vois, Cervin, je le vois. Et je l'entends. Vous dites que cela s'appelle du rap ? C'est étonnant.
— Vous trouvez ?
— Je ne comprends pas ce qu'il dit... Mais j'en devine le sens.

Cervin introduit un DVD dans le lecteur de son ordinateur.

— Regardez, on le retrouve ici. Une équipe de FR3 les a filmés à l'occasion d'un reportage sur la grève des convoyeurs.
— Ma vue a baissé, mais je parviens encore assez bien à lire un sous-titrage, lieutenant.
— Les maçons fréquentent tous les trois le restaurant où se réunissent les cow-boys.
— Dites « où se réunissaient... », la grève est terminée.
— Et j'ai gardé le meilleur pour la fin.
— Vous m'en voyez surpris...
— Savez-vous qui est le grand, sur la gauche ?

Arrêt sur image. Et l'image, c'est Simon.

Le commissaire Vanel a plissé les yeux. Ce ne sont plus que deux fentes, prolongées par le faisceau des rides. Il a l'air d'un de ces anciens acteurs américains qui en font des tonnes pour ressembler à des vieux Chinois dans une série B des années trente. Quelque chose comme *Le Masque de Fu Manchu.*

Et vraiment, Fu Manchu songe que Cervin a décroché le pompon.

— Simon Méla. Un cheval de retour.

— Je suppose, lieutenant, que l'identification a confirmé…

— Tout à fait.

Encore un truc que Vanel a en horreur. « Tout à fait », cette façon imbécile de dire oui en se poussant du col. Comme pour montrer l'importance de sa propre opinion. Et la haute estime en laquelle on la tient.

— Qu'est-ce qu'un cheval de retour ferait sur un échafaudage ?

— Méla a dételé depuis un bon moment. Il peut s'être acheté une conduite.

— Mouais…

— Mais il y a autre chose…

Vanel pense que nous y voilà. Cervin va lui assener le coup de grâce. Le lapin sorti du chapeau. Mais Cervin se fiche des chapeaux et des coups du lapin. C'est tout bêtement un flic qui fait son boulot. Et ce n'est pas toujours facile.

— Au temps où il sévissait, Méla avait une âme damnée. Un paumé passablement abîmé qui le suivait comme son ombre. Manu Banconi. Un chien fidèle, vous voyez ? Le genre à se faire couper en rondelles pour plaire à son maître.

— Un cheval de retour, un chien fidèle...

Cervin ne laisse pas le commissaire poursuivre :

— Savez-vous comment on surnomme Manu dans le mitan ?

— Cervin, j'ai été vraiment très occupé à faire valoir mes droits à la retraite, ces jours derniers. Vous ne pouvez pas savoir les kilomètres de paperasses qu'il faut aligner. Je n'ai même plus une seconde pour jouer aux devinettes...

— Fausse Patte. Manu Banconi, dit Fausse Patte.

— Lieutenant, ne me demandez pas si je sais ce que cela signifie.

— Non, monsieur...

— ...

— ...

— Merde, Cervin ! C'est un terme de boxe.

— Exactement, monsieur. On l'emploie pour désigner les gauchers. Ils ont une garde inversée...

— Et il vous fait penser que nous pourrions tenir le cogneur.

— Oui, monsieur.

— Et le commanditaire... Ou du moins, l'intermédiaire.

— J'ai fait serrer Maurice Ballu.

LIV

Mes affaires seront bientôt en ordre. Tout à l'heure, je suis passé à l'hôpital.

— Il veut vous voir.

Au téléphone, la voix du toubib avait la douceur d'une seringue.

— Il a repris conscience ?
— À midi.
— Il... va mieux ?
— Non... C'est une question d'heures.
— Je ne comprends pas.
— La fin est parfois précédée d'un bref instant de lucidité.
— J'arrive.
— Ne tardez pas.

Quand j'entre dans la chambre, il y a cette batterie d'appareils autour du lit, les flacons sur la table de chevet et Nosferatu, sous son drap, relié à la vie par le tuyau fragile d'un goutte-à-goutte. Il ressemble à un de ces insectes épinglés sur une planche dans la salle d'entomologie d'un musée poussiéreux. Personne n'est venu les voir depuis l'invention de l'électricité. Et maintenant, ils sont si gris et si desséchés qu'un souffle va disperser leurs restes.

Il ouvre les paupières. Ses vieux yeux très vitreux contemplent déjà l'ailleurs, mais il a ce mouvement de tête sur l'oreiller pour dire qu'il m'a vu.

— Approche, il murmure, sous le masque à oxygène.

— Ça va ? je demande en pensant que je suis décidément très con.

Il s'en moque, il est de passage. Et, dans le répit ténu que la mort lui laisse, une question brûle ses lèvres :

— … as… trouvé ?
— Trouvé quoi ?
— Ton oncle… tu as… trouvé ?
— Anna ?

Il respire plus calmement, s'il n'était pas si près de calancher on croirait à un soulagement.

— Anna Marzec ? je répète.

Il fait oui des paupières. Et dans un souffle :

— … eulen…

J'ai tendu l'oreille.

— … eulen…, il fait encore.

Et dans sa poitrine il y a ce raclement des derniers instants.

— … eulen…
— Meulen ? Jean Meulen ?

Un oui avec les yeux et l'apaisement sur son visage.

— Il me manque encore beaucoup pour comprendre. Vous pouvez m'aider ?

De nouveau, il a ce rictus des mourants.

— Mon oncle et Anna étaient amants. Ça je sais. Comme je sais qu'Anna et sa famille ont été expulsées après la grève à Leforest. Et qu'elle avait connu mon oncle à la ferme Vanbeecke... Là où travaillait parfois Jean Meulen.

Ses yeux clos sont un encouragement. « Vas-y, tu brûles », ils disent. Mme Trouchain avait ce tic quand j'approchais enfin la solution d'un problème truffé de robinets et de baignoires percées. « Vas-y, tu brûles », elle le disait aussi, avec ses paupières plissées. Elle aurait tout donné pour me voir cracher la bonne réponse. Et elle ordonnait de se taire aux autres mômes qui s'agitaient, le doigt levé. « Moi m'dame, moi m'dame, je sais. » Mais à cet instant Mme Trouchain s'en fichait. Elle aurait calotté le premier à lâcher le morceau, tant elle s'accrochait à une seule pensée : « Vas-y, Félix. »

— Jean Meulen a disparu, je poursuis en reculant le moment fatidique où je serai sec.

Avec son pauvre visage, Nosferatu qui va mourir dit que je brûle.

— L'expulsion des Marzec... vous travailliez aux houillères...

Dans la chambre d'hôpital qui sent la mort, l'éther et les matières fécales, un moribond rassemble ses dernières forces pour me passer en témoin un morceau de mémoire.

— Oui, il souffle.

Je prends sa main bleuie par les perfusions.

— Oui quoi ? Aidez-moi.

— ... houillères... là... que j'ai su...

— Pour l'expulsion des Marzec ?
Il presse sa vieille main dans la mienne.
— ... Lettre..., il fait.
— Une lettre ?
Il n'est plus qu'un battement de paupières.
— Ano...
— Anonyme ? Une lettre anonyme.
Il fait oui avec son maigre corps immobile.
— Ils ont été dénoncés ? Accusés de quoi ?
Il a rouvert les yeux, sourcils froncés. Sur l'oreiller, il essaie de remuer sa tête qui pèse une tonne.
— C'était en rapport avec la grève ?
Il veut que je le rehausse. Quand je le soulève, il est aussi léger qu'une plume.
— Anna..., il souffle.
— Anna ?
Lui et Mme Trouchain m'encouragent. « Vas-y, Félix. » Et, comme hier au tableau noir, vient la suée. L'équation a cent mille combinaisons possibles, autant d'inconnues et mon esprit n'a jamais tenu la distance. Bientôt, il vagabondera. J'ai toujours vagabondé.

Nosferatu serre ma main.

Tonton, Anna, Meulen. Tonton, Anna, Meulen...
— La lettre anonyme... c'est Meulen ?
Nosferatu a serré plus fort.
— Ils travaillaient tous les trois chez Vanbeecke. Anna et mon oncle s'aimaient...

Sur l'oreiller, la tête essaie de dire oui. Et je revois ces vieux vampires expressionnistes du cinéma muet.

— Monsieur Delcourt, Jean Meulen a fait expulser les Marzec parce que Anna et mon oncle…

Il me fixe et ses yeux sont soudain si pâles…

— Il les a fait expulser par jalousie ? Juste par jalousie ? Il a écrit une lettre aux houillères…

— Oui, fait sa tête.

— Vous l'avez lue, c'est ça ?

À nouveau, son rictus dans la buée du masque à oxygène.

— Et vous avez compris qu'il en était l'auteur ? Monsieur Delcourt, de quoi les a-t-il accusés ?

Il a fermé les yeux.

— Monsieur Delcourt !

— …

— La lettre, où est la lettre ?

— …

— Vous avez révélé son existence à mon oncle ?

— …

— Monsieur Delcourt ! Nom de Dieu ! Monsieur Delcourt, ne partez pas ! Infirmière ! Infirmière !

LV

— Tu dors ?
— Non.
Au-dessus du restaurant, la chambre est plongée dans la pénombre. C'est une chambre vieillotte. Très ordinaire. Il y a le lit en fer avec les barreaux à sa tête, comme on en trouve encore dans les méchants hôtels. Les deux tables de nuit, leurs lampes de chevet éteintes. L'armoire à glace, près de la fenêtre, le petit fauteuil, le papier peint qui imite la toile de Jouy. Il y a aussi les Pinto, dans le lit, qui s'efforcent de trouver le sommeil.
 — Ça fait drôle tout de même, elle dit à voix basse.
 — Fallait bien que ça arrive, ils n'allaient pas rester en grève éternellement.
 — Je sais... N'empêche, ça fait drôle.
 — C'est comme ça.
Elle était couchée sur le côté, elle s'endort toujours sur le côté, ses fesses contre celles de son mari. Elle se retourne sur le dos :
 — Tu penses qu'on en reverra quelques-uns ?

— Bien sûr, on n'oublie pas comme ça ta cuisine.

Elle a un imperceptible haussement d'épaules mais au fond, elle est heureuse qu'il lui dise ça.

— Leur repas, aujourd'hui, ils étaient contents, tu crois ?

— Ils ne te l'ont pas dit, peut-être ?

— Si, bien sûr...

— Alors ?

— Tout de même, ça fait drôle. On s'était bien habitués...

Pinto ne répond pas. Les convoyeurs vont leur manquer. Dans la poitrine, ça lui fait comme du vide après un départ.

Elle continue, avec cette insistance qu'on met à gratter une petite plaie :

— Ils faisaient de la vie...

— Pourquoi veux-tu que ça s'arrête ?

— Je ne sais pas...

— La clientèle est revenue, il dit pour la rassurer — pour s'en persuader, aussi. Ça redémarre gentiment. Les familles, les représentants... Et puis, il y a des signes qui ne trompent pas. La boulangerie qui va rouvrir. Tiens, l'agence qui a fait visiter la maison au Louis, aujourd'hui...

— La télé, ça y fait... Sans les garçons...

— Et M. Félix. C'est par lui que tout a commencé. Tu te souviens ? La première fois que j'ai vu arriver les maçons. Je te l'ai dit, c'était un signe, ça aussi.

Elle a ce gloussement qui est un rire de petite fille trop grosse.

— Son idée des trois vieux, quand j'y repense... Aller raconter ces bêtises aux informations...

— C'est de la communication, madame Pinto. De la communication...

Abel flatte la hanche de son épouse avec un geste familier où il met de l'affection.

Il pense que les journalistes reviendront peut-être. Ce matin, l'histoire de Félix semblait intéresser la fille de la télé. À moins que ce ne soit Félix quand il lui racontait. Pour lire les journaux qu'elle avait apportés, il avait chaussé ses lunettes. Elles lui donnaient l'air d'un enfant sage à l'école. Abel avait poussé son épouse du coude. Ce grand dadais ne voyait rien, surtout pas une gentille fille qui lui faisait un peu de gringue. Elle cherchait vainement ses yeux, histoire d'y mettre les siens. Et de ses mains qu'elle posait sur les journaux elle lui faisait des petits signes qu'il n'apercevait pas.

Abel avait pensé que Félix était une belle andouille. Miro qui plus est. Mais Abel ignorait qu'en dedans l'andouille était vide depuis longtemps.

Mme Pinto et lui avaient continué à les observer. Maintenant, la fille faisait oui de la tête à tout ce qu'il disait. Elle pensait aussi que Félix était miro. Cela l'attendrissait et elle en ressentait une pointe d'agacement amusé. Elle avait ramené les mains sous son menton comme si elle en prenait son parti. Mais chacun de ses mouvements était fichtrement bien étudié.

Félix avait fini par se lever. Il n'assisterait pas au repas des convoyeurs. C'était leur grève. Il n'avait nulle envie de jouer les spectateurs. Il avait serré la main de la fille sans remarquer qu'elle la laissait dans la sienne un peu plus que d'usage.

Dans son lit, les yeux ouverts sur le noir, Pinto pense au passé. Aux occasions manquées. À celle qui n'était pas encore Mme Pinto. Le manque des convoyeurs en paraît plus grand. À nouveau, il tapote la hanche de son épouse, comme on fait sur l'épaule d'un copain. Mais il laisse sa main sur le bourrelet au surplomb de l'os.

C'est la vie, il pense.

Et il dit :

— Faut essayer de dormir. Demain, il fera jour.

LVI

— Ne rentre pas trop tard !

Quand m'a-t-on dit ça pour la dernière fois ? Mieux vaudrait ne pas y songer. Si je le faisais, je la reverrais. Elle. Sa déception de môme trahie, ce jour-là. Il y a une éternité. J'avais promis de ne pas sortir. Ce serait notre soirée, la terre s'arrêtant de tourner n'y changerait rien. Elle était rentrée plus tôt. Le bain moussant, les sels, les bougies, les petits plats dans les grands, le tralala.

J'avais remarqué tout ça en arrivant. Pourtant j'allais ressortir. Un de ces trucs imprévus et si fondamentaux qu'on ne peut les remettre. J'étais désolé. Autant qu'Elle. Je me faisais une telle joie. Mais c'était partie remise. Ce serait encore mieux. Demain, après-demain, quand elle voudra, tous les jours, même. Croix de bois, croix de fer.

J'irai en enfer.

Quand j'étais parti, elle n'avait pas soufflé les bougies. Elle n'avait pas tout envoyé valser. Elle ne m'avait pas lancé mes quatre vérités à la figure. Elle avait dit simplement :

— Ne rentre pas trop tard...

Elle y mettait tant de tendresse, de déception et tant de choses que je ne voulais pas entendre... C'est pire que cette chanson où ce vieux Ferré pleurnichard tirerait les larmes d'un alligator. Un truc à propos de temps qui s'en va et de cheval fourbu. Avec ce vers si triste sur les mots des pauvres gens, *ne rentre pas trop tard, surtout ne prends pas froid.*

— Ne rentre pas trop tard !

Pour me le dire, Simon y plante un point d'exclamation comme une lame dans le bois d'une table. Tout est affaire de ponctuation.

— Ce soir, on se couche avec les poules, il prévient. Avant une opération, il faut du repos. On ne braque pas avec les nerfs en pelote et les mains qui tremblent.

Il n'a pas à s'en faire, je reviendrai de bonne heure. Le temps d'une salade chez Léo. Je suis invité, difficile de remettre. Ce n'est d'ailleurs pas un dîner, à peine une collation.

— À la Badoit, la collation !

Inutile de chercher la moindre trace d'humour dans la voix de Simon. Ni une quelconque complicité. C'est un ordre qu'il donne. Rien d'autre.

Et c'est pourquoi, ce soir, chez Sandrine et Léo, j'accepterai le thé.

— Vert, choisit Sandrine. Rien ne va mieux avec les sushis.

La théière diffuse une odeur de gazon coupé. Je lève mon joli bol japonais à la mémoire de Nosferatu.

— Pauvre vieux, redit Léo.

Et vous passez aux choses sérieuses.

— Les Marzec ont été balancés par une lettre anonyme.

Le sushi de Léo a raté sa bouche :

— Balancés ? Qu'est-ce que tu racontes ?

— Meulen...

— Quoi, Meulen ?

— Delcourt aux houillères, il a vu la lettre. Il a identifié son auteur.

— Comment ?

— Je n'en sais rien. Ce n'est pas très important. Écriture, papier, orthographe... On peut imaginer. En tout cas, il a reconnu Jean Meulen.

— Non... Il n'en aurait jamais parlé à la police ?

— La police, drôle d'idée...

— Meulen avait disparu... Ton oncle a su pour la lettre ?

— Delcourt n'a pas eu le temps de me le dire. Mais je le vois mal garder ça pendant soixante-dix ans.

— Je voulais dire, ton oncle l'a-t-il su avant...

Il n'achève pas sa phrase. Je la finirai pour lui :

— Avant que Meulen disparaisse ? Sacrée question, hein ?

Sandrine tendait la main vers la théière. Elle la retire comme si elle était brûlante :

— Vous êtes en train de dire quoi ? Que la disparition de ce Meulen aurait un rapport avec la lettre anonyme ? Félix ne sait même pas ce qu'elle contenait. Où est-elle d'abord ? A-t-elle existé au moins ?

Le foutoir de Nosferatu pourrait nous l'apprendre mais il est trop tard. Demain sera un jour plein de fureur. L'adrénaline en geyser et les secondes qui compteront triple. Ensuite, seulement avec beaucoup de chance, viendra le grand relâchement. La mer d'huile qui succède à la tempête. Les flics pourront venir, découvrir le pot aux roses... Plus rien n'aura d'importance que ce calme-là. Zampo dira « C'est pas le tout, il y a le chantier à finir » et il sourira en regardant les autres. Brandon cognera son poing au mien. Yo ! il grognera. Ou man ! Ou rastafari ! Ou n'importe quoi. Ce qui lui viendra. Simon observera ses hommes comme un commando après l'assaut dans un de ces films où les maraudeurs attaquent. Et Manu, dans sa chambre meublée qui donne sur le métro aérien, le sentira aussi. Il contemplera sa photo, sur le mur, entre le lit et l'armoire. Il prendra la pose. Tout à fait la même. Il se dira qu'il n'est pas de pente qu'on ne remonte. Qu'il est encore debout. Et il pensera à ce vieux boxeur cubain qu'on prenait pour un tas de chiffons, métro La Chapelle. Avec le bruit déchirant de son nez écrasé.

Après ça, Léo et moi pourrons aller chez Nosferatu rechercher une lettre anonyme enfouie sous ces tonnes de vieilles choses qui attendent. Nous ne la trouverons probablement pas. Je ne connaîtrai jamais la fin de l'histoire à tonton. J'inventerai, comme il le faisait quand j'avais dix ans. Comme les vieux l'ont fait avec Pinto. Et il entrera dans la légende. Une minuscule légende. À l'échelle de ceux qui n'ont jamais compté pour

autre chose que du beurre. Pour la raconter à Julie, je dirai :
— Un beau sujet de reportage.
Si je suis encore vivant.

LVII

Le tube à néon clignote. Voilà vingt-quatre heures qu'il clignote dans le bureau du commissaire Vanel. Et depuis vingt-quatre heures personne n'est venu le changer. C'est le genre de problème parfaitement mineur qui vous bouffe la tête. Après une nuit de veille, il prend des proportions incommensurables. Vanel ne supporte plus la lumière qui tressaute comme une paupière atteinte de fibrillation. Il ne supporte plus le grésillement qui l'accompagne avec la régularité d'un métronome. Et, par-dessus tout, il ne supporte plus le lieutenant Cervin.

Cette façon de cuisiner un suspect comme on tourne autour d'un pot qu'on connaît de fond en comble. C'est grotesque. Si besogneux et si affecté à la fois... On croirait une de ces poses d'adolescent, ridicules dès qu'on a passé l'âge. Et ce qui hérisse Vanel par-dessus tout, c'est cette ressemblance entre Cervin et le jeune flic qu'il était trente ans plus tôt. À croire que le lieutenant est le mètre étalon des années envolées. Et franchement, aux portes de la retraite, le commissaire n'a aucune envie de mesurer le temps perdu.

Quand Cervin pénètre dans son bureau, il est très occupé à touiller son épouvantable café.

— Il n'en démord pas, monsieur !
— Essayez de lui poser les bonnes questions...
— Pardon ?
— Cessez de tergiverser quand vous l'interrogez. À chaque fois, vous lui donnez l'occasion de récupérer. Et arrêtez de vous regarder faire.

Cervin en a avalé d'autres.

— Ballu campe sur son histoire de zonards. Il prétend n'avoir jamais entendu parler de Manu Banconi...
— Vous le croyez ?
— Non, bien sûr.
— Alors...
— Il aurait fallu être con pour penser qu'agresser le DRH ferait avancer la grève.
— Je vous prie ?
— C'est ce qu'il ne cesse de répéter. Et c'est ce qui me gêne.
— Je ne vous comprends pas...
— Il a raison. Même si le cogneur a perdu les pédales en massacrant sa cible, il a raison. Et pourtant, quand il dit ne pas connaître Manu, il ment.
— Vous ne l'avez pas encore logé, celui-là ?
— Pas encore, commissaire.
— Si Manu est le cogneur et que le contact a été opéré via Simon Méla, allez cueillir Méla.
— Autre chose me tracasse...

— Allons bon. Dites-moi ça...
— Manu avait un mobile...
— Un mobile ?
— Je veux dire un téléphone mobile.

Au plafond, le néon clignote. Chacun sait qu'un truc pareil, vingt-quatre heures durant, vous scie les nerfs plus sûrement qu'une égoïne.

— Merde, lieutenant !

Vanel a cogné sur le bureau.

— Faites chier, il lâche, un ton plus bas.

Cervin regarde le café renversé et Vanel qui s'échine à l'éponger avec une feuille de papier.

— Faites chier, répète le commissaire.

Mais c'est comme l'écho lointain de sa voix.

— Avec un Kleenex, monsieur...
— Hein ?
— Pour le café, prenez un Kleenex, leur capacité d'absorption est supérieure à celle du papier en ramette.
— Merci, Cervin. Laissez, c'est sans importance. Alors, ce mobile...
— En fait, il y en avait deux.

À l'aide d'une règle, Vanel a bricolé un petit barrage à café.

— Deux...
— Quand nous avons placé Maurice en garde à vue, il avait deux téléphones sur lui.
— Ce n'est pas exceptionnel.
— Un pro et un perso ? Nous y avons pensé, mais ce n'était pas le cas. De plus, il a paru troublé.

Sur le bureau, le café répandu contourne la règle. Vanel regarde Cervin qui regarde ses Kleenex.

— Continuez, lieutenant.
— Nous avons consulté les agendas des mobiles... Prenez un Kleenex, monsieur, cela ne me prive en rien.

En soupirant le commissaire saisit un mouchoir en papier.

— Merci.
— L'un des deux contenait en tout et pour tout un seul numéro en mémoire.
— Pour que vous m'en parliez, il faut supposer que ce n'est pas celui de l'entreprise.
— Non, monsieur. Il s'agit d'un certain Eugène à propos duquel Maurice s'est embarqué dans une histoire vaseuse de pari mutuel. Le téléphone serait en quelque sorte une ligne directe avec un book, un moyen de contourner la vigilance de sa femme.
— Plausible ?
— Nous allons vérifier en appelant Eugène. Son numéro est le seul qui figure dans les appels sortants.
— Et les entrants ?
— Hormis Eugène, ils émanent de numéros masqués.
— Tous ?
— Oui. Il y en a d'ailleurs assez peu. Peut-être le même correspondant. Et ce qui est encore plus curieux c'est que le mobile de Maurice est intraçable.

LVIII

Les Pinto sont endormis. Ils ronflent, tranquilles. Leur souffle régulier qui monte du lit fait comme le ressac d'une petite mer.

Demain il fera jour.

Dans le commissariat, le néon a cessé de clignoter. Il est des heures où même les flics vont se coucher. En cellule, Maurice a sombré, vaincu par un mauvais sommeil. Bientôt, il en émergera, transi, le dos moulu par le bat-flanc. Son repos aura été de courte durée. Il se sentira sale, seul, perdu. Avec cette pitoyable envie de chialer qui monte comme une angoisse. Et tous ces films dans sa tête de cavillon qu'un bouffeur de pipas a embarqué dans un coup trop grand pour lui. Assis sur le bord de la couchette, Maurice se dira qu'il est l'œuf cassé de l'omelette. Qu'il en sera toujours ainsi.

Aussi soudainement il reprendra espoir. Les flics ignorent tout, ils l'ont chopé pour un passage à tabac, il est blanc comme neige. Ils finiront par le relâcher... S'ils ne le font pas, il avouera ce qu'ils attendent. C'est ça, il avouera. C'est moi, il dira, de la repentance plein la voix. J'étais à bout, la grève, les crédits, et cette tension nerveuse qui vous écrase, dans un fourgon blindé, quand des collègues se sont fait exploser sur une autoroute... J'ai perdu les pédales.

Il racontera qu'il a payé un type pour corriger son patron. Il devait lui faire peur ! Juste lui faire peur ! L'autre a pété les boulons.

Il regrettera, il demandera pardon. Il lâchera la bonde. On verra toute sa petite vie. Ses rêves étriqués, ses espoirs laminés, le ruisseau de sa misère en dedans. Et on comprendra.

Un bref instant, Maurice sera rasséréné mais, dans le yoyo de ses états d'âme, la réalité reviendra. Il pigera que rien ne tient la route. Qu'il va se contredire, se couper, s'enfoncer. Un lieutenant de police, avec sa manie de vous tourner autour et ses fringues à l'épate, sentira que ça ne colle pas. Il s'assoira devant lui, le visage fermé comme un judas, il demandera « Pourquoi tu me racontes ça ? ». Mais il saura qu'il y a anguille sous roche.

À moins que d'ici là le mobile ait sonné. « Allô, c'est Eugène. Pas de lézard ? Je prends la filoche comme convenu. Au kilomètre 3, tu regardes dans le rétro, je serai derrière. » Le flic au blouson fixera Maurice et il aura un insupportable sourire. Et Maurice y lira « vilain cachottier ». Juste avant que l'autre fonce chez son supérieur déclencher le plan Orsec.

Mais pour le moment, Maurice dort.

Et dans la maison de tonton, le trio roupille. Chacun a gambergé, les yeux au plafond, sur les images qui s'y projettent aussi clairement qu'au ciné. Des séquences montées à la va-comme-je-te-pousse, des visions fulgurantes... On peut imaginer lesquelles. Enfin, le sommeil est venu.

Longtemps, il m'a fui. Il a fallu laisser reposer la tension comme un explosif dans un container exigu. Les exercices de respiration, les idées qui cavalent toute bride lâchée, les tics et les tocs. De guerre lasse, j'ai feuilleté les bouquins du cosy. Les vieux Simenon aux couvertures Presses Pocket. *Pietr le Letton*, *L'Outlaw*... Le Saint-Exupéry, même, jauni dans sa gloire aéropostale. *Terre des hommes*... Lit-on encore Saint-Ex ailleurs que dans les salles de classe et les chambres des petits princes ? Au temps de mes dix ans, je la trouvais bien triste son histoire de mouton. Plus tard, à l'heure de la révo cul et des lacrymogènes, ce vieil Antoine n'était déjà plus dans le coup. Son parfum d'empire, sa particule et ses histoires de manche à balai nous laissaient aussi froids que la carlingue d'un Latécoère. Il continuait d'occuper les étagères des bibliothèques, comme un exercice imposé. C'était du sûr. De la valeur solide, même pour qui ne lisait pas. On achetait du Saint-Ex comme du Saint-Gobain. Et on l'offrait les yeux fermés à des mômes qui ne l'ouvriraient pas. Aux soirs de communion solennelle, combien de *Pilote de guerre* ont-ils accompagné le stylo-plume, la boîte à compas et la montre d'homme ? Pas le genre à se complaire entre les pognes d'un demi-malfrat, la veille d'un braquage.

Il est pourtant entre mes mains, le vieux Saint-Ex à tonton, dans son édition du Livre de Poche.

Sur la couverture de Popineau, un zinc s'est écrasé dans le désert brûlant. Le pilote vous regarde, au premier plan, mais il ne vous voit pas. Il est seul, on le sent. En pleine immensité. Il a abandonné l'épave de son avion pour marcher droit devant, sous le soleil forcément implacable. À sa chemise déboutonnée, à sa bouche ouverte, on pige qu'il en bave. Et ce n'est qu'un début.

Terre des hommes. Tout de même, c'est un beau titre. J'ai pioché dedans. Début et fin, une vieille habitude. *L'homme se découvre quand il se mesure avec l'obstacle.* J'y ai vu comme un message, un truc de bonne aventure. Je me suis demandé comment je me découvrirais demain, et je suis passé à la fin du bouquin.

Ce vieux Saint-Ex allait me jeter au visage la misère en wagon de troisième classe. Celle des Polaks chassés de France dans un de ces foutus trains de la honte.

Ballottés d'un bout de l'Europe à l'autre par les courants économiques, arrachés à la petite maison du Nord, au minuscule jardin, aux trois pots de géraniums que j'avais remarqués autrefois, à la fenêtre des mineurs polonais. Ils n'avaient rassemblé que les ustensiles de cuisine, les couvertures et les rideaux, dans des paquets mal ficelés et crevés de hernies. Mais tout ce qu'ils avaient caressé ou charmé, tout ce qu'ils avaient réussi à apprivoiser en quatre ou cinq années de séjour en France, le chat, le chien et le géranium, ils avaient dû le sacrifier...

J'ai pris ça de plein fouet. Saint-Exupéry avait croisé un convoi en tout point semblable à celui qui emportait Anna Marzec ce jour d'août 34.

Anna. Son amour en rade sur un quai sinistre, ceinturé de casques, de brodequins et de fusils. Anna, sa jeunesse larguée dans un hurlement de loco.

Les gardes mobiles l'ont poussée dans un wagon hideux. Elle n'est plus qu'un corps meurtri, passé au laminoir du labeur, usé aux cailloux des routes. Aller, retour, marche et trime, et fous ton camp. Bringuebalée dans un sens et puis dans l'autre. Toujours les roues, les bielles, les pistons et les tunnels. Et son chagrin lourd comme une meule qu'elle porte au cou.

— C'est qui ?

Brandon est entré dans la chambre. Il dit qu'il ne peut pas dormir. Qu'il est trop vénère :

— C'est qui, la meuf ?

Il montre la photo d'Anna.

Alors, parce qu'à certaines heures un stupide besoin d'humanité fend la cuirasse, je vais lui raconter l'histoire d'un vieil oncle et d'une petite Polak.

Quand j'aurai fini, il fera cette grimace dont on ignore si elle annonce le coup de tête ou la claque dans le dos. Il se balancera comme le font les gamins autistes et il demandera :

— C'est l'autre bâtard qui les a donnés ?

Je penserai qu'il a bien suivi le film mais qu'il devrait se poser un peu. J'essaierai de lui expliquer la complexité des choses, les hommes broyés dans la bécane du destin, les causes, les effets et leur tremblement...

— Quel bâtard !

— On peut le voir comme ça, mais c'est un peu plus compliqué...

— Rien à battre. Moi, si j'avais été ton oncle... Kfff... Kfff..., il fait avec son geste de brandir un flingue.

Il a sa moue spéciale « médite ça mon pote, c'est du profond ».

— Brandon, faudrait qu'on songe à dormir.

Il réfléchit un court instant, opine de la casquette et, sur le pas de la porte, il demande :

— Le bâtard, là, personne l'a revu ?

— Meulen ? Non.

— Man, l'oncle, là. Tu t'es jamais dit qu'il l'avait fumé ?

— Fumé qui ?

— Le bâtard...

L'index sur son front, il montre où loger une balle dans le grand espace d'un crâne :

— Kfff... Kfff...

Brandon vient de faire resurgir l'idée que j'avais repoussée comme une invasion de fantômes dans une heroic fantasy. Elle ne me lâchera plus.

LIX

Cinq heures. Quand j'émerge, Simon termine sa première gitane dans la cuisine. Le goût du tabac mêlé à celui du café, c'est sa petite madeleine. Sa première clope, il l'a fumée en suçant un bonbec au moka. C'était une Parisienne, ces cibiches de pauvres vendues par paquets de quatre. Mal roulées, fagotées aux poussières de tabac raclé sur les chaînes de la Seita. Et des poutres comme le doigt. Bonheur pas cher des sans-thune. Peut-être Simon en rêve-t-il encore, ce matin à cinq heures. Petit Simon, à la sortie du collège, crapotant sa P4. L'âcre brouillard plein les poumons et la toux qu'il peine à contenir. La tête lui tourne jusqu'au malaise. « Je préfère les anglaises », il crâne, la voix éraillée, en refilant sa cigarette aux copains. Chacun son tour d'y téter à grandes bouffées, « à moi la taf ! ». Plus tard, bien plus tard, dans les deux mille cellules où il a échoué, la tige circulera, identique, de main en main. Avec, le temps d'une bouif, cette foutue fraternité qui s'envole en fumée.

— T'en veux une ?

Simon me tend son paquet.
— Je ne fume pas, tu sais.
— Ah, oui...
— Mais je prendrais bien un jus.
Il me le sert.
— Ça va ?
— J'ai connu mieux.
— C'est toujours comme ça, avant.
— Même pour toi ?
— Méfie-toi de celui qui n'a pas le trac. Avant un braquo, c'est comme avant un combat de boxe. Tu es plus tendu qu'un câble d'acier. Il arrive que tu ne puisses même plus bouger. Pour décoincer, tu te fais des marottes. Tu te touches l'oreille, tu clignes des yeux, tu embrasses la croix que tu portes au cou... Ta tête est tellement pleine de pensées en vrac que tu n'en chopes aucune. Elles font comme un mur. Derrière, ton cerveau travaille, mais tu ignores à quoi. Ça finit par bourdonner pire qu'un essaim d'abeilles. Alors, la fatigue te tombe dessus. Il faut relâcher. Tu plonges dans le sommeil comme dans un puits. Et le lendemain, quand tu ouvres les yeux, le trac a foutu le camp. Du moins, c'est ce que tu crois. Tu te goures, il est en toi, mais tu ne le sens plus, il a tout anesthésié. Tu bouges, tu marches, tu parles, mais tu es ailleurs. C'est comme si on t'avait greffé un nuage sous les pieds. Même ta respiration est différente. Plus lente que les jours ordinaires. Parce que, quand tu te réveilles dans cet état-là, le jour n'est pas ordinaire. C'est celui du combat. Tu as vu les boxeurs quand ils quittent les vestiaires pour

monter sur le ring ? Ils sont si concentrés qu'ils n'entendraient pas les trompettes de Jéricho. Le seul truc qu'ils perçoivent c'est la rumeur de la foule, comme une vague. Pourtant, malgré toute leur concentration qui les rend aussi compacts qu'un bloc de marbre, ils sont si légers qu'ils ne touchent pas terre.

— C'est le nuage, sous leurs pieds ?
— Bingo.
— Manu aussi l'avait ?
— Si tu l'avais connu... Manu, n'importe où, il marchait sur les nuages. Il avait la grâce.
— C'est dommage.
— Quoi ?
— La suite.
— T'en fais pas pour lui, il a eu du bon temps, c'est pas donné à tout le monde. Et puis, faut bien dételer.
— Et toi ?
— Quoi, moi ?
— Tu ne dételles pas...

Il a cet air qui le dénoncerait même à un flic atteint de cataracte. Après le braquage, il pourra s'offrir les garde-robes les plus classes du monde, le bronzage sur sable fin, les Spa, les massages, les manucures et les bistouris esthétiques, rien n'effacera l'empreinte de la marge. La cerise a laissé sur lui sa marque indélébile.

Il va me dire que le coup est son dernier. Qu'un pareil, calibré comme une arme de précision, c'est celui d'une vie. Après ça il peut tirer l'échelle ; la retraite, il l'aura gagnée. Elle sera calme et volupté. Miami Beach et Copacabana. Il se voit dans sa chemise hawaïenne, les lunettes noires comme une nuit américaine, et ses bijoux qui font des soleils tape-à-l'œil.

Je l'imagine aussi bien en espadrilles, tournant en rond dans un promenoir grillagé. Sa retraite au placard, il la passera à raconter comment il a failli réussir le coup du siècle. Un soir un jeunot qui ne respecte rien lui dira : « Simon, tu nous les casses. » Et il saura que la vie est passée comme une micheline dans une gare déserte.

Cinq heures trente. Bientôt Zampo descendra, les tripes nouées. Il grognera un vague « salut » et s'enfermera dans un silence d'huître. On n'entendra plus que sa cuillère touillant le café et sa déglutition comme un évier qui se vide. Simon regardera sa montre puis il secouera la tête en trouvant que Brandon chie vraiment dans la colle.

— Va peut-être falloir lui monter son jus, râlera Zampo.

Simon pensera que la seule chose à lui monter serait un coup de pompe dans le train. Mais il se taira. Il donnera le spectacle du calme absolu. D'un regard, il me demandera d'aller secouer Brandon. Et je m'exécuterai pour évacuer les idées noires qui m'assaillent comme une colonie de punaises.

Six heures trente, Simon appelle Maurice.

La sonnerie du téléphone mobile résonne dans le commissariat assoupi. La nuit a été calme. Le pochard ramassé par le car a fini de brailler. Le mari cogneur s'est endormi sur ses larmes. Comme les fois précédentes, il a hurlé qu'il l'aimait. Mais sa femme ne l'entend plus. Dans une salle de réa du centre hospitalier, son corps seul s'accroche encore à la vie. Recrus de fatigue, les flics de permanence somnolent en attendant la relève. Le junkie, bourré de Subutex, leur fout la paix depuis exactement soixante-six minutes. Et c'est le moment qu'a choisi une merde de téléphone pour carillonner à tout berzingue le thème de *Rocky Balboa*.

Harassés, les flics s'interrogent.
— C'est le tien ?
— Non.

Six heures trente-deux. Simon insiste. Dans le commissariat, un bleu se lève en bâillant.
— ...tain, ça vient d'où ?
— Le burlingue de Cervin, on dirait...
— Le con, il a oublié son bigo.
— Fait chier, coupe-lui le sifflet.

Six heures trente quatre. Simon raccroche. Son air soucieux n'a pas échappé à Zampo.
— Il répond pas ?
— Cette fiotte est passée sur messagerie.

Huit heures trente. Au kilomètre 3, dans sa vieille Opel Corsa, Manu attend. Une thermos de café à ses pieds. Dans vingt minutes, très précisément, il appellera Maurice. C'est convenu. Il doit simplement dire :
— Mate le rétro, je suis derrière.

L'autre réplique un truc quelconque :
— Je te vois, ça roule.
Ils sont connectés.

Du moins, c'est ce qui est prévu, mais le sable charrié par le sirocco n'a pas fini de se déposer. À huit heures cinquante, Manu basculera sur la messagerie. Il pensera « Merde » ou « C'est quoi ce bordel ? ». Et quand la voix de synthèse lui demandera de laisser un message, il le fera : « Qu'est-ce que tu fous ? Je suis derrière le fourgon. Tu me reçois ? »

Voilà. Si un flic de permanence harassé par une nuit comme les autres n'avait pas éteint le téléphone de Maurice, le lieutenant Cervin aurait trouvé le message dès son retour. Peut-être alors aurait-il flairé quelque chose. Mais le destin qui joue au con ne fait pas les choses à moitié.

LX

— Nous y sommes, monsieur.

La voiture s'est rangée devant la grille. Par la portière, un vieux flic contemple le décor. Il lui ressemble. Du gris et la fin de la route.

Sur la maison ravalée les briques rouges font une tache de couleur. Comme un œillet sur un vieux costume. Depuis quand Vanel n'a-t-il pas porté de fleur à la boutonnière ? Il lui vient des souvenirs sépia, des airs de ducasse et des flonflons d'harmonie. En descendant de voiture, il les chasse comme on se débarrasse d'une poussière. Le passé, quand il revient, c'est toujours du crève-cœur.

Cervin a éteint le gyrophare. Malgré un trajet sans encombre, il avait fallu qu'il l'allume.

— À quoi peut vous servir ce truc, lieutenant ?

Vanel n'écoutera pas la réponse. Cervin est à l'âge où les motos rutilent et les autos de police clignotent. Ça lui passera. Comme le reste. Il deviendra un vieux commissaire au cœur blindé que rien ne chanstique. À part l'angine de poitrine. Et Dieu merci, contre ça, il est d'excellents produits.

— C'est curieux, ne trouvez-vous pas ?
— Quoi donc, lieutenant ?
— L'entreprise vient de la région parisienne...
— Le nouveau propriétaire aussi.
— Certes, mais...
— Mais vous pensez qu'il vaut mieux connaître la pierre du coin pour ravaler nos façades... Vous savez, à Paris, ils ont aussi de la brique. Il y a beaucoup de choses à Paris.

Cervin laisse dire. Le numéro de son supérieur, il a eu le temps d'en faire le tour. Vanel appartient à ces types qui se délectent de leur usure. Le coche raté, ils s'enfoncent dans le noir avec une jouissance masochiste. Vanel en est là. Il a très consciencieusement fait le vide autour de lui. Il n'attend plus rien. Qu'on le sache lui suffit. Il a traîné la savate par affectation, d'abord. Puis il s'est pris au piège. Pour rien au monde il ne l'avouerait. Il travaille à la routine, son bureau sent les gouttes pour le rhume, ses soirées sont faites de sardines en boîte, de chaussettes qui sèchent et de télé insipide. Que demander d'autre ?

À la retraite, il attendra la mort dans son pavillon aux volets clos. Peut-être se la donnera-t-il à force d'ennui ou d'alcool. Et plus jamais on ne se souviendra de lui.

À part Cervin. Peut-être.

Cervin qui vient de tirer la sonnette.

Dans la cuisine, quatre statues de cire l'observent à l'abri des rideaux.

— C'est pour nous !

Zampo regarde Simon avec l'espoir insensé de le voir sortir une baguette magique. Mais Simon n'a rien d'autre qu'un flingue gros comme un lance-missile.

— Merde, lâche Brandon.

Ils pensent à Maurice qui ne répond pas.

— Le fumier !

Simon secoue la tête :

— S'il avait parlé, les flics auraient envoyé autre chose que deux gugusses.

À nouveau, la sonnette. Dehors, Cervin et Vanel lorgnent vers la cuisine.

— Va voir, commande Simon.

La moiteur de mes mains m'étonne lorsqu'elles glissent sur la poignée de la porte. Machinalement, je les essuie à mon pantalon. J'ai toujours détesté les mains moites. Le bruit de mes pas dans les graviers résonne comme un tambour.

— Bonjour, je lance d'une voix qui se veut ferme.

Cervin a sorti une carte tricolore.

— Monsieur Félix Darras ?
— Oui.
— Brandon Dessaux et Simon Méla sont employés chez vous ?
— Ce sont deux des maçons... Enfin, je crois...
— Vous croyez ?
— Ce sont bien leurs prénoms, mais je ne peux pas garantir leur patronyme. C'est celui de l'entrepreneur qu'on connaît en général.
— Ils sont là, en ce moment ?
— Euh... oui... oui, ils vont bientôt attaquer le chantier.

Ont-ils discerné la crispation nerveuse de mes lèvres quand le mot « attaquer » les a franchies.

— Nous souhaiterions les voir...

J'examine les deux flics. Puis la rue. Ils sont seuls. Le plus âgé me montre la serrure.

— Excusez-moi, je bafouille en ouvrant.

— Merci.

Nous remontons la cour.

— Vous avez fait appel à une entreprise de Paris, remarque le plus jeune avec un ton horripilant.

— Un ami me l'a recommandée.

— Un ami...

— Ils avaient retapé son pavillon, il en était très satisfait...

— Vous n'avez rien remarqué de particulier depuis leur arrivée ?

— Non, ils travaillent sérieusement. Ils sont courtois... Qu'aurais-je dû remarquer ?

Le vieux s'est arrêté près de la camionnette. Le nez à la vitre, une main en visière, il essaie de voir à l'intérieur.

Il allait ouvrir la portière quand le coup de feu a claqué.

— Nom de Dieu, il jure, en se jetant derrière le bahut.

Cervin a dégainé. Avant qu'il soit à couvert, le second coup de pétard fait voler le gravier à ses pieds. Au troisième, il a sauté à l'abri du bahut.

— Renforts demandés, sommes pris pour cible... Deûles... Trois hommes armés retranchés dans un pavillon.

Je pousse la porte d'un coup d'épaule.

— Quatre hommes, rectifie Vanel en me voyant plonger dans la maison.

Dans la cuisine, Simon envoie la sauce.

— Foutez le camp, il hurle entre deux bastos, je fais exploser le bahut.

— Fais pas le con, Méla.

— Vous avez trois secondes ! Je vais allumer le réservoir !

Derrière le camion les deux flics se sont reculés. Cervin ajuste la fenêtre.

— Ce n'est pas très sensé, lieutenant, il va le faire, vous savez. Il va vraiment tirer dans le réservoir.

Le commissaire agite son mouchoir.

— Drapeau blanc, Méla. Nous sortons.

— Jetez vos flingues !

— Vous l'avez entendu, lieutenant. Jetez votre arme, s'il vous plaît.

— Les clés de la bagnole ! Jetez aussi les clés de la bagnole !

— Allez, lieutenant, jetez, jetez...

— Avancez vers la maison les mains en l'air.

Au-dessus de l'entrepôt, le soleil perce les nuages. Un bref instant, il se reflète dans la vitre brisée comme dans un miroir. Il m'éblouissait ainsi à la surface du Pétochin lorsque j'y pêchais avec tonton. Des milliers d'éclats liquides. Peut-être Cervin a-t-il taquiné le poisson, lui aussi ? Mais personne ne lui a appris qu'on ne tente pas sa chance sur un reflet du soleil.

— Couchez-vous, monsieur ! il crie en pirouettant vers son revolver.

Un commissaire fatigué sera toujours moins rapide qu'une balle. Celle que Vanel encaisse en pleine poitrine lui éclate le cœur comme un ballon de baudruche. Le choc le projette en arrière avec la force d'une torpille. Il rebondit sur la niche de Muzo, valdingue sur le sol et je vois distinctement son sang rougir le gravier.

La riposte de Cervin déchaîne une pluie de plâtre et de faïence brisée. Collé au mur de la cuisine, Simon laisse passer l'orage.

Zamponi n'a pas bougé.

— Foutus, il murmure, les yeux hagards, foutus.

Dans la cour, la camionnette se crible d'impacts.

— Foutus, il répète en boucle, foutus.

On dirait un de ces microsillons rayés qui bégayaient sur l'électrophone de tonton.

— Zampo, planque-toi, tu vas t'en prendre une !

À quatre pattes, je le chope par un pied. Il tombe, toc, d'un coup, sans résistance. Foutu, il dit encore, sur le sol. Je lui colle une beigne. La chique coupée. Il me fixe sans me voir. Livide, les yeux enfoncés, l'écume aux lèvres.

Dehors, c'est l'accalmie. Chargeur vidé, Cervin a sauté le portillon.

— Renforts demandés ! il crache dans la radio de sa bagnole. Homme à terre. Ambulance, vite !

Dans la cour, Vanel se vide comme une cuvette percée.

Chez tonton, les balles ont tracé leur chemin sur les murs, fracassant les souvenirs.

Brandon risque un œil.

— On pourra jamais se tirer de là.

Au loin, les sirènes annoncent les renforts.

— Les armes ! lance Simon.

— Quoi, les armes ?

— Dans le bahut...

Le coup aux rouages si bien graissés tourne en Fort Chabrol.

Simon a bondi à l'extérieur. Il fait signe de le rejoindre. Brandon me consulte du regard. Je voudrais lui crier de foutre le camp, de se rendre pendant qu'il en est temps. Il n'a rien fait d'autre que naître du mauvais côté. Mais je suis noué depuis si longtemps. Définitivement incapable d'exprimer un sentiment.

Dehors Simon s'acharne sur le bahut.

— Merde ! Merde ! Merde ! il gueule en se cassant les ongles sur la serrure coincée.

Les sirènes rappliquent.

Une détonation. Simon vient de flinguer la serrure. Brandon l'a rejoint. En deux temps, trois mouvements, ils ont raflé kalachnikov et bazooka. Zampo s'est relevé. Il contemple, fasciné, l'échafaudage où pend le calicot déchiré. *Entreprise Zamponi — Ravalement, maçonnerie, peinture.*

— Zampo, ça va ?

Il a chopé son marteau. Il donne des coups secs au mur, comme un dingue s'y cognant la tête.

— Hé, Zampo...

Le regard vide, il tape sur le mur. Tac, tac, tac. Comme des battements de cœur. C'est le sien, peut-être, coulé dans le ciment. Le palpitant d'un petit patron maçon qui va mourir. Son bahut, son calicot, c'est sa vie qui fout le camp.

Tac, tac, tac, il fait le tour de la pièce en sondant la muraille. La belle ouvrage. Du solide. Tac, tac, tac. Quand il a bien tourné, il s'en va dans le couloir, le pas lent de ceux qui sont ailleurs. Simon et Brandon rentrent les armes ; lui, il martèle la cloison de ses tac, tac, tac hypnotiques.

— Aide-nous ! lance Simon.

Il pousse le buffet de cuisine contre la porte.

— Attends, tu vas pas soutenir le siège...

Les sirènes gueulent à pleine puissance.

— Aide-nous, putain !

Je m'attelle au buffet tandis que les gyrophares aspergent la façade de bleu.

LXI

— Vous n'avez aucune chance ! La maison est cernée.

Dehors, les flics se sont déployés. Entre les bagnoles et les cars de gendarmerie, passent des uniformes, des casques et des boucliers. Sur le toit de l'entrepôt, des ombres ont pris position. L'une d'elles me tient peut-être dans son fusil à lunette.

— Il est encore temps de vous rendre !

Le type au porte-voix est un mauvais acteur.

En réponse, la kalachnikov arrose la rue. Sur l'entrepôt, la rafale creuse une saignée. Un œil au viseur, Brandon lâche la détente.

— Macache/j'm'arrache/kalach…, il crie à tous les vents.

Le siège a commencé. Je n'en sortirai pas. Je l'ai su à l'instant où Simon a ouvert le feu.

— Merde, Simon, t'es dingue !

— J'y retournerai pas.

Les rêves à la mie de pain font choir d'aussi haut que les grands. Copacabana, les mers azur et les filles bronzées, quand on a cru les toucher, on n'en redescend pas comme ça. Il avait tout prévu, Simon. Pesé, mesuré, calculé. Il retombe le cul dans le ruisseau. Les cellules, les mitards, les chemins de ronde et les cafards qui grouillent dans la tête, ça fait quand même beaucoup.

— J'y retournerai pas, tu m'entends ?

Il va poser son sac. Il me le crie. Il loupera pas sa fin. Et je serai aux premières loges.

— Les mecs, y a la télé !

Brandon a quitté son poste de tir. À travers les volets déchiquetés, il montre la rue.

À l'abri de l'entrepôt, le camion FR3 évoque toujours L'Outilleur auvergnat. Ses échelles à décrocher les étoiles, j'en aurais bien besoin.

Les techniciens branchent leurs câbles. Julie est-elle sur le coup ? J'effleure le téléphone, dans ma poche.

Zampo a repris ses tac, tac, tac sur les murs. On l'entend marteler ceux de la cave.

— Il va pas arrêter ?

Les flics ont entrepris un mouvement tournant. Sur l'entrepôt, les ombres font comme un vol de corbeau.

Derrière la maison, ça piétine. Ils vont nous prendre à revers.

Une détonation, sourde, le fracas d'une persienne à l'étage et la fumée envahit les chambres. Je pense aux cartes postales sur le mur, à la gelée royale dans la table de nuit, à Saint-Ex sur le cosy, et à toutes ces choses qui faisaient une vie. J'aurai vraiment tout salopé.

La seconde grenade a roulé sur le palier.

— Salauds !

La fumée se répand dans l'escalier.

En bas, Zampo continue ses tac, tac, tac avec l'obstination des fous.

Les gaz ont atteint la cuisine. L'odeur des lacrymos me rappelle les manifs avec Léo. Désormais, c'est à la guerre que je joue. Mme Trouchain n'aimerait pas.

À la quatrième grenade, Brandon n'y tient plus. Les yeux qui brûlent, les poumons écorchés, la tête qui danse la gigue…

— Enculés !

Il tire au jugé. Je le plaque au sol. Le chambranle vole en éclats. Mille impacts labourent le mur. Les étagères explosent. Avec les carafons, le vase, le baromètre de marine et l'assiette souvenir de La Baule. C'est la bande de Gaza, le tir aux pigeons. Hachés menu, des morceaux d'existence foutent le camp.

Dans ma poche, le téléphone s'est mis à vibrer. Le numéro de Julie s'affiche sur l'écran. Quelle marrade ! Je coupe le contact.

On marche sur le toit. Pas feutrés. Des rats noirs piétinent les tuiles moldaves.

Boum, boum, boum… À la cave Zampo se déchaîne sur un mur creux.

Les tirs ratissent la maison. Crachant ses tripes, Simon grimpe au grenier. Il vide son chargeur à travers le plafond. Sur le toit, les rats déguerpissent. À genoux Brandon a repris la kalach.

— 'culés, il crie en allumant tout ce qui bouge.

Pour faire bonne mesure, il arrose aussi l'immobile. La niche à Muzo, la camionnette en flammes. Braoum ! La déflagration repousse les assaillants.

Brandon hurle. Je lui crie de se coucher. Il n'entend pas. Il n'entendra plus. Une fleur de sang lui mange la poitrine. Il fait trois pas en arrière, comme un hip-hop grotesque, et s'effondre sur le plancher.

Simon est redescendu.

— J'y vois plus. J'y vois plus rien...

Là-haut, les rats sont de retour. Ils arrachent les tuiles. Les jolies tuiles Zamponi. Je ramasse la kalachnikov et je pousse Simon à la cave.

Zampo nous attend. Il ne cogne plus. Le marteau en main, il contemple le trou dans le mur. Un mur creux, près du paper-board aux crobars. Il aura suffi de quelques coups pour en venir à bout.

Par l'ouverture, au milieu des gravats. Il me regarde. Il n'a plus d'yeux, pourtant il me regarde. C'est un squelette, pareil à ceux des amphithéâtres. Pareil à Martin, celui de Baume, Sorgue et Macroy, les disparus de Saint-Agil. Lui, il s'appelle Meulen. Jean Meulen. Mais les présentations sont inutiles.

Doucement, j'ouvre la main de Zamponi. La lettre y est chiffonnée. C'est la lettre très anonyme d'un gamin éconduit. Jaloux à en crever. À tout brûler derrière lui. Il s'est appliqué en l'écrivant. La haine comme un acide dans le cœur.

Michoslav Marzec, se fé passer pour un mineur model, mais c'est un meuneur clandestain du sin-

dica. Il a de qui tenir, son frère était un de la bande des Polonais.

Zamponi montre le squelette.
— Je sais, Zampo, maintenant je sais.

Ce vieux tonton au grand amour. Comme un soleil noir. Je vais le rejoindre.

Les flics explorent la maison. Ils vont bientôt repérer la cave. Cela n'a plus d'importance. Le cheval fourbu a retrouvé l'écurie.

Dehors, les curieux se sont attroupés. Ils ne seront pas déçus.

Simon recharge son arme. Je ne ferai rien pour l'en empêcher.

Tout à l'heure, quand la rue sera dégagée, le fourgon blindé longera la grille. Longtemps, les cow-boys s'interrogeront. Et dans sa vieille Opel Corsa, un boxeur déglingué cherchera, comme un chien fidèle, les traces effacées de son maître.

DU MÊME AUTEUR

Aux Éditions Gallimard

Dans la collection Série Noire

TRANCHECAILLE, 2008.

SOLEIL NOIR, 2007, Folio Policier n° 533.

BOULEVARD DES BRANQUES, 2005, Folio Policier n° 531.

BELLEVILLE-BARCELONE, n° 2695, 2003, Folio Policier n° 489.

LES BROUILLARDS DE LA BUTTE, n° 2606, 2001 (Grand Prix de littérature policière 2002), Folio Policier n° 405.

TERMINUS NUIT, n° 2560, 1999.

TIURAÏ, n° 2435, 1996, Folio Policier n° 379.

Chez d'autres éditeurs

L'AFFAIRE JULES BATHIAS, collection Souris Noire, Syros, 2006.

LE VOYAGE DE PHIL, collection Souris Noire, Syros, 2005.

COLLECTIF : PARIS NOIR, Akhashic Books, USA, 2007.

Avec Jeff Pourquié

VAGUE À LAME, Casterman, 2003.

CIAO PÉKIN, Casterman, 2001.

DES MÉDUSES PLEIN LA TÊTE, Casterman, 2000.

COLLECTION FOLIO POLICIER

Dernières parutions

423. Caryl Férey — *Plutôt crever*
424. Carlene Thompson — *Si elle devait mourir*
425. Laurent Martin — *L'ivresse des dieux*
426. Georges Simenon — *Quartier nègre*
427. Jean Vautrin — *À bulletins rouges*
428. René Fregni — *Lettre à mes tueurs*
429. Lalie Walker — *Portées disparues*
430. John Farris — *Pouvoir*
431. Graham Hurley — *Les anges brisés de Somerstown*
432. Christopher Moore — *Le lézard lubrique de Melancholy Cove*
433. Dan Simmons — *Une balle dans la tête*
434. Franz Bartelt — *Le jardin du Bossu*
435. Reiner Sowa — *L'ombre de la Napola*
436. Giorgio Todde — *La peur et la chair*
437. Boston Teran — *Discovery Bay*
438. Bernhard Schlink — *Le nœud gordien*
439. Joseph Bialot — *Route Story*
440. Martina Cole — *Sans visage*
441. Thomas Sanchez — *American Zazou*
442. Georges Simenon — *Les clients d'Avrenos*
443. Georges Simenon — *La maison des sept jeunes filles*
444. J.-P. Manchette & B.-J. Sussman — *L'homme au boulet rouge*
445. Gerald Petievich — *La sentinelle*
446. Didier Daeninckx — *Nazis dans le métro*
447. Batya Gour — *Le meurtre du samedi matin*
448. Gunnar Staalesen — *La nuit, tous les loups sont gris*
449. Matilde Asensi — *Le salon d'ambre*
450. Jo Nesbø — *Rouge-gorge*
451. Olen Steinhauer — *Cher camarade*
452. Pete Dexter — *Deadwood*
454. Keith Ablow — *Psychopathe*

455.	Batya Gour	*Meurtre à l'université*
456.	Adrian McKinty	*À l'automne, je serai peut-être mort*
457.	Chuck Palahniuk	*Monstres invisibles*
458.	Bernard Mathieu	*Otelo*
459.	James Crumley	*Folie douce*
460.	Henry Porter	*Empire State*
461.	James Hadley Chase	*Pas d'orchidées pour Miss Blandish*
462.	James Hadley Chase	*La chair de l'orchidée*
463.	James Hadley Chase	*Eva*
464.	Arkadi et Gueorgui Vaïner	*38, rue Petrovka*
465.	Ken Bruen	*Toxic Blues*
466.	Larry Beinhart	*Le bibliothécaire*
467.	Caryl Férey	*La jambe gauche de Joe Strummer*
468.	Jim Thompson	*Deuil dans le coton*
469.	Jim Thompson	*Monsieur Zéro*
470.	Jim Thompson	*Éliminatoires*
471.	Jim Thompson	*Un chouette petit lot*
472.	Lalie Walker	*N'oublie pas*
473.	Joe R. Lansdale	*Juillet de sang*
474.	Batya Gour	*Meurtre au Philharmonique*
475.	Carlene Thompson	*Les secrets sont éternels*
476.	Harry Crews	*Le Roi du K.O.*
477.	Georges Simenon	*Malempin*
478.	Georges Simenon	*Les rescapés du Télémaque*
479.	Thomas Sanchez	*King Bongo*
480.	Jo Nesbø	*Rue Sans-Souci*
481.	Ken Bruen	*R&B – Le Mutant apprivoisé*
482.	Christopher Moore	*L'agneau*
483.	Carlene Thompson	*Papa est mort, Tourterelle*
484.	Leif Davidsen	*La Danois serbe*
485.	Graham Hurley	*La nuit du naufrage*
486.	John Burdett	*Typhon sur Hong Kong*
487.	Mark Henshaw / John Clanchy	*Si Dieu dort*
488.	William Lashner	*Dette de sang*
489.	Patrick Pécherot	*Belleville-Barcelone*
490.	James Hadley Chase	*Méfiez-vous, fillettes !*
491.	James Hadley Chase	*Miss Shumway jette un sort*

492.	Joachim Sebastiano Valdez	*Celui qui sait lire le sang*
493.	Joe R. Lansdale	*Un froid d'enfer*
494.	Carlene Thompson	*Tu es si jolie ce soir*
495.	Alessandro Perissinotto	*Train 8017*
496.	James Hadley Chase	*Il fait ce qu'il peut*
497.	Thierry Bourcy	*La cote 512*
498.	Boston Teran	*Trois femmes*
499.	Keith Ablow	*Suicidaire*
500.	Caryl Férey	*Utu*
501.	Thierry Maugenest	*La poudre des rois*
502.	Chuck Palahniuk	*À l'estomac*
503.	Olen Steinhauer	*Niet camarade*
504.	Christine Adamo	*Noir austral*
505.	Arkadi et Gueorgui Vaïner	*La corde et la pierre*
506.	Marcus Malte	*Carnage, constellation*
507.	Joe R. Lansdale	*Sur la ligne noire*
508.	Matilde Asensi	*Le dernier Caton*
509.	Gunnar Staalesen	*Anges déchus*
510.	Yasmina Khadra	*Le quatuor algérien*
511.	Hervé Claude	*Riches, cruels et fardés*
512.	Lalie Walker	*La stratégie du fou*
513.	Leif Davidsen	*L'ennemi dans le miroir*
514.	James Hadley Chase	*Pochette surprise*
515.	Ned Crabb	*La bouffe est chouette à Fatchakulla!*
516.	Larry Brown	*L'usine à lapins*
517.	James Hadley Chase	*Une manche et la belle*
518.	Graham Hurley	*Les quais de la blanche*
519.	Marcus Malte	*La part des chiens*
520.	Abasse Ndione	*Ramata*
521.	Chantal Pelletier	*More is less*
522.	Carlene Thompson	*Le crime des roses*
523.	Ken Bruen	*Le martyre des Magdalènes*
524.	Raymond Chandler	*The long good-bye*
525.	James Hadley Chase	*Vipère au sein*
526.	James Hadley Chase	*Alerte aux croque-morts*
527.	Jo Nesbø	*L'étoile du diable*
528.	Thierry Bourcy	*L'arme secrète de Louis Renault*

Composition Nord Compo
Impression Novoprint
le 5 mai 2009
Dépôt légal : mai 2009

ISBN 978-2-07-038973-5/Imprimé en Espagne.

164034